Memorial de cruces

CARLOS PASCUAL

Memorial de cruces

*Libro de las Revelaciones
de la Guerra Cristera*

Grijalbo

Memorial de cruces
El libro de las Revelaciones de la Guerra Cristera

Primera edición: agosto, 2016

D. R. © 2016, Carlos Pascual

D. R. © 2016, derechos de edición mundiales en lengua castellana:
Penguin Random House Grupo Editorial, S. A. de C. V.
Blvd. Miguel de Cervantes Saavedra núm. 301, 1er piso,
colonia Granada, delegación Miguel Hidalgo, C. P. 11520,
Ciudad de México

www.megustaleer.com.mx

ISBN: 978-607-314-521-3

Impreso en México – *Printed in Mexico*

Penguin
Random House
Grupo Editorial

A mi padre,
Pablo Pascual Góngora,
por sus ochenta años de amar a México
de manera irredenta y fanática

El fanatismo es más viejo que el islam, que el cristianismo, que el judaísmo. Más viejo que cualquier Estado, Gobierno o sistema político. Más viejo que cualquier ideología o credo del mundo. Desgraciadamente, el fanatismo es un componente siempre presente en la naturaleza humana. Un gen del mal, por llamarlo de alguna manera.

AMOS OZ
Contra el fanatismo

Introitus

"Donde no hay cruces, no hay hombres", se acostumbraba decir en aquellos tiempos. Y no faltaban tampoco los que exclamaban: "¡Qué tierra de prodigios es ésta en la que se siembran calaveras y nacen cruces!" Así les advierto que en esta historia las cruces serán un elemento crucial, ya que por ellas se entrecruzaron mil destinos, creencias, sendas y voluntades, y por ellas, por las cruces, cruzaron apuestas los Cruzados; por las cruces, valían las vidas lo mismo que una moneda echada al aire que mostraba cara o cruz, y los perversos eran veletas que se guiaban por la Cruz de los Vientos; mientras que los inocentes, contritos, se hacían las cruces. Los que podían hacerlo, tachaban con una cruz los nombres de los condenados; los condenados, a falta de letras, firmaban sus sentencias con cruces; sus verdugos, antes del sacrificio, se santiguaban con la señal de la santa cruz, mientras que sus enemigos, de los que no los liberó nadie, por supuesto, miraban indolentes, de brazos cruzados, cómo sus viudas y sus huérfanos cargaban con una nueva cruz...

Sí, me parece que éste es un relato que me gustaría contar porque, según veo, al paso de los años y de los hechos no son pocos los que se sienten con la conciencia tranquila y limpia, libre de toda culpa y responsabilidad, lo cual, ya se sabe, no es más que un síntoma de mala memoria. Pero ¿quién soy yo para quitarles a ellos, a ustedes o a quien le quede el saco, el placer de masticar, rumiando golosamente, un buen y sabroso pedazo de culpa?

Por lo tanto, comenzaré declarando que las historias de este memorial de cruces iniciaron en tierras y en latitudes muy diversas. Que estas historias tuvieron como protagonistas a personajes muy disímbolos también y que alentaron épocas que a cada cual les correspondía. Que, por ello, habremos de transitar por el tiempo, de ida y vuelta hacia el principio y que el final será el origen. Que tejeremos juntos, como las Parcas, los hilos del destino hasta completar el gran tapiz en el que se unirán tierras, latitudes, tiempos y personajes por diversos o disímbolos que puedan parecer.

Y terminaré diciendo que todo habrá de confluir en el mismo sitio donde estos torrentes caudales desembocan: en una tierra de destinos cruzados. En una tierra donde las almas son ríos y las cruces sus estuarios. En una tierra de césares y pontífices llamada México. ¿Y dónde más? Si *México* no se escribe con equis. Se escribe con cruz.

¿Quién es digno de abrir el libro y de levantar
los sellos?

Apocalipsis de san Juan,
El libro sellado, 5: 2

Primera profecía:
de José

Martes 19 de abril de 1927.

La Barca, Jalisco

Aquella idea de descarrilar el tren y asaltarlo, aunque en ello se fuesen esfuerzos y vidas, fue obra de Pancho Villa, pero no del famoso Pancho Villa, que ya para entonces no estaba entre los vivos y su cabeza ya andaba por ahí, rondando, bailando la manzanilla. No, éste era un cura de nombre José, tan fiero, que lo llamaban el Pancho Villa de Sotana. El padre José adornaba su rostro con un bigote que retaba toda lógica y ley de gravedad y enmarcaba el crucifijo enorme al pecho, contrapeso visual a su bigote, con un par de cananas siempre bien acaudaladas de municiones. José Reyes Vega era su nombre. Cura de Arandas que un día fue tocado por el dedo del Dios de la venganza nombrándolo ejecutor de sus designios.

El padre José comanda a sus cristeros, a sus mejores hombres, soldados de Dios, artilleros por Su gloria.

—¡Melitón! ¿Ya está lista la carga?

Y Melitón, un muchacho con sonrisa de querubín, chimuelo por una pelea de amores, según decía él, le responde:

—Creo que sí, padre…

—¡Pos no crea! ¡Póngala bien, nomás!

Y Melitón y Estanislao y Florencio y sabrá el diablo cómo se llaman los demás y estos mismos, cuyos nombres ahora improviso pues ni los recuerdo, salvo el de Melitón, se aprestan a cargar las vías y los durmientes con pólvora suficiente, con cartuchos de dinamita

13

disciplinadamente enfilados, con su buena provisión y distancia de mecha incendiaria, con tiempo suficiente para correr y esperar la voladura a buen resguardo.

—¡Órale! ¡Jálenle, que ái viene el tren!

Y todos corren a esconderse, como lo hacen las ratas cuando se abre de golpe y porrazo una puerta. Una vez a cubierto, Melitón acerca su antorcha a la mecha y ésta hace lo que tiene que hacer, iniciándose así la carrera entre la pólvora y el tren, con ansia, con prisa mal disimulada, hacia la misma dirección, como si ambos tuviesen miedo de no poder encontrarse; como si el zapatero aquel, que viaja en segunda clase, quisiese llegar antes que nadie para encontrar la horma de su alma; como si la familia campesina que se hacina en tercera, casi en el vagón de equipaje, tuviera apuro por calentarse en el hogar; como si el soldado federal que los custodia, harto y desvelado, pensara que el chamaquito ése llora por lumbre en lugar de leche, o como si esos dos noviecitos no pudieran aguantarse las ganas de abrasarse en ardores de juventud.

—Ese tren no sólo viene cargado de armas, que Dios sabe la falta que nos hacen —le había dicho unos días antes el padre José a su hermano—. Los federales se cargan también doscientos mil pesos oro...

—Alabados sean los Santos Nombres...

—¿Te imaginas, hermano, lo que podemos hacer con ese dinero?

—¡N'ombre, Pepe! ¡Ganamos la guerra en dos minutos! —se persigna—. Oye, pero traerán hartos guachos, ¿no? Pa' cuidar la carga.

—Pos claro.

—¿Y habrá civiles?

—¿Y a ti qué te importa? Si viajan protegidos por los guachos, muy inocentes no serán.

Y ahora están ahí, viendo cómo se retuerce el tren sobre las vías, como gusano con sal, iluminada la noche por el estallido, por el fuego y los carbones que tachonan el cielo negro de estrellas fugaces. Cuando el último de los vagones se detiene, herido de muerte, panza arriba, con las tripas reventadas, los cristeros se lanzan al ataque, aun cuando siguen lloviendo pedazos de madera encendida y vidrios pulverizados.

Pero no sólo gritan los cristeros, azuzados por la victoria y la osadía; gritan también los guachos, esos soldados federales que resguardan

14

al tren y su carga, y gritan los pasajeros que, sin duda, también serán católicos, tanto como los cristeros y los soldados federales. O más, quizá, porque ellos no cargan fusiles ni pólvora para matar a nadie. Sólo gritan. Pero gritan porque están asustados, porque están heridos, porque un barrote retorcido y candente les ha atravesado una pierna, porque el abuelo se les ha quedado mirando fijamente, con un hilo de sangre corriéndole por la boca o porque al hijo más grandecito, que antes corría de un lado a otro sin parar, un campesino venido a soldado cristero, le ha cercenado a machetazos la vitalidad.

El padre José Reyes Vega comanda el ataque, preciso, inclemente. Él mismo, al fin un buen pastor, le da la bendición extrema a los moribundos, los absuelve de sus pecados antes de pasarlos a degüello o darles el tiro de gracia. Y sus huestes, sus cristeros, hacen lo mismo por aquí y por allá. Pistoletazos y machetazos se reparten con eucarística certeza.

El Pancho Villa de Sotana ordena luego que se revise todo el tren para sacar la carga y el dinero. Y sus gritos tienen efecto porque Melitón aparece, sonriente y chimuelo, con cinco, ocho o diez fusiles en los brazos y terciados.

—¡El tren venía bien cargadito, padre!

—La Providencia nos sonríe…

Pero más pronto que tarde, la Providencia, como Jano, muestra el rostro adusto. Pancho, el hermano de José, siendo uno de los primeros en correr al asalto, cae muerto con una bala bien centrada en la frente, provista por un soldado que ha roto una ventana a culatazos para defender, no el oro, que eso a él qué le importa, sino su propia vida que muy pronto terminará también. Entonces el padre José, sintiendo detrás de sí una grande voz como de trompeta, presa del furor, da la orden de quemar el tren, de matar a todos, de arrasar con la última de las vidas y las inocencias; da la orden de aniquilar, de masacrar, que el Dios de los ejércitos lo asiste, lo acompaña, lo aconseja y lo aprueba. Y es tan grande su furia que los mismos cristeros, soldados de la fe, dudan y detienen el paso. No entienden qué tienen que ver con las armas y el oro, ya saqueado y a buen resguardo, las vidas de aquellos que gritan desesperados en el interior de los vagones. Que Dios decida si viven o no. Su trabajo ya está hecho. Pero el padre José, el sacerdote ungido, toma una antorcha y se erige capitán del ejército del Señor:

15

—¿Ustedes son de los nuestros o de nuestros enemigos? ¡Estos infelices acaban de matar a mi hermano, como nos han venido matando a todos nosotros desde hace ya mucho rato!

Y lanza su antorcha, su flecha de fuego, al interior de un vagón que es presa rápida de las llamas. Y si el capitán lo ha hecho, los soldados tienen que atreverse también y hacer lo mismo. Melitón es el primero en seguirlo, así que cae al interior del tren una antorcha más. Y otra. Y otra. Hasta que todos esos infieles purgan sus pecados federales entre aullidos y bramidos y purifican sus almas a través del fuego, convirtiendo a aquella bestia herida y metálica en una pira funeraria cuyo resplandor iluminará por siempre y para siempre, con sus reflejos bermejos, la historia de estos hechos cubiertos de sangre. Sangre que será callada, que será negada, que será ocultada, pero que jamás podrá ser lavada de las manos de los verdugos.

No habrá una jofaina colmada de agua cristalina para estos nuevos Pilatos.

Y vi, pues, cómo el Cordero abrió el primero de los siete sellos
y oí al primero de los cuatro animales que decía,
con voz como de trueno: Ven y verás.

Apocalipsis de san Juan,
Los seis primeros sellos, 6:1

LIBRO DE LAS REVELACIONES

EL PRIMER SELLO

Génesis

Génesis I: 1-4

1.° Que la América es libre e independiente de España y de toda otra nación, Gobierno ó Monarquía y que así se sancione dando al mundo las razones.
2.° Que la religión católica sea la única, sin tolerancia de otras.

José María Morelos, *Sentimientos de la Nación*
Chilpancingo, 1813

†

Artículo 1.° Cesa en toda la república la obligación civil de pagar el diezmo eclesiástico, dejándose a cada ciudadano en entera libertad para obrar en esto con arreglo a lo que su conciencia le dicte.

Bando de la Secretaría de Justicia
27 de octubre de 1833

†

La última sublevación contra el Gobierno y el sistema reconoce el abuso de este influjo [el del clero]. Eclesiásticos inquietos han obrado por sí mismos y como instrumentos de otros en sentido de la rebelión [...], cuyo objeto ostensible ha sido llamar la atención sobre el riesgo que se decía correr la religión bajo la administración actual, y por último, predicándola sin embozo en los templos y en las plazas.

Andrés Quintana Roo
31 de octubre de 1833

†

¿Qué poder puede tener la república contra un cuerpo más antiguo que ella en el país, mandado por los obispos, sus jefes perpetuos, absolutos e irresponsables [...], y que tienen a su disposición un capital de cerca de ciento ochenta millones de pesos? Una república que nació ayer [...], en la que todo es debilidad, desorden y desconcierto, ¿podrá sostenerse contra un cuerpo que tiene la voluntad y el poder de destruir su Constitución, de enervar sus leyes, y de rebelar contra ella las masas?

José María Luis Mora
1835

El primer sello
(1)

En el principio reinaba el caos. Y la tierra, esta tierra, estaba informe pero no vacía. Reinaban en ella los hombres de la mitra y el dogma, los que por Dios y con Dios gobiernan y los que por Dios fundamentan sus potestades y defienden lo que Él, transubstanciado en obediente peón, les ha otorgado en bienes y riquezas. Pero llegaron otros hombres, los hombres de la palabra y de la razón, que miraron todo esto, que lo reprobaron y que dijeron: "Sepárense las aguas benditas que anidan en los baptisterios de las aguas comunales que corren y bañan los campos, en forma de ríos, y hacen fructificar la tierra; sepárense las aguas de los pozos que se emponzoñan al permanecer cautivas y sean llevadas a la noria y al molino para que el pan se multiplique, y sepárense los peces que alimentan al hombre de los peces llamados *ichtus,* que alimentan la fe; devuélvase al César lo que al César corresponde y administre el Dios lo que a Dios le sea dado administrar". Pero los hombres de la mitra y el dogma no quisieron administrar el aire que, al parecer, de eso están compuestas las almas y protestaron. Entonces el Dios de la venganza les habló y les dijo: "Haced la guerra en mi nombre y matad al infiel". Y la tierra, esta tierra, se cubrió de sangre, fuego y cenizas por varios años. Y después de esos años, los hombres de la palabra y de la razón surgieron en victoria, y las voces de los hombres de la mitra y del dogma se acallaron. Pero el dolor se anidó en sus corazones y la serpiente se quedó dormida incubando un huevo de rencor.

Génesis II: 5-9

El único medio que hay es el que propuse desde el principio: que este asunto se pasase a nuestro santísimo padre [Pío IX], no con el fin de que a su autoridad y poder se sujete el de la nación, sino únicamente para que él […] me prevenga la conducta que debo seguir en el particular. En nada se degradará con esto la dignidad de la nación, antes bien, dará ésta un testimonio de que observa para con la Santa Sede la consideración que se merece.

Carta del arzobispo de México, Lázaro de la Garza,
a Benito Juárez, en la que le pide que sea el papa
quien "revise" la llamada Ley Juárez
Diciembre de 1855

✝

Que el primer deber del Gobierno es evitar a toda costa que la nación vuelva a sufrir los estragos de una guerra civil. Que a la que acaba de terminar […] se ha pretendido dar el carácter de una "guerra religiosa". Que la opinión pública acusa al clero de Puebla de haber fomentado esa guerra por cuantos medios han estado a su alcance.

Del presidente Ignacio Comonfort
sobre los hechos ocurridos en Puebla
Marzo de 1856

✝

El pueblo no quiere conocer otra religión que la católica. Éste ama con entusiasmo las ceremonias solemnes y majestuosas de nuestro culto […] Tiene complacencia en postrarse ante Dios en las calles y plazas, en rendirle homenajes públicos, en adorarle a la faz de todos, y ahora quiere quitársele su placer, su delicia, su entusiasmo; se quiere que su Dios quede oculto en los templos […]; se quiere destruir esas solemnidades públicas en que todo un pueblo se prosterna ante la Majestad Divina.

Intervención del diputado constituyente,
Marcelino Castañeda
1856

Entre otros muchos insultos que ha prodigado a nuestra santísima religión, [la Cámara de Diputados de México] propuso una nueva Constitución compuesta de muchos artículos, no pocos de los cuales están en oposición abierta con la misma religión, con su saludable doctrina, con sus santísimos preceptos y sus derechos [...] Fácilmente deduciréis, venerables hermanos, de qué modo ha sido atacada y afligida en México nuestra santísima religión y cuántas injurias se han hecho por aquel Gobierno a la Iglesia católica [...] Así que, para que los fieles que allí residen sepan y el universo católico conozca, *Nos* reprobaremos enérgicamente todo lo que el Gobierno mexicano ha hecho contra la religión católica [...] Levantamos nuestra voz pontificia para condenar y declarar írritos y de ningún valor los enunciados decretos y todo lo demás que allí ha practicado la autoridad civil.

Papa Pío IX
Consistorio en Roma
Diciembre de 1856

†

El pasado viernes, el papa Benedicto XVI, mediante una carta dirigida a los obispos mexicanos, externó su rechazo por "una ley mexicana" que pretendía despenalizar el aborto y estar en contra de la vida.

Periódico *Milenio*
2007

El primer sello
(2)

Y en el Año de Gracia de 1864, Dios dijo (como si lo hubiera dicho Él, porque lo dijo el papa Pío Nono, representante y vocero de Dios en la Tierra y el primero de su estirpe en considerarse infalible) palabras de temor y preocupación que se convirtieron —ay, cómo evitarlo— en palabras de condena, al mirar con espanto "todas las herejías y errores que, oponiéndose a nuestra Divina Fe, a la honestidad de las costumbres y a la salud eterna de los hombres, han levantado a menudo grandes tempestades y cubierto de luto a la república cristiana y civil". Y el papa, que sería beato a la vuelta de más de un siglo, se oponía con apostólica firmeza a las "nefandas maquinaciones de los hombres inicuos que, arrojando la espuma de sus confusiones, semejantes a las olas del mar tempestuoso y prometiendo libertad, siendo ellos, como son, esclavos de la corrupción, han intentado con sus opiniones falaces y perniciosísimos escritos transformar los fundamentos de la religión católica y de la sociedad civil, acabar con toda virtud y justicia, depravar los corazones y los entendimientos, apartar de la recta disciplina moral a las personas incautas… y arrancarlas por último del gremio de la Iglesia católica…" (¿Nos estás escuchando, indio inicuo, blasfemo y descreído? ¿Zapoteco endemoniado que por nosotros aprendiste las letras?) "Y por eso", sigue hablando el sumo pontífice, "una y otra vez hemos amonestado con todo nuestro poder" (con el poder de él y de Dios, ya se ha explicado) "a todos nuestros muy amados hijos de la Iglesia católica, a que abominen y huyan enteramente horrorizados del contagio de tan cruel pestilencia." Y para que no quede duda de las intenciones de ambos, además de decirlo, lo escriben y su escrito, que es una encíclica, es llamado *Quanta cura,* que significa *Cuidando lo grande.* Y para que también quede muy claro cuál es la "cruel pestilencia" a la que se refieren, larga Pío Nono un espantable *Syllabus complectens praecipuos nostrae aetatis errores,* es decir: *Índice de los principales errores de nuestro siglo,* en el que ocupa un lugar especial el "liberalismo de nuestros días". Pero del otro lado del mar los hombres de la palabra y de la razón escuchan y callan y desobedecen al Padre que no es el suyo y separan las aguas ociosas de las fecundas, por lo que exclama airada su santidad que ésa es, sin duda, la prueba fehaciente de que el liberalismo engaña y envenena a los hombres y a las sociedades, "haciéndoles creer que la razón humana es el único juez de lo verdadero y lo falso, con independencia de Dios"; que el liberalismo engaña y envenena cuando anuncia que todo hombre es "libre para abrazar y profesar la religión que, guiado por la luz de la razón" —¡siempre interpuesta la maldita razón!—, "juzgare por verdadera", dando así paso franco al protestantismo que se considera, según se señala en el número XVIII de la lista de errores, que "no es más que una forma diversa de la misma verdadera religión cristiana, en la cual, lo mismo que en la Iglesia, es posible agradar a Dios". (¡Pues qué no acabas tú, Benito masón, de regalarles el claustro de la iglesia de San Francisco a esos miserables metodistas, protestantes del carajo, para que lo mancillen con sus impíos aquelarres!)

Ante sus tribulaciones, Pío IX siente un mareo y precisa hacer una pausa en su escritura. Pocos lo saben en el interior de sus palacios, pero el pobre hombre es epiléptico y debe cuidar que su carácter sanguíneo no le provoque un ataque de esos que, según san Marcos en su Evangelio (9: 16-17), denotan un "espíritu inmundo" —si no es que manifiestan la presencia de algún demonio—, aunque para fortuna de su santidad y la humanidad entera, en ese entonces la ciencia médica había ya descartado el carácter demoniaco de aquella terrible dolencia que, sin embargo, aún era llamada *morbus sacer,* la *enfermedad sagrada,* y que mucho más sagrada debe ser si la padece el Santo Padre.

Génesis III: 10-12

La fe católica tiene por garantía, por base firmísima, la palabra del mismo Dios interpretada por la Iglesia, que ha recibido el don de la infalibilidad. Desde el momento en que sabemos positivamente, por la autoridad de la Iglesia, que Dios ha hablado, no debemos ocuparnos sino de creer lo que Él ha dicho, y creerlo firmemente. Que se le comprenda o no se le comprenda, poco importa: el fundamento seguro, la certidumbre, está en la palabra de Dios, y esto basta.

Exhorto, pues, vivamente á todos los católicos [...] y los conjuro y les ruego encarecidamente por la sangre y piadosísimas entrañas de nuestro señor Jesucristo, que permanezcan fieles y constantes en la confesión de la única fe verdadera, la de la Iglesia católica [...] y os exhorto igualmente á que huyan con prontitud de todo escrito de perversa doctrina, como se huye de un áspid ó de un lugar fétido y corrompido.

Manifiesto del obispo de Zacatecas a los católicos
contra la divulgación de textos protestantes
Agosto de 1870

†

¡Viva la religión! ¡Muera el mal Gobierno! ¡Mueran los protestantes!

Grito de guerra del Movimiento Religionero,
considerado como la primera Cristiada
1873-1876

Un enardecido grupo de católicos tradicionalistas destruyó el pasado jueves 14 de junio al menos 19 casas de familias indígenas de evangélicos, prendiendo fuego a una de ellas. A continuación las obligó a salir de la comunidad Yashtinin, en el municipio de San Cristóbal de Las Casas. Las diferencias religiosas en Chiapas [...] crecieron hace unos días cuando un grupo de católicos amenazó con expulsar del pueblo a los evangélicos si no rechazaban su fe protestante y se sumaban públicamente al catolicismo y sus costumbres.

Periódico *El Universal*
2012

El primer sello
(3)

Su muy justa ira hace recuperar el aliento y los arrestos al pontífice Pío Nono, llamado en el mundo, antes de convertirse en infalible y en vocero personalísimo de Dios, Giovanni María Giambattista Pietro Pellegrino Isidoro Mastai-Ferretti que, al ser el octavo hijo del conde Mastai-Ferretti, tiene pocas posibilidades de acceder al título. Y tampoco encuentra cabida en la Guardia Noble de la Santa Sede, a causa de su mal. Pero poco le importará todo esto, que Dios lo habrá de recompensar, con creces, como se lo dijo él mismo al príncipe Barberini, capitán de la Guardia Noble, cuando éste se arrodilló para besarle los pies, el día de su coronación: "¡No creeríais que negándome vos una charretera me concedería Dios una tiara!"

Pío Nono retoma la escritura: "Sobre el pérfido liberalismo y sus errores. Prosigamos…" Que el liberalismo falsea la realidad al declarar que la Iglesia "no está provista de sus propios derechos, conferidos por su Divino Fundador y que corresponde a la potestad civil definir cuáles son estos derechos y los límites dentro de los cuales pueda ejercitarlos…" (¡Indios insumisos, malagradecidos todos los que te acompañan y no sólo tú, Benito infernal, amigo de nigromantes que declaran que "no hay Dios"!) El liberalismo miente al señalar que la Iglesia "no tiene la potestad de emplear la fuerza, ¡ni derecho alguno de adquirir o poseer!"; el liberalismo, prestando oídos al demonio, se confabula con él cuando señala que "no es lícito a los obispos, sin licencia del Gobierno, promulgar siquiera las Letras apostólicas…" ¿Y no había ya estallado su santidad, desde su alocución *Acerbissimum* del año de 1852 contra el decreto que señala que "el fuero eclesiástico, en las causas temporales de los clérigos, debe ser completamente abolido aun sin necesidad de consultar a la Sede Apostólica y a pesar de sus reclamaciones"? ¡Pues lo repetimos, para que les quede bien claro, también en el *Syllabus,* apóstatas, heréticos y cismáticos que osan declarar que "todo el régimen de las escuelas públicas, donde se forma la juventud... puede y debe ser de la atribución de la autoridad civil...", y sostienen, oh, descarriados, que "pueden ser instituidas Iglesias nacionales sin estar sujetas a la autoridad del Romano Pontífice"! Cómo se atreven...

El gran señor de la tiara, de las tres coronas que muestran la soberanía, la supremacía y la autoridad moral de quien la porta, no puede evitar que las lágrimas bañen su rostro al continuar leyendo los ochenta —ni uno más, ni uno menos— "errores de nuestro siglo", pues ahí se ha signado, y que conste que por el dedo de Dios se escribió, el oprobioso error que declara que a los impíos les asiste la razón (otra vez la razón, qué se le va a hacer) al formular el derecho de la "no intervención" del "matrimonio, visto como un contrato civil y no como sacramento alguno..." y de que "en caso de colisión entre las leyes de una y otra potestad debe prevalecer el derecho del Estado..."

Pío IX, más cansado que nunca, concede el *Nihil obstat* a sus textos y sella el *Imprimatur,* pues ¿quién es él para impedirle a Dios que publique nada, máxime si lo ha hecho a través de sus sapientísimas e infalibles manos?

Entrega los folios a su secretario, no sin antes repasar con la mirada, como sin quererlo, las líneas del último "error de nuestro siglo", el número LXXX: "El Romano Pontífice puede y debe reconciliarse y transigir con el progreso, con el liberalismo y con la moderna civilización". Es demasiado. ¿Qué más, Señor? ¿Qué otra dura prueba *Nos* pondrás enfrente?

Génesis IV: 13-15

Maldita sea la tierra por tu causa. Con grandes fatigas sacarás de ella el alimento [...] Espinas y abrojos te producirá y comerás de los frutos que den las yerbas y plantas de la tierra. Mediante el sudor de tu rostro comerás el pan hasta que vuelvas a confundirte con la tierra de la que fuiste formado.

Génesis, Caída de Adán y Eva, 3: 17-19

†

¡Un día de rebelión, no de descanso! Un día en que, con tremenda fuerza, la unidad del ejército de los trabajadores se moviliza contra los que hoy dominan el destino de los pueblos [...] Un día de protesta contra la opresión y la tiranía, contra la ignorancia y la guerra de todo tipo. Un día para comenzar a disfrutar ocho horas de trabajo, ocho horas de descanso, ocho horas para lo que nos dé la gana.

Manifiesto de los trabajadores de Estados Unidos
1º de mayo de 1885

†

Para nosotros, la tendencia del progreso es la del anarquismo, esto es, la sociedad libre sin clases ni gobernantes, una sociedad de soberanos, en la que la libertad y la igualdad económica de todos producirían un equilibrio estable con bases y condición del orden natural. ¿Me concedéis, después de condenarme a muerte, la libertad de pronunciar mi último discurso? Yo repito que soy enemigo del orden actual y repito también que lo combatiré con todas mis fuerzas mientras tenga aliento para respirar [...] Os desprecio; desprecio vuestro orden, vuestras leyes, vuestra fuerza, vuestra autoridad [...] ¡Ahorcadme!

LOUIS LINGG
Momentos antes de masticar, en su celda, un detonador con pólvora y destrozarse el cráneo para no otorgarle al Estado la potestad de su muerte, convirtiéndose en uno de los Mártires de Chicago
1887

El primer sello
(4)

¿Qué es esto que ahora vemos? ¿Qué mundo es éste que ya no reconocemos como el nuestro, en el que los más humildes de la tierra se alejan de nuestro cuidado, *Nos* desconocen y hasta *Nos* retan?", se pregunta a sí mismo el vicario de Cristo, ahora encarnado en León XIII y en *Annus Domini* 1891. "¿No ha sido suficiente la pena que *Nos* han infligido los gobernantes déspotas, los filósofos ateos, los librepensadores persecutores de nuestra Iglesia, los indios apóstatas y cismáticos de la América fiera? ¿No es lo suficientemente humillante y triste el que nuestros propios y amados hijos, esparcidos por toda la faz de la tierra, se nieguen a morir en una nueva Cruzada para recuperar los estados pontificios de los que nos despojó el maldito Víctor Emanuel? ¿No les importa que Nos, su padre, seamos los presos del Vaticano? Pareciera que no queda nada ya... Nada, salvo nuestros pobres. Pero, ahora, ¿veremos también alejarse a los más simples de los trabajadores de la amantísima Europa, del pujante imperio de Norteamérica? ¿Habremos de tolerar cómo se van nuestros hijos bienamados, los desposeídos? ¿Los que antes buscaban en nuestras piadosas palabras un dulce consuelo ante un mundo atroz que los aniquila? ¿Ya no *Nos* necesitan? ¿Qué son estas nuevas palabras de anarquía, de socialismo? ¿Qué es esto novísimo llamado anarcosindicalismo...? Y ahora... ¿mártires? ¿Mártires que no han ofrendado su vida por el designio de Dios Padre ni por la Divina Sangre del Salvador? ¡Quiénes son ahora estos llamados "Mártires de Chicago"! ¡Qué aberración teológica es ésta, Señor! ¡Y resultará ahora que el día 1º de mayo sea más importante para los humildes que las procesiones de las once mil vírgenes que existen en cada pueblo y ciudad del orbe! ¡Este día pagano y proletario resultará más grande que la pública adoración a Cristo en la Semana Santa!"

León XIII intenta comprender a un mundo que, en efecto, ya no es el mismo. Y reflexiona y piensa y reza y cae en la cuenta de algo que, tal vez, pueda ser aún corregido si se actúa con inteligencia. León XIII debe aceptar que la Iglesia se ha alejado de su rebaño. No ha notado ella, la Iglesia, que el siglo xix le pasó por encima, la revolcó como a una tía vieja y solterona y la dejó despeinada, con los bucles deshechos y las enaguas en la cintura, a mitad del camino. Y por ello su santidad pide papel, tinta, plumas, pues ha de escribir con presteza, con la misma febril angustia con la que el anciano Juan, apóstol predilecto y ya nonagenario, escribiera su evangelio y el Libro de las Revelaciones. (Él no es nonagenario, pero sí suma ya ocho décadas de vida.) Tiene, por tanto, que aprovechar su milagrosa lucidez para realizar un dictamen, un análisis de las cosas nuevas, en latín llamadas *Rerum Novarum,* que da forma en una encíclica tan moderna y revolucionaria que señala, aunque no se pueda creer, que los obreros han sido entregados, "aislados e indefensos", a la "inhumanidad de los empresarios y a la desenfrenada codicia de los competidores". Y se da cuenta el papa iluminado que "no se debe considerar al obrero lo mismo que a un esclavo". Y aún más, ¡oh, preclaro Santo Padre!, indica que "se debe respetar la dignidad de la persona, pues esto es parte fundamental del ser cristiano". Y ya cual profeta, exclama, nada menos: "Los proletarios, sin duda alguna, son por naturaleza tan ciudadanos como los ricos…" Y tal vez piense para sí León XIII: "¿Cómo es posible que no lo hayamos visto antes? Y perdóname la blasfemia, Señor, pero Tú que todo lo ves y que a través de mí, que soy infalible, hablas… ya podrías haberme avisado…" Y tal vez Dios, a quien no le gusta que lo contradigan, le haya respondido: "Sí te lo avisé, me vas a disculpar, que ya bastante había escrito sobre esto el obispo Ketteler, el de Mainz, ¿te acuerdas? ¿El que defendió en Alemania a nuestra Iglesia de los ataques del infausto Otto von Bismarck, protestante inmundo? ¿No fue él, Ketteler, quien habló de cierto asociacionismo obrero?" Y al Santo

Padre le regresa el alma al cuerpo, pues tan sólo cambia en su mente esa fea palabra, "asociacionismo" —¡cómo sonaría eso en alemán, Jesús!—, por una más moderna: "sindicalismo", y sí, podría casi jurarse que, en ese momento y a través de la ventana, entró volando una blanca paloma que se posó en la testa pontificia, pues León XIII tuvo una revelación, y así como los poetas conjuntan dos palabras que, a primera vista, son incompatibles y crean enunciados contradictorios, tales como "dulzura amarga", "fuego gélido" o "blanda piedra", su santidad deletrea, musita uno más claro, diáfano, sutil y contundente: "sindicalismo cristiano". Una idea portentosa. No la escribe tal cual, por supuesto. Hay que cuidar las formas antes que nada. Pero encuentra mil sinónimos: "obreros cristianos", "asociaciones católicas"... Bien sabe León XIII que el vulgo, su vulgo, le va a poner a él en la boca lo del "sindicalismo cristiano". "¡Gracias, Señor, gracias...!" León XIII suspira y trata de normalizar el acelerado tamborileo de su corazón y se apresura a aclarar a su grey, a la obrera y a la patrona, la rica y la pobre, que todos, sin distingos, le deben obediencia ciega a la Iglesia católica apostólica romana. Después, a los beneficiados por la abundancia, les recuerda: "El que Dios haya dado la tierra para usufructuarla y disfrutarla a la totalidad del género humano, no puede oponerse, en modo alguno, a la propiedad privada". (Y hace muy bien en señalarlo, que el ser acusado de socialista sería una cosa muy fea en esa época.) Y a los jodidos les advierte: "Habrán de recordar las divinas palabras: 'Maldita la tierra en tu trabajo; comerás de ella, entre fatigas, todos los días de tu vida'." Por lo tanto, proletarios, escuchad: "El fin de las adversidades no se dará en la tierra, porque los males consiguientes al pecado son ásperos, duros y difíciles de soportar y es preciso que acompañen al hombre hasta el último instante de su vida". Y ya cercano al paroxismo, remata con un exordio que no deja lugar a dudas: "¿De qué le serviría al obrero haber conseguido, a través de la asociación, abundancia de cosas si peligra la salvación de su alma por falta de alimento adecuado? Désele, pues, un gran valor a la instrucción religiosa, de modo que cada uno conozca sus obligaciones para con Dios; que sepa lo que ha de creer, que sepa lo que ha de esperar y lo que ha de hacer para su salvación eterna..." Y ya para terminar, ahora así, lo de siempre: "En prenda de los dones divinos, etcétera, amantísimamente en el Señor, etcétera, os impartimos la bendición apostólica. Dado en Roma, junto a san Pedro (nomás para que quede claro), el 15 de mayo de 1891, año decimocuarto de nuestro pontificado…"

Duerma ya, su santidad, duerma, que todavía tiene que llegar a los noventa y trés años. Descanse, que yo no tengo prisa alguna. Tengo todo el tiempo del mundo. Duerma tranquilo, León XIII, que su bien administrada Iglesia se encargará de hacerlo pasar a la historia como el primer "papa socialista", como el "fundador" de la democracia cristiana y como un verdadero papa "moderno". Y es que, ¿sabe?, cada vez que uno de ustedes habla de los pobres o de los obreros, su fiel rebaño entorna los ojos y exclama con espíritu gozoso: "¡Qué papa tan moderno!" Si usted habla de sindicalismo: "¡Qué moderno!" Si Juan XXIII pretende reformar las anquilosadas formas: "¡Qué moderno!" Si es Juan Pablo I el que defiende a los trabajadores y no permite que le endilguen la pesadísima tiara: "¡Qué moderno! ¡Lástima que se murió tan pronto!" Y si el papa Francisco no usa zapatos Prada: "¡Es que es un papa tan moderno!"

Porque la Iglesia, su Iglesia, santidad, es la única institución en el mundo que, para renovarse y tomar el ritmo de los tiempos, tiene que volver a sus orígenes. Para modernizarse, la Iglesia tiene que recordar lo que decía un carpintero… hace dos mil años.

Por círculos católicos obreros debe entenderse una agrupación formada especialmente por individuos consagrados al trabajo material y que tienen por objeto:

I. Conservar, arraigar y propagar las creencias católicas entre los asociados.

II. Difundir, entre los mismos, los conocimientos religiosos, morales y tecnológicos necesarios.

III. Procurar el mejoramiento económico de los asociados.

De estos fines, el principal es el religioso, esto es, la restauración cristiana del obrero como medio contra la apostasía del pueblo y las naciones.

Conclusiones del Primer Congreso Católico en Puebla
1903

†

Entre las muchas causas que influyen sobremanera en el engrandecimiento moral del obrero, deben tener un lugar preferente el amor al trabajo y la respectiva sumisión al amo.

El obrero será más grande [ante la sociedad] y más digno de aprecio si consagra sus energías al exacto cumplimiento de sus deberes.

El obrero debe ver en su patrón no a un simple hombre que retribuye más o menos su trabajo, sino a un buen padre que vela siempre por su bienestar; como a un instrumento de Dios, como su mentor y mejor amigo.

De aquí la estricta obligación del obrero en ser sumiso y respetuoso.

TRINIDAD SÁNCHEZ SANTOS
Director del diario católico *El País*
1908

El primer sello
(5)

De la presentación del César

Ciudad de México, 1925

Plutarco descansa la cabeza en el sillón de su oficina, sintiendo cómo unas gotas heladas de sudor le bañan la frente y unos agudos calambres le espolean las vísceras y le estrangulan los cojones, al tiempo que un amarillo ictérico aparece en su piel, como la humedad en las paredes. Plutarco respira hondo y exhala un aliento ácido con lo que se libera un poco de la dolencia que lo postra a él, que nada ni nadie lo ha hecho antes. A sus flancos, dos soldados, dos generales, sus manos, sus hombros y sus piernas: Joaquín Amaro, secretario de Guerra y Marina, y Adalberto Tejeda, secretario de Gobernación. Porque lo conocen bien, entienden que el silencio que se ha apoderado del despacho presidencial se debe, en efecto, a los cálculos hepáticos que sacuden las entrañas de Plutarco y no a los reportes del estado que guarda la nación, recién comunicados al presidente por ellos mismos. Plutarco resopla.

—Estos cálculos me van a matar...

(Sí, Plutarco, te van a matar, pero no será hoy, no dramatices. Todavía faltan veinte años. Hasta el año 45.)

—Si no me matan antes ustedes dos...

—Estamos seguros de que sus dolencias terminarán muy pronto, señor presidente...

39

Se inmiscuye así, zalamero y oportuno, el otro convidado: Luis Napoleón Morones, secretario de Industria, Comercio y Trabajo. Plutarco lo mira, lo estudia, lo analiza. Amaro y Tejeda no tienen el menor empacho en demostrarle al sindicalista su más profundo desprecio. Y tal vez Plutarco lo haga también, aunque sin encono, tratando de entender, mejor, el porqué, el cómo y el cuándo llegó el abotagado tipógrafo ése, el de la ínfima ralea burocrática, el empleaducho de la Compañía de Teléfonos, a convertirse en líder obrero y diputado. Y ahora, además, es su secretario del Trabajo. Plutarco reflexiona unos segundos y mira la realidad de frente: la Confederación Regional Obrera Mexicana, la CROM, creada y dirigida por Morones, cuenta ya con un millón y medio de obreros afiliados. Una fuerza que lo mismo puede ser aliada que enemiga. Y mejor, aliada.

—¿Cómo van sus líos sindicales, Morones?

El gordo se refocila en el asiento, carraspea, aclara la garganta, se seca la grasa que le escurre por la frente e imposta la voz como si fuera a entonar un *aria di bravura*.

—Caminando, señor presidente.

Y pareciera concluir. Los tres generales, Plutarco incluido, intercambian miradas. Pero Plutarco, además de general, es maestro y siendo mucho más maestro que militar no rehúye a la dialéctica.

—Se puede caminar en diferentes direcciones. En avanzada o en retirada. Hacia la cumbre de una montaña o hacia el borde de un precipicio. Usted, ¿hacia dónde está caminando, Morones?

Morones suda. Amaro y Tejeda disfrutan.

—A los sindicatos rojos los estamos metiendo al aro, señor presidente. Pero… los sindicatos católicos nos están costando más trabajo, debo reconocer.

Plutarco bufa, aunque no se puede decir si es por lo que acaba de escuchar o por el dolor que lo martiriza todavía.

—No me gusta que haya un sindicalismo "católico", eso ya lo sabe. No es conveniente, ni siquiera es digno, que a los trabajadores los llenen de ideas conservadoras y clericales… ¡y mucho menos que todavía se tengan que confesar antes de ser reventados por sus muy cristianos patrones!

El secretario, cual senador romano que se baña en los vapores, cruza con trabajos los embutidos que tiene por dedos y declara:

—Bueno, lo que finalmente nos interesa es que los trabajadores voten, señor, no a quién le recen.

Plutarco Elías lo observa, lo traspasa con la mirada.

—Por eso usted es un lacayo, Morones…

Luis Napoleón suda, pero no replica porque sabe que, en efecto, es un lacayo. Y no le importa aceptarse así.

—Usted ve al sindicalismo sólo como una maquinaria para fabricar votos. Yo lo veo de manera distinta. El sindicalismo es el mejor camino para recibir y aglutinar diversas ideologías, claro está, siempre y cuando todas conduzcan a lo mismo: a crear una sola identidad nacional. No quiero trabajadores "católicos", ni trabajadores "rojos", ni "demócratas", ni "anarquistas". Quiero trabajadores "mexicanos" y punto.

El líder sindical intenta una respuesta pero a Plutarco no le interesa.

—Y la Iglesia, no contenta con meter, como siempre, las narices en la legislación del país, ahora se inmiscuye también en la vida sindical, lo cual es inaceptable. Pero si ellos tienen su Biblia, yo tengo la mía. Y el artículo 130 constitucional no admite "interpretaciones". No sólo los curas tienen dogmas, si es que entendemos todos aquí lo que es un dogma…

—*Dura lex, sed lex…*, lo entiendo señor —apura el elevado a ministro; y como para revirarle a aquellos tres que lo han humillado, se toma también la libertad de traducir—: *Dura es la ley, pero es la ley.*

Plutarco se ríe abiertamente. Lo que jamás se imaginó: escuchar a Morones lanzando latinajos. Pero una nueva punzada, como navaja de bayoneta, se le clava en los testículos, le crispa el rostro, le adormece las piernas, le acicatea la vida. Los generales entienden que la reunión ha terminado. Se levantan y lo mismo hace el líder sindical, quien no pierde la oportunidad de señalar a quien ya no quiere ni puede escucharlo:

—No se preocupe por los sindicatos católicos, señor presidente. Siempre hay "modos" de unificar ideologías.

Y a la mañana siguiente, en ese año de 1925, bajo el poder de Plutarco Elías, aquella asamblea clandestina de la CNCT, la Confederación

Nacional Católica del Trabajo, recibe la inesperada visita de los esbirros de la CROM, en una antigua fábrica textil de Río Grande, Jalisco. Y los esbirros de Morones, con sus cachiporras, les revientan la cara a los trabajadores católicos por creer éstos que el sindicalismo puede y debe exaltar los valores humanos y espirituales de los obreros; les tiran los dientes y les quiebran las palabras a patadas y a varazos por no querer someterse a los intereses ateos de un gobierno comunista; les rompen sus ideas antiguas, ayudados por sus culatas de acero y sus toletes de madera, y los convencen de las suyas, más nuevas, más acordes con estos tiempos que requieren de un sindicalismo unido, que si las letras de los catecismos y los evangelios con sangre entran, la nueva ideología revolucionaria bien puede hacerlo también a punta de chingadazos.

Y concluya aquí el Libro del Génesis.

Entonces me dijo: Estos son los que han venido de
una tribulación grande y lavaron sus vestiduras y
las purificaron en la sangre del Cordero.

Apocalipsis de san Juan,
La multitud de los glorificados, 7: 14

Segunda profecía:
de Victoriano

17 de marzo de 1929.
Tepatitlán de Morelos, Jalisco

Y dirán las gentes de la tierra, de esta tierra, que el día que muera Victoriano Ramírez, el Catorce, se abrirán los Cielos y se escuchará el llanto de los ángeles, pues Victoriano a su lado combate y bajo su cuidado vence. Y dirán las gentes de la tierra, de esta tierra, que el día que muera Victoriano Ramírez, el Catorce, crecerá en el campo un árbol robusto, de amplias ramas protectoras, nutrido por su sangre. Y dirán las gentes de esta tierra que es y fue Victoriano Ramírez, el Catorce, un hombre valiente, honesto y bueno… En lo que habrá que estar de acuerdo, mientras se hable de valentía y honestidad, poniendo en tela de juicio la bondad de un hombre que mata a otros hombres, sea cual sea la causa… (Y no es que esto me importe demasiado, pero al César lo que es del César y al Catorce lo que es de él…)

De el Catorce se dirán muchas y muy buenas palabras, siempre justas y certeras en lo que concierne al amor que tuvo por su pueblo, su fe y su religión; serán ciertas las palabras que hablen de su bravura y del temor que inspiraba el grito de "¡Viva el Catorce!" entre las filas militares de los guachos callistas; serán ciertas cuando hablen de su simpatía y su don de gentes, de su galanura y de su muy amplio corazón, tan amplio, que albergaba decenas de amores, todos únicos, legítimos y eternos.

Lo que no se dirá de Victoriano Ramírez, el Catorce, será la razón de su muerte ni cómo sucedió ésta. Pareciera que nadie querrá acordarse de cómo fue el que este Cristo de San Miguel el Alto dejó el mundo de los vivos. Pero yo, que lo recuerdo todo, pues de todo he sido testigo, bien que lo puedo contar y también puedo entender la humana causa del silencio que irá desdibujando, que irá cubriendo, como el salitre a los frescos de los templos, la figura del héroe más increíble de estas jornadas de sangre.

Habré de decir que el Catorce no morirá en combate, ni morirá guerreando, ni venciendo, ni siquiera en retirada. El Catorce no morirá entre estertores de cuchillos o granadas. No morirá con honor, fusilado por órdenes del César Plutarco o combatiendo al general romano Joaquín Amaro. No. Victoriano Ramírez, el Catorce, morirá con vergüenza y a causa de la envidia. El Catorce habrá de morir traicionado por dos curas, por dos sacerdotes cuyas ofrendas de sacrificios al Señor, como las de Caín, no serán jamás recibidas en el Cielo como sí lo han de ser las de Victoriano. Serán el padre Aristeo Pedroza y el padre José Reyes Vega, el Pancho Villa de Sotana, quienes tramarán su muerte, y será una bestia, un asesino vulgar, un tal Chiloco, el que lo matará en la cárcel de Tepatitlán.

Y nadie habrá de festejar. Nadie, excepto el general romano Saturnino Cedillo quien dirá: "Ya mataron al Catorce sus compañeros... ¡Qué pendejos! Le cortaron la cabeza a la víbora. La cola que me la dejen a mí..."

Pero las gentes de la tierra, de esta tierra, dirán que el Catorce no murió en Tepatitlán y que se le ve aún caminar por los montes y las sierras. Contarán que sigue defendiendo a los humildes ante las injusticias de los poderosos. Dirán que se le ve al cuidado de los niños jornaleros. Y contarán también que, si alguien lo sigue, se esconderá para desaparecer detrás de un árbol robusto, de amplias ramas protectoras.

Todo eso contarán, pues...

Y como hubiese abierto el segundo sello…
salió un caballo rojo y al que lo montaba se le concedió el poder
de desterrar la paz de la tierra y hacer que los hombres
se matasen unos a otros…

Apocalipsis de san Juan,
Los seis primeros sellos, 6: 3-4

EL SEGUNDO SELLO

Caín y Abel

Se cree que el papa es el centro de la unidad católica, como se llama falsamente la Iglesia romana; y se cree que sin esa unidad no se puede ser. ¡Error garrafal y patente a todos los que quieren ver!

¿Qué unidad es ésa que se quiere conservar con el papa? ¿Es la unidad religiosa? Hay centenares de religiones en el mundo que no reconocen al papa. ¿Es la unidad de fe? ¡Cuánta discrepancia existe entre la fe de los romanistas en los Estados Unidos de Norteamérica y los de México!

¿Qué fe es ésa que necesita unión con el papa? ¿Es la fe de nuestros indios? Ciertamente no. Nuestros indios son idólatras y con nombrarles sus ídolos como vírgenes o santos, hacen ningún caso del papa.

Tiene que acabar esa institución (la Iglesia católica de Roma), por más que los obispos mexicanos la quieran sostener en México con perjuicio de nuestro pueblo.

EDUARDO SÁNCHEZ CAMACHO
Obispo de Tamaulipas, excomulgado y separado
de su cargo por León XIII
1905

El segundo sello
(1)

"Día vendrá en que los señores de la mitra, que deben ser los defensores de nuestro pueblo, pero que lo esquilman, embrutecen y abaten hasta lo sumo, paguen o sufran la pena de su delito de lesa humanidad y de traición a los que los sostienen, toleran y sufren. Sigan los arzobispos y obispos de la tierra, de esta tierra, fomentando la avaricia y los vicios del papa y sus enviados. Sigan protestando tácitamente contra mi modo de pensar y de obrar contra el papado, que ya sentirán las consecuencias de su conducta antipatriótica e indigna." Y continúa hablando el ángel caído, el hombre que vistió de púrpura, al que León XIII preconizó obispo, al que todos llamaban con reverencia "monseñor" y luego, con desprecio y burla, inmediatamente después de ser defenestrado desde las alturas, el Obispo del Diablo, Eduardo Sánchez Camacho, el cura loco y cismático. Y si el pontífice León lo excomulgó, el emperador Porfirio lo mandó al exilio, que no estaba para escuchar de negaciones a las apariciones de la virgen guadalupana en un mundo, el suyo, en el que siempre era mejor que Dios y César caminasen juntos.

Hablaba así, entonces, el hombre que alguna vez portó la mitra de seda, los anillos y los crucifijos dorados, el hombre que tuvo grandes alas y que hoy yace encerrado, entre cuatro paredes altas, de piedra, cal y arena; tan altas que en ellas chocan y reverberan los ecos de su propia voz, que sólo proviene ya desde el olvido. Y el desterrado del "romanismo" habla de una nueva Iglesia, pero una Iglesia de la tierra, de esta tierra, cercana a las ovejas de su pastoreo, a las que les hablará en su lengua y desde su corazón; a las que domeñará con acciones de paz y de humildad aprendidas en estos campos, en estas laderas, en estas montañas y en estos valles de lágrimas; una nueva Iglesia alejada del fasto, del dispendio, de la codicia, de la simonía, de la convivencia y de la conveniencia política, alejada, en suma, de la gran puta de Babilonia, pues creyó el incauto que el nuevo pontífice, otro llamado el Piadoso, pero siendo ya el décimo, al hablar de sus intenciones de *restaurare omnia in Christo*, de *restaurar todo en Cristo*, trabajaría por restablecer las costumbres cristianas en el clero y en el pueblo; creyó el incauto que Pío X no quería reino, ni honores ni riquezas en este mundo; y creyó el iluso (el cándido, el crédulo, el embaucado) que por fin se establecería, en estas tierras mexicanas, una verdadera religión cristiana, apartándose de la castellana y europea, tan en mala hora traída desde el siglo XVI. Ya se había dado el grito de la independencia política de Europa. Faltaba ahora dar un nuevo grito, más poderoso, más rotundo, más reverberante en el cosmos y en las conciencias: el de la independencia espiritual de Roma.

Pero el desterrado no tiene ya edad, ni fuerzas, ni modos, ni medios para lanzar tal grito y no puede más que rumiar, en el olvido, sus penas, lamiéndose las heridas, escribiendo, gritando a la nada de sus altísimas paredes de piedra, cal y arena, escurridas del sudor y de la humedad de Ciudad Victoria. No saldrá de su pecho el grito redentor y emancipatorio. El grito cismático. Caín asesinado en vida por Abel. Caín que no encontró quijada de burro lo suficientemente fuerte para descoyuntarle la cerviz a su hermano, el bienquisto de Dios, quien detuvo a tiempo su brazo, lo dobregó, lo postró, lo humilló y lo encarceló. Ícaro, Prometeo, Caín. Sin plumas, sin hígado y sin quijada. Un ángel caído que se bebe la hiel de sus amarguras.

Aunque, tal vez, sus palabras aniden en algún otro sitio, en alguna otra conciencia. Tal vez encuentren eco en aquel humilde sacerdote de pueblo al que le dice constantemente él, que ya no es más obispo: "Toma la pluma, hijo, y escribe esto que te dicto..." Y el cura de pueblo —¿se llama José Joaquín?— escribe las palabras que de la tinta corren al papel y del papel vuelan a sus propios ojos y le inflaman el cerebro y le queman la sangre y le expanden los pulmones: "La clase mayor de los humanos, por su poca inteligencia... siente un pánico atroz al ver el relámpago, al oír el trueno, al ver una lluvia torrencial... al sentir un sacudimiento terrestre... Los individuos de esa clase mayor e ignorante vuelven luego los ojos al espacio y buscan un ser que los defienda del mal imaginario que se suponen. Y al lado de esa clase ignorante...", continúa sus reflexiones el obispo leproso, "tenemos a la parte menor de la humanidad, inteligente más que la otra; y en ella hay individuos audaces —y los ha habido siempre— que aprovechan el espanto de los inferiores y se declaran agentes de Dios. ¡He aquí el sacerdocio en los tiempos históricos y en nuestros propios días! Esos hombres audaces con signos y amuletos atraen al ignorante y lo hacen instrumento ciego de su voluntad. ¡He aquí al sacerdote! ¡He aquí la explotación de la clase pobre! ¡He aquí la idolatría más baja y humillante!" El obispo caído bebe un poco de agua y remonta sus pensamientos a la soberbia de sus antiguos cófrades. "Jamás apoyé ni protegí a un clérigo indigno, y cuando fui obispo, hijo mío...", le habla ahora al piadoso asistente, "... perseguí siempre a los clérigos hipócritas e inmorales, como al criminal más vulgar, sin creer ni sostener el falso principio de que son los 'ungidos del Señor' y de que, por eso, nadie puede castigarlos ni tocarlos siquiera. Juzgo y siempre he creído que un mal clérigo es el reo más digno de los mayores castigos corporales, porque su crimen es superior al de los simples fieles o creyentes..."

Y José Joaquín Pérez Budar, su escribano y enfermero, seminarista de pueblo, sacerdote de pueblo, que no aspira a nada, que no puede aspirar a nada pues no es más que un indio llegado a cura, sueña, al menos, con una Iglesia nacional. Con la Iglesia Católica Apostólica Mexicana.

El segundo sello
(2)

El secretario entra y anuncia:

—Señor presidente, don Luis Napoleón Morones...

Plutarco mira a Joaquín Amaro con cierto hartazgo, buscando su complicidad, pero la máscara cobriza del general se mantiene imperturbable.

—Hágalo pasar, Fernando.

Y Fernando Torreblanca, el secretario particular de tres presidentes, confidente y yerno del actual, da paso franco al rotundo Napoleón, que se cohíbe un poco ante la mirada severa de Amaro; sin embargo, sabe recuperarse pronto:

—Qué oportuno encontrarlo acompañado, señor presidente. ¡Y nada menos que por el Indio de la Arracada! —dice con énfasis panegírico.

Y Plutarco ya no sabe por qué o por quién lanza esas desaforadas carcajadas: si por el imbécil de Morones o por la cara de Amaro al que, si no fuese a tal grado prieto, habría visto palidecer. Pero Morones, claro, no se ha dado cuenta de nada.

—Esto que vengo a proponer al señor presidente le interesará mucho a usted general, considerando que lo han llamado también el Atila de Guaracha.

Amaro se pone de pie de un salto.

—Si no tiene ninguna otra indicación para mí, señor.

—¡Le suplico que me escuche también, general! —se apresura Napoleón—. Lo que aquí vengo a tratar ¡tiene que ver con la Iglesia!

55

—¿Y? —arremete Amaro.

—Pues… que siendo usted tan… eh… pues, hombre… ¡el Atila de Guaracha, nada menos!… Si todo el mundo sabe que usted celebra su santo en la iglesia de San Joaquín, ¡brindando con tequila y mezcal en los mismísimos cálices!

Plutarco tiene que intervenir, pues los dedos de Amaro se acercan peligrosamente a una cacha que sobresale de su cinturón.

—Morones, ¡por favor! El general Amaro es abstemio, eso también lo sabe todo el mundo. No sea imprudente, hombre —y aprovecha, eso sí, como de paso, la oportunidad de joder un poco a su general—: Lo que no sabía era lo de "la arracada".

Napoleón, temiendo por su vida, aclara:

—Eso lo sé de fuentes tan fidedignas como bien intencionadas, general, ¡se lo aseguro! ¡Y que me caiga muerto en este instante si no es así!

(No, gordo, tú no decides en qué momento caes muerto. Llegarás a viejo, hasta el 64, así que no ofrezcas lo que no puedes dar.)

Y creyendo las aguas en calma, Napoleón sentencia aún:

—¡Si no lo he dicho con ánimo de ofender a su preclara raigambre tarasca!

—No soy tarasco.

—Yaqui, ¡quiero decir!

—Mucho menos yaqui. Soy de Zacatecas.

Al líder sindical ya no le alcanza el pañuelo para secarse tanto sudor.

—Bueno, yo lo decía por…

—Sí celebro mi santo en el templo que dice usted —interrumpe Amaro—, y brindo con mis tropas en los cálices, que no son otra cosa más que copas doradas de metal.

Amaro, el estratega, sabe cuándo se debe responder o ignorar un ataque, por lo que continúa:

—Pero tomo tepache, nomás —y le aclara al presidente—: Lo de la arracada es una historia de amores, señor, de chamaco… pero nunca la usé… ¡Y mucho menos traía colgando en la oreja una pluma roja! —se ríe por primera vez.

Morones, si creyera en las almas, sentiría cómo le regresa la suya al cuerpo.

—En la guerra conviene que crean de uno hasta lo que no es —concluye Amaro.

—Tiene razón, general —zanja la discusión Plutarco—. Lo escuchamos, Morones.

Napoleón dobla el pañuelo y se lo coloca con esmero en la bolsa del saco, al momento que se endereza la pajarita, porque, eso sí, el sindicalista es prolijo en su cuidado en grados de atildamiento. Y cual suele ser su costumbre, carraspea, aclara la garganta e imposta:

—Señor presidente, ¿usted considera que la Iglesia católica es un estorbo para la misión revolucionaria de su Gobierno?

A Plutarco no le gusta la retórica si no es la suya propia, pero accede.

—Si cargar las espaldas de los mexicanos, desde hace cuatro siglos, con miedos absurdos, con supersticiones y estupideces místicas se puede considerar un estorbo, no sólo para mi Gobierno, sino para el desarrollo intelectual de cualquier nación, sí, Luis, considero que la Iglesia es un estorbo. Aunque supongo que eso ya lo sabía.

Morones ve la puerta abierta.

—¿Y por qué no la quita de en medio, señor?

—Porque no estoy loco. ¿Me pide usted que le quite a los mexicanos su religión?

—¡No su religión, señor presidente! Su Iglesia, que no es lo mismo. ¿El problema es Roma y sus obispos? Hagamos una Iglesia mexicana, a nuestro modo, ¡separada del papa!

—Eso, de alguna manera, lo intenté en Sonora, en el 18, y no fue posible.

—Porque fue, con todo respeto, un asunto meramente local, señor. No, no. Yo hablo de una Iglesia nacional.

—¡Morones! —pierde la paciencia el que nunca la pierde en público—. ¡No pienso meterme en cismas con Roma! Ni usted es Enrique VIII, ni yo voy a convertir a México en un país "protestante", ¡no me fastidie!

—Pero, ¿quién habla aquí de protestantismo, señor? Ahora sí que ¡líbreme el cielo! ¡No, señor presidente! Yo hablo de una Iglesia nacional, sí, pero católica y ¡muy católica! ¡Yo le vengo a hablar de la Iglesia Católica Apostólica Mexicana!

Y retintinea con esmero telegráfico el "me-xi-ca-na". Pero lo cerca Amaro.

—Usted es el secretario del Trabajo. ¿Qué tiene que ver tratando asuntos de Iglesia? —y cuestiona a Plutarco—: Con todo respeto, señor, ¿el secretario de Gobernación está enterado de estos planes?

—¡Yo mismo lo he platicado con él, general! —se indigna Napoleón—. Y disculpe que no lo haya enterado a usted personalmente, pero si a mí no me concierne, según su decir, a usted tampoco.

Plutarco le pide paciencia, con un simple gesto de la mano, al Indio de la Arracada.

—¿Y quién va a ser su "pontífice", Morones?

—¡*Habemus papam mexicanus*, señor!

—¿Y es?

—El venerable José Joaquín Pérez Budar.

—No tengo la menor idea de quién me habla usted.

—Y el obispo Sánchez Camacho, de Tamaulipas, ¿le hace sentido?

—El Obispo del Diablo. ¿Vive todavía?

—Murió hace apenas unos años, en el 20. Pérez Budar fue su asistente.

Plutarco masculla algo imperceptible. Luego pregunta:

—¿Y su "Vaticano"? ¿Dónde lo piensa poner?

Napoleón se levanta, como despidiéndose.

—Pierda cuidado, señor presidente, que tenemos la ventaja de que Dios "está en todas partes".

Al día siguiente, por la mañana, en ese frío enero de 1925, Ricardo Treviño, aliado de Luis Napoleón Morones, se dirige hacia la iglesia de La Soledad, en La Merced, con una piqueta de obreros de la CROM que se hacen llamar, pomposamente, Orden de los Caballeros de Guadalupe. Y si los ejércitos de Godofredo de Bouillón llevaban, a la Primera Cruzada, lanzas, ballestas y cruces potenzadas de Jerusalén en el pecho, estos nuevos soldados de la fe, Caballeros de Guadalupe, cargan con garrotes, cadenas y pistolas, y enarbolan las nuevas cruces del mundo, las que forman un pico y una pala o una hoz y un martillo y marchan con iluminada decisión, que para eso son cruzados, a convencer a los otros de que su fe es la buena, la justa y la correcta. Las armas se llevan por si acaso, por si el otro, el infiel, requiriese de una pequeña demostración del supremo poder del Dios verdadero.

58

El segundo sello
(3)

—¿Una Iglesia mexicana? —pregunta el papa Pío XI a quien lo acompaña.

Y no es que no lo hubiese escuchado o comprendido. Es que el asombro le impide creerlo. Así que repite la pregunta:

—¿Una Iglesia Católica Apostólica Mexicana?

Y su secretario de Estado, el cardenal Eugenio Pacelli que, todavía no lo sabe, pero también será papa y se llamará igualmente Pío, el número XII, inclina levemente la cabeza, en señal de aprobación.

—Un asunto muy grave, su santidad.

—Tan grave, como que el presidente Calles ha seguido paso por paso lo que el diabólico Lenin hizo en Rusia.

—Con gran eficacia… desgraciadamente…

Pío XI taladra al futuro Pío XII con sus ojillos de topo, aunque no por ello menos vivos, menos escrutadores. Por momentos, su antigua profesión de paleógrafo se apodera de él y busca encontrar, en los rostros de sus interlocutores, el palimpsesto que, en realidad, son todos los hombres. Achille Ratti, papa, permanece en silencio. Al tiempo sentencia:

—Eso es algo que los mexicanos no van a tolerar. Dejemos, por el momento, que sean ellos, junto con nuestros obispos, los que se ocupen del asunto.

El cardenal Pacelli insiste:

—Santidad... el presidente Calles es un fanático...

—Como lo fue Carranza, cardenal, y lo sobrevivimos. Aún después de promulgada su "Constitución", logramos seguir adelante, con paciencia y fe cristiana.

Caín y Abel II: 2-3

Protestamos contra semejantes atentados y contra todos los demás que contenga la Constitución dictada en Querétaro el día 5 de febrero del presente año, en mengua de la libertad religiosa y de los derechos de la Iglesia; y declaramos que desconoceremos todo acto o manifiesto, aunque emanado de cualquiera persona de nuestra diócesis, aun eclesiástica y constituida en dignidad, si fuere contrario a éstas nuestras declaraciones y protestas.

Protesta que hacen los prelados mexicanos en ocasión de la Constitución Política de los Estados Unidos Mexicanos publicada el día 5 de febrero de 1917

†

Protestamos contra los constitucioneros que, hablando de libertad, nos hunden en la anarquía. ¡Guerra a muerte contra los herejes! ¡Mueran los enemigos de Dios!

Carteles colocados en los postes de las calles de Guadalajara 1917

El segundo sello
(4)

Pacelli guarda silencio, pues no es su función alterar al pontífice, pero arremete:

—El presidente Carranza fue un político que utilizó su anticlericalismo como eso, precisamente, como un mero instrumento político. A su conveniencia. Nada más. Claro, como culpó a la Iglesia de tener participación o, al menos, de haber precipitado la muerte del presidente Madero...

—¿El espiritista? ¿El que hablaba con fantasmas?

—Sí... —Pacelli no puede evitar una sonrisa. Y retoma—: Aunque Carranza nunca aportó pruebas, naturalmente.

—No las aportó porque no las habría, ¿no le parece? —levanta un poco el tono su santidad.

Pero Pacelli, el abogado civil, se anima a litigar:

—De eso no, por supuesto, pero... del apoyo que dimos al militar que lo derrocó...

—Me hablaba usted de Calles —enfatiza el papa con autoridad teologal.

Eugenio Pacelli permanece callado y comienza a entender, quizá, el valor que el silencio tiene ante ciertos asuntos que pueden desbordarse.

Caín y Abel III: 4-7

Santo, Santo, Santo es el Señor,
Dios de los ejércitos.
Los cielos y la tierra
están llenos de la majestad de tu gloria.

Te Deum celebrado en Catedral por el arzobispo Mora
y del Río en honor a Victoriano Huerta, diez días después
del asesinato de Francisco I. Madero
Marzo de 1913

†

El clero de México ayudará al Gobierno [de Victoriano Huerta]
con la suma de veinte millones de pesos. Altos dignatarios del clero
mexicano han tratado en estos días sobre la ayuda [...] para procurar el pronto restablecimiento de la paz.

Primera plana del diario *El Imparcial*
17 de abril de 1913

†

Dicha indemnización podría ser pagada mensualmente para los gastos del culto [...] Las mesadas del arzobispo, canónigos y cape-
llanes de coro y sacristanes, ascienden anualmente a la suma de
sesenta mil pesos. No se crea que los sueldos son excesivos, pues el
arzobispo solamente tiene 750 pesos mensualmente, y con ellos
debe atender los alimentos, vestido, servidumbre, gastos de casa y
limosnas [...] ¿Podría el Gobierno hacernos el gran bien de darnos un capital que produjera todo lo necesario para conservar lo
que tenemos? Bastaría con un millón de pesos.

Carta del arzobispo Mora y del Río a Aureliano Urrutia,
secretario de Gobernación de Victoriano Huerta
10 de octubre de 1914

El clero católico de México, directamente o mediante la intervención del Partido Católico, fue uno de los factores principales en la caída de Madero [...] Es ocioso entrar en detalles respecto al decidido apoyo prestado socialmente por el clero y al apoyo político dado por el Partido Católico a Huerta, tanto con sus hombres como con su dinero [...] Tal propósito fue realizado no a través de los medios individuales que todo ciudadano está en libertad de poner a la disposición de un partido político, sino aprovechándose de la influencia religiosa ejercida por el clero católico sobre los fieles, desde el púlpito y en el confesionario.

[...] La destrucción de confesionarios [por parte de los soldados carrancistas] ha sido la manifestación más ostensible de la mala voluntad con que las tropas revolucionarias han visto el uso que el clero católico había hecho del sacramento de la confesión como arma de contienda política.

LUIS CABRERA
La cuestión religiosa en México, 1915

El segundo sello
(5)

Toda vez que el cardenal Pacelli, secretario de Estado, entiende de que puede retomar su discurso, decide llevarlo hacia los cauces que interesan al papa, sin contaminar sus dichos con datos innecesarios.

—Hablábamos de Elías Calles, santidad. Además de político es un ideólogo. También es militar, por supuesto, aunque esto es algo circunstancial en su vida. El presidente Calles es maestro y uno convencido del racionalismo. Es también, a diferencia de Carranza y Obregón, un abierto comunista. Apenas el año pasado, me permito recordarle, México se convirtió en la primera nación del continente americano en establecer relaciones diplomáticas con la Unión Soviética. No en balde a esa pobre nación se le conoce ya como *Soviet Mexico*.

El papa lo mira, lo analiza, le escudriña el rostro equino. Le gusta que sea su secretario de Estado. Lo respeta. Pero guarda silencio. Pío XI razona que, tal vez, aún sea la prudencia la que deba regir. "No", reflexiona, "cosas peores han pasado en México en años anteriores y la Esposa de Cristo ha salido avante… Por otra parte: ¿una Iglesia nacional? No será tampoco la primera ni la última en fracasar…"

—Escribiremos una carta a nuestros hermanos, los obispos mexicanos —concluye en voz alta—. Los conminaremos a orar y a esperar con paciencia que los vientos nos sean más favorables.

—¿A orar, santidad? —inquiere el secretario.

Pío XI, de nueva cuenta, le hace saber que Dios habla a través de él:

—No *Nos* temblará la mano cuando sea necesario actuar, cardenal.

Y nadie lo piensa así. Que no le ha temblado la mano nunca. No le ha temblado, por ejemplo, cuando ha tenido que tratar con el primer ministro italiano, Benito Mussolini, el futuro *Duce*, con su cara de perro bravo, de quien pronto conseguirá el reconocimiento al Vaticano como un Estado independiente, nada menos, así tenga que regresarle el favor bendiciendo, sin que le tiemble la mano tampoco, los cañones y los tanques que partirán a la guerra de Etiopía, que a los italianos les gusta llamar Abisinia. Como mucho menos le temblará la mano para escribir una carta de felicitación al general Rodolfo Graziani, llamado el Carnicero de Etiopía, después del triunfo fascista en África, aunque para ello sea necesario rociar con gases químicos a las mujeres y a los niños etíopes, miembros de la muy necia población civil. No, qué va. A Pío XI nunca le tembló la mano.

(Al menos hasta 1939, cuando, a los 81 años, no tendrá más alternativa que pasarle la estafeta a su amigo Pacelli.)

—Jesús es capaz de calmar cualquier tormenta —concluye con el rostro relajado en una sonrisa. Y cita—: "¿Por qué tienen tanto miedo? ¿Todavía no tienen fe?" Jesús conduce el timón de nuestra frágil barca, no lo olvide.

Y se retira, claro, lleno de fe. Con plena confianza en que Jesús llevará la nave a buen puerto. Sin embargo, no puede evitarlo, un sentimiento parecido al miedo le oprime el pecho.

El segundo sello
(6)

La iglesia de La Soledad, tal vez majestuosa aún en aquella época, ha sido rescatada, aceptemos el eufemismo, por los Caballeros de Guadalupe para que ahí se realicen los oficios de la nueva Iglesia, del nuevo faro de luz espiritual que un indio americano, el reverendo padre —ahora patriarca— José Joaquín Pérez Budar, dará a conocer desde el corazón de estas tierras al mundo entero. Que no en balde los muros de esta centenaria iglesia del barrio de La Merced están revestidos de tezontle, la roja piedra volcánica de los paisajes cotidianos, roja por el fuego y roja por la sangre. La piedra de México. No se quieren más condes ni príncipes ni marqueses italianos disfrazados de sacerdotes, cardenales y papas. Los mexicanos no necesitan que los nobles italianos guíen sus destinos espirituales y sus conciencias, faltaba más. No. Será un indio oaxaqueño —condenados oaxaqueños, están en todos lados—, nacido en Justlahuaca, a partir de ahora llamado por sus seguidores —y sus detractores, que nunca faltan los envidiosos— "venerable", "patriarca", "papa mexicano". Pero se equivocan sus custodios, los inefables Caballeros de Guadalupe, si piensan que las señoras Fortunata, Genoveva y Ernestina, Jacinta o Chayito, cuyos nombres también improviso porque no recuerdo cuándo ni dónde llegaron a mi lado, se van a olvidar de manera tan fácil de cómo fue sacado, arrebatado del templo, a empellones e insultos, peor que mercader, el ya anciano padre Silva, antiguo párroco de la iglesia, hoy acechado por el infortunio, por obra y desgracia de los de la Orden de Guadalupe que tienen de

69

todo, menos el grado de Caballeros. Y se equivocan también si creen que aquella primera misa de la Iglesia Católica Apostólica Mexicana, realizada el 22 de febrero de 1925, transcurrirá en santa paz.

Pero sin presagiar tormenta alguna, al interior del templo, en la sacristía, envuelto en el humo de los incensarios y los sahumerios, el venerable José Joaquín es vestido por tres monaguillos que le colocan la blanca sotana, las blanquísimas alba y casulla, así como el más blanco solideo. Piezas todas éstas que resaltan el color atezado de las manos y del rostro de quien las porta. Y hay algo en esta imagen que no cuadra, es cierto. Aquella figuración europeizante de un papa blanco vestido de blanco, choca de tal manera con la del patriarca de Justlahuaca que ya hasta los periódicos se han hecho eco del grosero apodo con el que la sociedad baldona a José Joaquín: el Sumo Pontechango. Aunque estas burlas, racistas y cutres que no se despegan nunca de los mexicanos, como el cochambre de los sartenes, no le importan al nuevo patriarca. Y tampoco le importan al señor arzobispo de México —del ritual católico romano, habrá que aclarar— don José Mora y del Río que, más que divertirse con las vulgares ocurrencias, debe preocuparse por los cánones que pretende establecer su antiguo subalterno cuando éste era oficiante en el sagrario de la Catedral Metropolitana donde, sí, alguna vez lo escuchó hablar de la independencia espiritual de Roma, pero, hombre, "del dicho al hecho... ¡y en estos tiempos aciagos, caray!" Para colmo, la necedad del patriarca Pérez lo lleva a considerarse no un cura cismático, sino el fundador de una nueva Iglesia, como si no fuese lo mismo, autonombrándose "amigo" de Pío XI, el "patriarca de Europa" que él lo es de México. Y acaso preocupará más a su ilustrísima que el separatista Pérez haya ofrecido establecer la liturgia en idioma español y no en latín; que promueva la libre lectura e interpretación de las Sagradas Escrituras, también en español, naturalmente. Al arzobispo se le irá el alma al enterarse de que José Joaquín ofrece la impartición gratuita de los sacramentos, como si eso no entrase ya en lo que se llamaría una competencia desleal. Y para colmo el patriarca, que fue casado y ahora viudo —aunque sin prole, se acepta—, no cree en el celibato y permite el matrimonio de sus sacerdotes para que éstos, sin necesidad de renegar de su propia naturaleza, no vayan dejando por ahí hijos regados, a la buena de Dios.

El arzobispo sopesa, mide y calcula lo que puede venir, lo que se debe evitar, y nomás para empezar y para que la sociedad entera vea que la Iglesia no se anda con chacotas, pone en ejecución un castigo severísimo que, según él, hará cimbrar a todos los involucrados en este vergonzoso lance que, no tiene duda alguna, se ha fraguado en la mismísima oficina presidencial: decreta, por tanto, la excomunión al patriarca, a sus sacerdotes, a sus obispos fementidos y a todos aquellos borregos descarriados que, de manera incauta y herética, así sea por pura ignorancia, tomen la supuesta "comunión" de la tal Iglesia.

Pero al patriarca, como sería de esperarse, la excomunión ni le va ni le viene, pues dicho castigo es práctica común de una institución a la que él ya no pertenece. Y se lanza, en piadosa venganza, sobre los romanistas: que es una pena, dice y escribe, que haya tantos sacerdotes extranjeros, relegando así a los nacionales; que es una pena que tanto dinero de limosnas sirva para enriquecer al papa Pío XI y no para dar mantenimiento a los templos mexicanos y ofrecer un sueldo digno a tanto cura indígena que atiende las más miserables parroquias en las que se hilvanan pueblos y rancherías; que es una pena que los sacerdotes romanos sean vasallos de un gobernante extranjero y no respeten las leyes nacionales; que es una pena que el arzobispo sea presa de un fanatismo inquisitorial tan grave, que sólo lo lleve a pensar, como única manera de actuar, en la excomunión. Y siguiendo con la excomunión, ésta no le importa tampoco a los Caballeros de Guadalupe ni a sus patrocinadores, los diputados y los senadores cromistas, quienes aplauden la creación de la nueva Iglesia que viene "a completar la independencia mexicana que estaba realizada a medias".

Y si acaso la espada flamígera de la excomunión pretende hendirse también en las paredes de la oficina presidencial, se topará ahí con un muro de hielo y desinterés, que en el interior del despacho el asunto es descartado tan sólo con un lacónico: "Ay, estos líos de sotanas".

Sin embargo y para soplarle al ascua que ya se ha encendido, siempre se podrá contar con la enardecida inconsciencia, con la bendita insensatez de la juventud.

¿Qué hemos hecho y que hacemos los católicos mexicanos para poner coto a tamañas injusticias y un dique a la devastación comunista que ya nos ahoga? ¿Qué hacemos actualmente para detener al enemigo? Nada, o casi nada. La apatía, el egoísmo, la falta de unidad en la dirección, nos hacen vivir vida de vencidos sin ánimo para empeñar una lucha decidida y vigorosa; por otra parte hay en nuestras filas cultura, abundancia de buenas voluntades, esfuerzos generosos personales, amor patrio vivísimo y amor acendrado a nuestra religión, elementos suficientes para librar la batalla e ir a la victoria, uniendo las pocas fuerzas ahora dispersas para convertirlas en un solo ejército con unidad de miras y de mando.

Primera convocatoria para la creación de la Liga Nacional
para la Defensa de la Libertad Religiosa
14 de marzo de 1925

El segundo sello
(7)

Luis Segura Vilchis se pasea nervioso por la sala. Lo contemplan otros jóvenes como él, muchachos educados, de clase media, vestidos de traje, con pulcra presencia y palabra refinada. Se llaman José, René, Carlos, Enrique, aunque no me voy a detener en esto.

—Pero, ¿qué es lo que pretende Calles ahora? ¿Que ya no haya Iglesia en México? ¡Hasta el papa ha levantado la voz en contra del bolchevique ése!

Alguno llega a comentar:

—No sé, Luis, si se atreviera a tanto...

Pero Luis estalla:

—¡Quiere acabar con la Iglesia romana y cambiarla por una mexicana, bajo su control, Enrique!

Y Enrique asiente, muy a su pesar. Luis Segura Vilchis respira hondo, procurando tranquilizarse.

—Todos nosotros hemos sido miembros de la Asociación Católica de la Juventud Mexicana, ¿no?

Y ellos, disciplinados, repiten como si fuese un salmo responsorial:

—"Por Dios y por la Patria."

Vilchis se desespera, pues no es su objetivo, en ese momento, la catequesis.

—¡Sí, sí! "Por Dios y por la Patria."

Pero los mira y cae en cuenta de que aquellos novatos sí esperan una instrucción. Han aprendido a recibir siempre una guía, así que

73

se adelanta hasta uno de ellos, el más tímido y uno de los más jóvenes, aunque él mismo es muy joven también. Luis no tiene más de veintidós años, si bien su traje de tres piezas, su cabello abundante, su perspicaz mirada, le confieran una autoridad que los otros no tienen.

—¿Y cuáles son nuestras bases, José?

Y José, el imberbe, se siente expuesto, personalidad contraria a la de Luis. Le sudan las manos. El rostro se le enrojece por la vergüenza. Odia sentirse así, a la intemperie.

—"Piedad, Estudio y Acción…" —responde en un murmullo.

—¡Exacto! ¡De eso estoy hablando! —aplaude Luis con efusividad y José da un ligero salto de sorpresa—. ¡De la "Acción"! ¿Y para qué nos hemos unido los jóvenes católicos? ¿Para qué nos involucramos en la Liga?

Nadie contesta. Tal vez piensen que están en misa, donde la retórica del sacerdote no admite réplicas. Por lo tanto, Vilchis continúa:

—¿Para tener "Piedad"? ¿Para alcanzar la libertad a través del "estudio"? ¡No, caballeros! Es necesario que tengamos claras las acciones que nos regirán en el futuro. Y deben ser tan precisas que ni al bolchevique de Calles le quepa duda alguna —y ordena—: A ver, José, escribe: "Las acciones de la Liga serán…"

Y José toma una agenda para escribir con premura, y sí, como sus compañeros ya lo esperan, con bella caligrafía, que todos saben bien que José de León Toral, tímido y callado, es un dibujante de capacidades poco habituales y que lo suyo no es la palabra, sino el trazo preciso en el papel, lo que le exige silencio, disciplina, concentración extrema.

El segundo sello
(8)

Plutarco se ha puesto los lentes para leer el panfleto:

—"Las acciones de la Liga serán: oración más luto más boicot... igual a victoria."

Se quita las gafas, que no le gusta que nadie lo vea con ellas. Le entrega el volante a su yerno, Torreblanca, para que éste lo archive. Se rasca la frente.

—¿Y estos quiénes son, general?

Joaquín Amaro da el reporte, como quien da un parte militar:

—Les dicen "ligueros", señor. Son miembros de la Liga para la Defensa de la Libertad Religiosa...

Por alguna razón, Plutarco esperaba esa respuesta.

—Se han unido de todos lados —continúa Amaro— vienen de varias asociaciones católicas: la Juventud Católica, los Caballeros de Colón, las Señoras de la Adoración Nocturna...

Una risa nerviosa se le escapa a Luis Napoleón Morones. ¿No había señalado que estaba ahí también? Pues era inevitable su presencia.

—¿Así se llaman las señoras ésas, general? —pregunta con una sonrisa estulta.

Amaro no piensa pasarle una más, así que lo ignora. Pero Napoleón quiere participar del festín:

—Sobre los Caballeros de Colón, señor presidente, tengo en mi poder un documento secreto. El juramento que hacen para...

—Lo conozco —interrumpe Plutarco.

—¿Señor?

—El juramento de los Caballeros de Colón… lo conozco bien…

—¡Pero es secreto!

Plutarco respira hondo.

—¿El que dice que "obedecerán al papa como si fuesen cadáveres"?

—¡El mismo! —saliva Napoleón.

—¿Y es el que dice también que "abrirán los vientres de las mujeres herejes para golpear con las cabezas de sus hijos las paredes"?

—¡Una atrocidad, señor presidente! ¡Si usted me permite…!

—Le permito que se calle la boca, Morones —ordena, tajante el señor presidente, y continúa—: Ese supuesto juramento es tan… jacobino… tan mal intencionado, tan bestial… que hay que ser o muy imbécil o muy perverso para creer que es auténtico —ahora es Plutarco quien saliva—: ¿Cuál de las dos cosas es usted, Napoleón?

Amaro saborea la paliza. Por eso admira a Plutarco. Porque no grita nunca, jamás manotea, no amenaza. Sólo aplasta con la lengua. Plutarco retoma:

—Estos muchachitos están planeando un boicot comercial, Amaro. Que para "hundir nuestra economía".

—Eso es traición, señor.

—La Iglesia estará metida en esto… —supone Plutarco.

—La convocatoria de la Liga se deslinda de la Iglesia, aunque, claro, le ofrece respeto y acepta la guía espiritual del papa pero, hasta donde se sabe, son independientes unos de otros y el episcopado no está involucrado de manera directa.

Luis Napoleón, dolido como perro pateado, busca ganar terreno una vez más:

—La Iglesia nunca está metida "de manera directa", señor…

Y Plutarco, como amo generoso, le palmea el lomo, perdonándolo.

—De acuerdo.

Se dirige hacia una ventana y entreabre la cortina para mirar a los paseantes del Zócalo. Todo ahí pareciera pertenecer a un mundo y a un tiempo ajenos. Algunos niños juegan. Dos ancianos platican, sentados en una banca. Las señoras toman refresco en el quiosco central.

Inclusive las campanadas de catedral, llamando a misa, le parecen a Plutarco algo amable y evocador de una infancia cada vez más lejana. Pero este bucólico momento, un suspiro apenas, es roto por Morones, insidioso, sibilino:

—Las campanas de catedral resonando en la oficina del presidente. Qué vergüenza…

Calles cierra la cortina con calma y mira a Napoleón. Respira hondo y explica, aunque no se sabría a ciencia cierta si lo hace a sí mismo o a Morones, quien, seamos honestos, no se merece ninguna aclaración.

—Yo soy un liberal de espíritu tan amplio, que dentro de mi cerebro me explico todas las creencias y las justifico, aunque no pueda usted entenderlo, porque las considero buenas por el programa moral que encierran. De lo que soy enemigo es de la casta sacerdotal que ve en su posición un privilegio y no una misión evangélica, como ya deben saber. Soy enemigo, sí, del cura político, del cura intrigante, del cura explotador, del cura que pretende tener sumido a nuestro pueblo en la ignorancia, del cura aliado del hacendado para explotar al campesino, del cura aliado al industrial para explotar al trabajador…

Morones no entiende de qué habla el presidente. Su maniqueísmo no se lo permite.

—Yo respeto todas las religiones y todas las creencias, caballeros… mientras los ministros de ellas no se mezclen en nuestras contiendas políticas con desprecio de nuestras leyes, ni sirvan de instrumentos a los poderosos para explotar a los desvalidos. ¿O qué opina usted, Morones?

Y Morones, como es de esperarse, no tiene opinión alguna. Plutarco se dirige ahora hacia Amaro, descubriendo en él a un único interlocutor.

—¿Cuándo entenderán los curas que las conciencias de los mexicanos deben ser guiadas por el Estado?

—Señor… Usted habla de conciencias. Ellos hablan de almas. Y también hablan de guiarlas…

—¡El pueblo es, por naturaleza, ignorante y fanático, general! Y por ello, ¡debemos educarlo! ¡Elevarlo moral e intelectualmente! Tenemos que hacer una obra ordenada y lógica de la educación de masas,

¡de los indios, preferentemente!, para que los mexicanos sean útiles a sí mismos, a sus familias. ¡Lo que hay que imbuir en sus espíritus es la exacta comprensión de sus deberes! ¿Es muy difícil de entender lo que quiero?

Amaro guarda silencio. Napoleón ni respira. Plutarco se sienta, agitado.

—No hay civilización sin educación… Y la educación es ciencia, es razón, es conocimiento, ¡no oscurantismo medieval con excomuniones y amenazas de fuegos eternos! Y si no les parece… pues llegaremos hasta donde tope todo esto.

Si la Iglesia renunciara a sus pretensiones de gobernar el país, dejara de sembrar odios contra las instituciones y autoridades liberales; procurara hacer de los católicos buenos ciudadanos y no disidentes o traidores; resignárase a aceptar la separación del Estado de la Iglesia, en vez de seguir soñando con el dominio del Estado; abandonara, en suma, la política y se consagrara sencillamente a la religión; si observara el clero esta conducta, de seguro que ningún Gobierno se ocuparía de molestarlo ni se tomaría el trabajo de estarlo vigilando para aplicarle ciertas leyes.

Donde la Iglesia es neutral en política, es intocable para cualquier Gobierno, pero en México, donde conspira sin tregua, aliándose a todos los despotismos y siendo capaz hasta de la traición a la patria para llegar al poder, debe darse por satisfecha con que los liberales, cuando triunfen sobre ella y sus aliados, sólo impongan algunas restricciones a sus abusos.

RICARDO FLORES MAGÓN
1906

†

Al hacerse de este tono rijoso, la Iglesia católica mexicana se está pareciendo cada día más a otras expresiones religiosas fundamentalistas [y] este fundamentalismo, no sobra decirlo, es el peor mal de nuestros tiempos. Su fuerza es infinita para derrumbar sociedades, destruir instituciones y despedazar a los Estados.

Con su prédica flamígera y fustigante, la Iglesia católica mexicana demuestra que no ha celebrado todavía la revisión de sus valores, prácticas y tradiciones más autoritarias.

Nadie le está pidiendo a esta Iglesia que modifique las razones de su fe. La cuestión es muy otra: que en los temas del poder civil, los líderes religiosos dejen por un momento su altiva investidura para tratar con igualdad y reciprocidad a quienes no comparten sus mismos principios morales.

RICARDO RAPHAEL
Periódico *Reforma*
2007

El segundo sello
(9)

El malestar ha ido creciendo en la misa que celebra el patriarca Pérez allá en la iglesia tomada, la de La Soledad, en La Merced.

Poco importan los dorados cálices, los coros que resuenan desde las alturas, los cirios encendidos, el olor de los nardos, irremplazable, las formas más que similares: Oración de la Grada, el Confiteor, el Introito, la Gloria o la Epístola; no importan las mismas oraciones, los mismos evangelios, los mismos versículos. No importan. Lo que importa es que ese prieto, ese indio horroroso anda vestido de blanco, creyéndose pontífice. "¡Ave María purísima!", se santiguan Fortunata, Genoveva y Ernestina, Jacinta y Chayito: "¿A poco éste es el papa? ¡Jesús bendito! ¡No puede ser que éste sea el sumo pontífice!", se secretean a los gritos. "¡Pues sí que es el Sumo Pontechango!" y se carcajean en diabólico conciliábulo. Y lo que importa es que el patriarca sigue hablando y lo hace mal de Roma y predica la liturgia en español haciéndola con ello ininteligible, pues la liturgia se oye en latín y se entiende con el corazón y con la fe. Lo que importa es que los feligreses están rodeados por los Caballeros de la Orden de Guadalupe, con sus jetas de matarifes y golpeadores, más que de sacerdotes auxiliares y mucho menos de monaguillos, con lo que Fortunata, Genoveva y Ernestina, Jacinta y Chayito se sienten francamente amenazadas. Lo que importa es que ya se ha iniciado el sermón y el venerable José Joaquín habla de lo que ya ha escrito: de la libertad de interpretación de las Sagradas Escrituras, de los sacramentos gratuitos y, ¡ay, pobre patriarca!, de la abolición del celibato sacerdotal, lo cual, francamente, ya es demasiado. ¿En qué momento aquella ceremonia eucarística se convirtió en ese aquelarre, en ese pandemónium? A los gritos de "¡Viva el papa Pío XI!", a los clamores de "¡Viva la Santa Madre Iglesia Romana!" se sucedieron las acusaciones: "¡Sacrílego! ¡Impío! ¡Cismático! ¡Luterano! ¡Enemigo de Cristo! ¡Indio cabrón!" No se sabe quién fue, aunque bien pudo ser Fortunata o Genoveva o Ernestina, Jacinta o Chayito, pero le dieron alcance a Pérez Budar y le sorrajaron un cirio pascual, encendido, en la cabeza, le desgarraron las vestiduras, lo arañaron y cuentan que hasta lo mordieron. (Sin embargo, el patriarca no temería por su vida en ese momento, pues su muerte llegaría al año 31, así que tuvo seis años más para recuperarse de la zarandeada.) Y a los Caballeros de Guadalupe no les fue mejor. La indignada multitud armó la batahola, y ellos abandonaron la Orden en tropel. De esta forma el Gobierno terminó retirándole a la Iglesia Católica Apostólica Mexicana el comodato de la iglesia de La Soledad.

No fue el fin de la Iglesia cismática que, a pesar de todo, se abrió paso, entre gritos y sombrerazos, es cierto, en el interés de la feligresía. Inclusive hasta los tiempos que hoy vivimos. Y tampoco fue el fin del patriarca José Joaquín Pérez Budar, quien encontró, en los Estados Unidos, un fuerte aliado en la Iglesia Ortodoxa Norteamericana, The North American Old Roman Catholic Church, pudiendo abrir templos en Texas y California.

Lo que sí terminó fue el intento de formar una Iglesia nacional desde el Gobierno. El César se retiró, dando marcha atrás. Pero si lo hizo, no fue por el alboroto en La Merced. Si el César abandonó el empeño fue por la matanza de San Marcos, en Aguascalientes.

Caín y Abel VI: 11

Los católicos mexicanos con espíritu nacionalista o patriótico, alimentado y fortalecido por el conocimiento de la historia de México, en cuyas páginas más negras y dolorosas aparece el protagonismo de los eclesiásticos romanos como promotores de dos guerras fratricidas en pro de los bienes eclesiásticos y en contra del bien de la Iglesia católica, vieron con muchísimo agrado a la Iglesia Católica Apostólica Mexicana, como el remedio al mal mayor por el que ha sufrido el pueblo mexicano, en nombre de Dios, atentados contra su independencia y libertad, lesionando y minando la soberanía nacional.

Monseñor JOSÉ CAMARGO MELO
Obispo de la Iglesia Católica Apostólica Mexicana
2008

El segundo sello
(10)

Todo empezó en una noche, cuando las tinieblas y sus espíritus se apoderan de los hombres. Cuando la razón duerme y los sueños dominan las acciones y las voluntades. Cuando las huestes del patriarca José Joaquín Pérez Budar llegaron, como el pueblo de Moisés que caminó por el desierto durante años, hasta Aguascalientes donde pretendían hacerse, nada más y nada menos, que con el templo de San Marcos.

A pesar del ignominioso bautizo que tuvo la Iglesia de Pérez Budar en La Merced, no tardaron en crecer sus adeptos, muchos de ellos provenientes del sindicalismo de la CROM y otros más —algo que no podrá negarse nunca— convencidos de que conocer las Sagradas Escrituras en su idioma natal era algo bueno y provechoso. Como provechosa era también la impartición gratuita de los sacramentos y, más aún, la abolición del celibato que permitió a muchos sacerdotes, excomulgados por Roma pero acogidos en la Iglesia mexicana, reconocer a sus mujeres y a sus frutos, aunque no fueran benditos, y llevar una vida como la de cualquier hijo de vecino, con sus derechos y sus obligaciones, que a ellos no les molestaba ser considerados "profesionistas" por el Gobierno, a diferencia de los papistas, a quienes les resultaba muy difícil renunciar al "padrecito", al "pastor de almas" y, mucho más, al "ungido". Así que la Iglesia del venerable José Joaquín creció por Puebla, por Querétaro y Pachuca, y en la capital del país, a cambio de devolver la iglesia de La Soledad, recibió el templo de Corpus Christi como sede.

Ya los Caballeros de la Orden de Guadalupe habían anunciado sus intenciones en Aguascalientes y ya también los "acejotaemeros", es decir, los miembros de la Asociación Católica de la Juventud Mexicana, la ACJM, en alianza con la Liga Nacional para la Defensa de la Libertad Religiosa, cuyos miembros, los ligueros, habían planeado el resguardo del templo de San Marcos y la contraofensiva que fuese necesaria. Y todo empezó con una misa, como empiezan los grandes conflictos de esta crónica. Una misa en desagravio a la Santa y Verdadera Religión y a los templos mancillados en la Ciudad de México. El fervor, por tanto, se hallaba desbordado. Interminables rezos e invocaciones, y muchos "por su culpa, por su culpa, por su grande e inexcusable culpa", hacían vivir, en el interior de la iglesia, un verdadero frenesí místico. Hasta que llegaron los otros, los sacrílegos. Las mujeres del templo salieron de inmediato, bien armadas con crucifijos, rosarios y escapularios, tal vez portadores de bendiciones, pero poco efectivos contra las armas de fuego de los sitiadores que fueron disparadas, en primera instancia, sólo al cielo, como si esperasen herir de muerte a algún ángel o a algún doctor de la Iglesia. No pasaría de ahí ese primer encuentro, simple muestra de músculo y determinaciones. Los gritos de "¡Viva el papa!" de los sanmarqueños eran respondidos, en amenazante antífona, con un "¡Viva Calles!" A los "¡Viva la Santa Madre Iglesia!", el responsorio clamaba: "¡Viva el Partido Laborista!" La multitud que comenzó a salir del templo, en una nueva y milagrosa multiplicación de peces, hizo recular a las ovejas del patriarca Pérez, quienes optaron por retirarse, aunque tan sólo para planear una nueva estrategia. Los sanmarqueños cantaron entonces himnos piadosos y encendieron cirios, candelas y fogatas en el atrio, pues comprendieron que ahí tendrían que hacer guardia, velando armas, en capilla, como los caballeros medievales, durante toda la noche. Pero los enemigos volvieron, como la plaga, en mayor número, mejor pertrechados. Y para hacer más grande la zozobra, ante el peligro real de que aquello se desbordara, por una de las calles aledañas apareció una columna militar federal, bajo el mando de un teniente coronel Cortés. Los defensores de la fe vaticana, lejos de sentir con ello protección, se vieron cercados y traicionados, pues si los soldados eran federales, pensaron con justicia, eran por lo tanto Gobierno. Y el Gobierno, para ellos, era Calles, y Calles era el anticristo, el adversario de Dios, el nuevo Diocleciano. Así que enfilaron las baterías de su indignación hacia los militares. Nadie sabe, a ciencia cierta, cómo empezó todo. El diablo habrá metido la mano, dirán los crédulos, pero hay quien asegura que fue el teniente coronel Cortés quien atacó primero. Y hay quien dice, con toda convicción, que Cortés tan sólo repelió el ataque de los sanmarqueños, aunque están también los que se persuaden de que los cismáticos, aprovechando la ocasión, iniciaron el ataque, parafraseando el dicho: "A río revuelto, ganancia de pecadores". A mí me cuadran las tres versiones. Y me cuadran porque el resultado fue el esperado: estos fanáticos defendieron su cruz. Y aquellos otros, no menos fanáticos, trataron, fervorosamente, de rescatarlos de su propio fanatismo, que ésa es la misión irrenunciable del intolerante: buscar la salvación del otro, así le cueste la vida. Al otro, por supuesto. Y si los sanmarqueños se reprodujeron como los peces y los panes en el interior del templo, lo mismo hicieron los cuchillos, las piedras, las pistolas y las cadenas. Confusión, desorden y anarquía son las palabras que se imponen para describir lo que sucedió después. Muy pronto la sangre de Cristo se convirtió en sangre de cristiano; los caballos, como los de Atila, profanaron tierra santa; las balas se encargaron de allanar el camino de las almas lo mismo al infierno que a la gloria, y las cruces fueron ultrajadas o defendidas, incrustadas, como puñales sagrados, en un ojo o en una garganta. Y aquella refriega, esa matanza insensata, absurda y ya milenaria, se continuó hasta que cantó el gallo de la pasión, en la madrugada.

La tropa federal, a fuerza de táctica y superioridad de armas, logró imponerse y fueron apresadas, de ambos bandos, 147 personas, hombres y mujeres, católicos romanos y católicos cismáticos. También de ambos bandos resultaron 257 heridos, muchos de ellos de gravedad. Y porque la civilidad que ofrece el Estado debe prevalecer y la sanidad más elemental así lo exigía, a la mañana siguiente fueron enterrados, en el mismísimo atrio del templo de San Marcos, veinte cadáveres, también de hombres y mujeres que, se habrá de suponer, luchaban por la misma cruz, usaban las mismas ropas, tenían el mismo anhelo de agradar al mismo Dios y por sus venas les corría sangre igualmente roja y ardiente. Habrá de suponerse que tenían el mismo color de piel y hablaban el mismo idioma. Se deleitaban con los mismos granos de la tierra, con el mismo perfume del aire y miraban las mismas montañas. Ellos, tan iguales que yacen juntos en una fosa común, tan iguales que todavía hoy sus huesos se abrazan bajo la misma tierra, estaban irremediablemente separados; irremediable y mortalmente separados por el aire y la vacuidad. Por la nada. Y a la nada llegaron.

Y concluya así el Libro de Caín y Abel.

Porque llegado es el día de la cólera de ambos,
¿y quién podrá soportarla?

Apocalipsis de san Juan,
Los seis primeros sellos, 6:17

Tercera profecía:
de Miguel

23 de noviembre de 1927.

Ciudad de México

Ese día lo prepararán para el sacrificio. Ese día vestirá su traje de tres piezas, su suéter tejido y su corbata, y ese día, en el traspatio de la comandancia de la policía, ante una inusitada cofradía de periodistas y fotógrafos, habrá de concluir su vida, con gran injusticia, aunque iniciará en correspondencia su leyenda. Ese día Miguel Agustín, sacerdote, acusado arbitrariamente de participar en un atentado contra el Emperador emérito, pagará muy caro el llevar el mismo apellido que Humberto, su hermano, que sin estar tampoco apercibido de ello, le presta a Luis Segura Vilchis —liguero cada vez más cercano al fanatismo suicida— aquel famoso auto Essex, con placas 10101, para que persiga el Cadillac del Emperador emérito Obregón y desde él le arroje una bomba. Aunque la bomba resultará tan inútil como el ingenuo dinamitero Vilchis, pues el general Obregón, tan campante, hasta a los toros irá al mediodía. Pero el auto Essex tiene un dueño y ese dueño se apellida Pro. Y esta prueba —¿prueba de qué?— será suficiente para que Miguel Agustín, simple sacerdote cuyo crimen más abominable será impartir la comunión en servicios religiosos secretos y particulares, sea encarcelado. Por un momento, es cierto, por unos segundos quizá, la esperanza de la absolución sobrevolará por la azotea de la comandancia, pero al final de la jornada será condenado sin juicio, sin desahogos, sin careos y sin motivos, aunque un motivo sí habrá;

91

débil, absurdo, pero lo habrá y será suficiente para sentenciar a Miguel. Y se encontrará este motivo, ¿dónde más?, en las altas jerarquías del poder, y llegará hasta las testas coronadas del papa y del emperador, pues éste enviará a Roma una embajada para dialogar con el sumo pontífice, buscando salidas al entuerto cristero, negociaciones, encuentros. Pero Pío XI la rechazará, pues no quiere saber nada del nuevo Diocleciano Augusto, persecutor de cristianos, adversario de Dios. Y César tomará nota y cobrará la factura. "Si el papa no quiere transigir, ¿por qué habría de hacerlo yo?", dirá Plutarco con gran desmesura y ordenará entonces el escarmiento, la demostración de poder, de músculo y de coraje, y en un acto de inaudita bravuconada convocará a muchos periodistas y fotógrafos para que presencien y levanten testimonios de la inmolación de Miguel Agustín Pro. Y escribirá así Plutarco, el César, una nueva página negra y sangrante de este memorial, al matar a un pacífico, a uno de los "justos en la Tierra" que el oráculo de Apolo le ha señalado en Dídima.

Pero la sangre de Miguel fecundará el ánimo de los ofendidos. De los cientos, de los miles de ofendidos y dolientes que acompañarán el cortejo fúnebre hasta el panteón de Dolores, inundando las calles y las avenidas con sus lágrimas, haciendo llegar sus quejas y sus ayes hasta los aposentos del palacio del César, quien escuchará, ¿arrepentido?, ¿temeroso?, la voz de Miguel Agustín multiplicada en millares de gritos que harán retumbar sus balcones y sus ventanales, pues al reventarle a Miguel el corazón y la garganta, no hará el César otra cosa más que exacerbar una justa queja y una demanda que lo rebasará más allá del tiempo.

Y la sangre de Miguel bañará los campos y los arados de los mártires y hará germinar también a la víctima más visible de este memorial —él mismo—, pues si los muertos son seglares, vayan y pasen y que Dios los acoja en su seno; pero si los muertos son hombres consagrados, la gran maquinaria que los ha formado y cobijado se echará a andar a su favor y para su causa y serán primero "mártires", "siervos de Dios" y después "venerables" y luego "beatos", hasta que suban a los altares con una aureola de santidad.

Y Miguel será beato al tiempo y será el estandarte de la memoria, y para ello sus reliquias, las de primero, segundo y tercer grados, esto es *Ex ossibus*, *Ex vestis* y *Ex ligneo pulvere*, estarán disponibles en estampas "con un trozo del hilo del suéter —*Ex vestis*— que llevaba Miguel Agustín Pro el día en que fue martirizado", o en su defecto estará disponible su memoria en estampas, libros, medallas, o en las fotografías de su martirio, bellamente "montadas en bastidor de madera, con marialuisa color vino y acabados en poliéster", pues cualquier ayuda será bien recibida para continuar con la postulación de Miguel a la santidad.

Pero Miguel morirá sin saber nada de todo esto. Miguel morirá siendo inocente, inocente del crimen imputado e inocente también de mente y de corazón. Como mueren los justos, que no entienden la ciega impiedad de los poderosos y no saben nada tampoco del mercadeo de los templos.

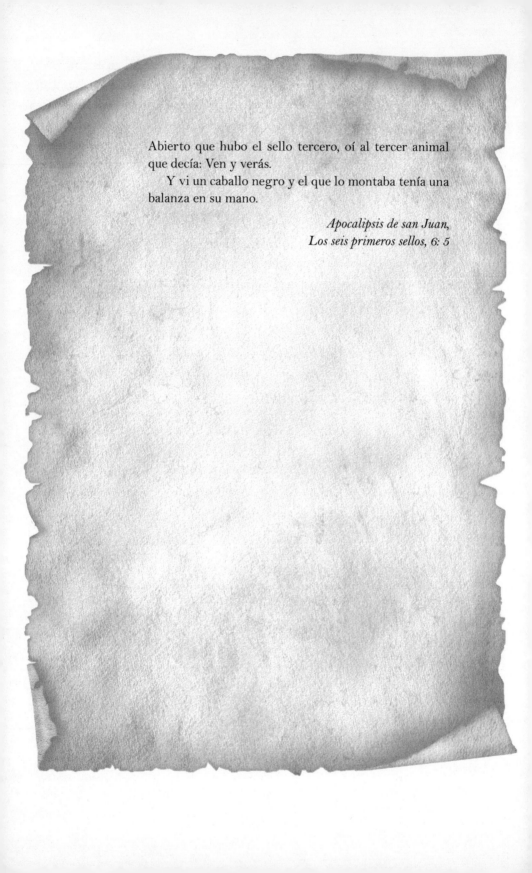

Abierto que hubo el sello tercero, oí al tercer animal que decía: Ven y verás.

Y vi un caballo negro y el que lo montaba tenía una balanza en su mano.

Apocalipsis de san Juan,
Los seis primeros sellos, 6: 5

LIBRO DE LAS REVELACIONES

EL TERCER SELLO

Babel

Babel I: 1-3

Sea pues, descendamos y confundamos allí mismo su lengua, de manera que el uno no entienda el habla del otro.

Libro del Génesis, Babel, 11: 7

†

Este hombre [Plutarco Elías Calles], que de profesión es maestro de la escuela secundaria, constituye una mezcla específica de instintos brutos y fino cinismo. Aunque posee ciertas habilidades administrativas, sin embargo, en cuanto a otros aspectos, tiene el alma incapaz e insensible de un bárbaro salvaje. Privado de cualquier huella de sentimientos y convicciones religiosas, se entregó por completo a las órdenes de una secta que se sirve de él para llevar a cabo su obra de odio.

O męczeńskim Meksyku. Garść faktów i mysli
(*Del martirio mexicano. Un puñado de hechos y reflexiones*)
Editorial de los padres Jesuitas de Cracovia, Polonia
1928

†

Es errado afirmar que en Méjico hay un conflicto religioso, cuando es un asunto de carácter legal nada más. El presidente Calles, que es un estricto cumplidor de las leyes, ha querido hacer respetar las disposiciones consignadas en la Constitución desde 1857 y que no se refieren exclusivamente a los prelados católicos sino a los sacerdotes y pastores de todas las religiones. Solamente que han sido los católicos quienes han resuelto oponerse a ellas, entrando en una verdadera pugna con el Gobierno. Tampoco es cierto que en Méjico las autoridades han cerrado las iglesias, sino que los prelados se han negado a abrirlas y el Ejecutivo, de acuerdo con la ley, ha procedido a inventarios para ponerlas bajo el cuidado de los vecinos. Se trata, pues, de un intento de rebeldía contra las leyes nacionales y no de un conflicto religioso.

El Diario Nacional de Colombia
8 de agosto de 1926

El tercer sello
(1)

Ya habrían sido bautizadas, con toda seguridad, todas ellas, pues todas eran católicas. Ya habrían sido limpiadas del pecado original con el agua bendita que escurrió por sus pueriles frentes desde una palangana dorada, desde una concha de nácar, desde la mano ungida del sacerdote o esparcida por un hisopo. De cualquier manera que haya sido, seguramente no recuerdan ya su primer sacramento, pues serían unas criaturas. Qué bautizo tan distinto, ése que no recuerdan, a éste que reciben el día de hoy y que, pienso, jamás podrán olvidar. Los chorros de agua inmisericordes, a presión, que reciben a través de gruesas mangueras alimentadas por los modernos autos bomba y autos cisterna de los bomberos, las hacen aferrarse una a otra para no caer al suelo. Sus gritos son aprovechados por los torrentes que las inundan a borbotones, haciéndoles agua la boca. No son pocas las que pierden un zapato o a las que la corriente les arrebata un huarache o sus rebozos y van a dar al suelo, rasgándose las medias, hiriéndose un brazo y quedando llenas de moretones. El agua, incontenible como arroyada, habrá de inundar también la calle de Bucareli, frente a la Secretaría de Gobernación, y dejará en estado de ilegibilidad completa los letreros y los cartelones que, cuando estaban secos, insultaban al presidente, llamándolo "represor", a los diputados "traidores", e informándoles, como si ellos no lo supieran, que "¡México es católico!" Algún otro cartel, con ánimo asesino y aún no descubierto, impreca: "¡Muera la

Ley Calles!", y una pancarta más, o lo que queda de ella, pues fue alcanzada por un certero disparo de agua y su tinta se escurre ya por la alcantarilla, alcanza a gritar aún de manera extenuada: "¡No nos callarán!" Pero sí.

El tercer sello
(2)

En las alturas del Castillo de Chapultepec, residencia presidencial, Plutarco conversa con Joaquín Amaro y con un invitado especial, el licenciado Silvano Barba González, alto funcionario del Gobierno de Jalisco, quien ha solicitado audiencia con carácter de urgente.

—Esto no va a escalar, Silvano, no se apure. No pasa de unas cuantas viejas empapadas.

Joaquín Amaro sonríe, al contrario de Silvano.

—Pura sirvienta, pobrecita.

—¿Señor? —se extraña Silvano.

—¿O usted va a creer que las señoras, las catrinas mochas, se van a ir a parar a pleno rayo de sol frente a Gobernación? ¡No, hombre! Mandan a sus pobres criadas. O no ha visto los periódicos —Plutarco le extiende el de esa mañana—. Vea. ¿Dónde están ahí las señoras? Pura mujer del pueblo.

Silvano deja el periódico en la mesa.

—Por desgracia ustedes no creen que los católicos se puedan levantar en armas, pero en Jalisco…

—¡Jalisco es el gallinero de la república, hombre! —suelta Plutarco una risotada—. Sin ofender, claro…

El invitado aguanta vara. Y Amaro remata:

—Licenciado, en las filas de los descontentos no hay más que beatas y ancianos. Pura rata de sacristía. Y a los varones católicos que hay, pues lo dicho… les falta hombría.

A él sí lo ignora Silvano.

—Señor presidente, usted era gobernador de Sonora cuando en Jalisco se le alzaron los católicos al gobernador Manuel Diéguez. Y hasta el Viejo tuvo que recular.

—Se le puso bravo el muchachito éste, el tal Anacleto González, es cierto —dice Plutarco.

—Deje usted a Anacleto, señor —concede Silvano—. ¡Orozco y Jiménez, el arzobispo!

Plutarco se ríe.

—Condenado Chamula, es tremendo —y le informa a Amaro, en caso de que no estuviese enterado—: Primero lo desterró López Portillo y Rojas y luego Diéguez… y Diéguez, ¡dos veces!

Pero Silvano no quiere distraerse.

—Señor, en Jalisco llevamos varios años en dimes y diretes con la Iglesia. Este boicot que ahora anuncian ya nos lo armaron por allá. Y luego, con la llamada Ley Calles, el gobernador Zuno teme que todo se desborde.

—Dígale a José Guadalupe que aguante. Que se lo pido yo —habla Plutarco con gravedad. Pero remata—: ¡Con que no se nos muera de un susto!

(No te preocupes, Plutarco, José Guadalupe Zuno va a aguantar eso y más. Va a aguantar hasta ser secuestrado por el Frente Revolucionario Armado del Pueblo, en el 74, ya muy anciano, en las narices mismas de su yerno, el presidente Echeverría.)

Plutarco se pone de pie, obligando a los otros dos a hacer lo mismo.

—Entonces, mi querido Silvano…

—Entonces, sí me voy preocupado, señor.

Plutarco carraspea, sin ocultar su molestia.

—¿Por qué? —pregunta seco.

—Porque todo esto me da a entender que cuando estalle la guerra su Gobierno no va a estar preparado.

Amaro contraataca:

—Que se levanten si quieren, licenciado. ¡En tres semanas los aplastamos!

Silvano toma su sombrero y se da el permiso de una última valentía.

—¿En tres semanas, general? Ojalá que no sea en tres años —con parsimonia, se cubre la cabeza, agradeciendo que siga en su lugar, y se despide—: Señores…

A Plutarco no le ha sentado nada bien el comentario, pero lo deja pasar. Como quizá deja pasar el tiempo. El tiempo que todo lo enturbia, lo pudre y envejece.

Babel II: 4-5

Palacio Nacional, México, D. F., a 9 de octubre de 1924

C. Eduardo Delhumeau, Procurador General de la República
Presente

El Ejecutivo de mi cargo, en vista de las violaciones que a las Leyes de Reforma se están infringiendo por un considerable número de personas que sin acatamiento a ellas están haciendo ostensibles manifestaciones de culto externo; y considerando, además, que estos hechos han sido inspirados por los directores del llamado Congreso Eucarístico que se han reunido en esta capital [...], el Ejecutivo de la Unión [...] ha resuelto consignar los hechos apuntados a esa Procuraduría General, a efecto de que con toda diligencia y energía se proceda en contra de los responsables.

Sufragio Efectivo. No Reelección.

Orden que dicta el presidente Álvaro Obregón
para que se proceda contra quienes violaron
las Leyes de Reforma con motivo del Congreso Eucarístico
1924

†

La Secretaría de Gobernación abrió ayer un proceso administrativo al cardenal Norberto Rivera Carrera por incurrir en presuntas infracciones al Artículo 30 de la Ley de Asociaciones Religiosas y Culto Público.

Periódico *Reforma*
2007

El tercer sello
(3)

De la presentación del emperador en pausa

Lejos, muy lejos de aquellos escenarios, bajo la sombra de un emparrado a mitad del desierto y frente a unas coyotas recién horneadas y bien aprovisionadas de pinole, un hombre manco, de facciones antes armoniosas pero que hoy comienzan a perderse en un ligero abultamiento de la papada y los párpados, llamado Álvaro, el emperador en retiro, el emperador en pausa, conversa con un sacerdote a quien se me antoja llamar, ni sé por qué, Domingo y con María Tapia, otra esposa de general que ha sabido aguardar, sufrir y cosechar los avatares que el marido le ha regalado a lo largo de los años.

Álvaro Obregón escucha la retahíla de quejas del padre Domingo y se mesa el bigote con la mano huérfana y se sacude las moronas que le perlan el chaleco.

—Durante su presidencia, general, jamás nos enfrentamos a estos problemas…

Álvaro sonríe a través de sus espejuelos. Sus ojos verdes, que recuerdan una antigua historia irlandesa, escrutan al padre Domingo, pues sabe que por política miente.

—A éstos no, pero sí a otros, padre. Nunca faltan los problemas —y le lanza un buscapiés—: ¿O ya se olvidó de mi gubernatura? Ustedes y yo nunca la hemos tenido fácil.

María Tapia, en amoroso servicio, le provee otra coyota. La tercera.

—Mientras haya respeto, general… Pero, ¿qué me dice usted de la Iglesia mexicana ésa?

Álvaro lo ataja con un movimiento de la mano que ahora debe hacer el trabajo de dos.

—Asunto zanjado, padre. No vayamos por ahí. ¿Otra coyotita?

Y María no espera respuesta. Una coyota caliente llega al plato del cura.

—Nadie quiere ir por ahí, general. El Santo Padre nos ha ordenado ser prudentes y obedientes…

—Y hace bien…

El padre Domingo, pretendiendo no haber escuchado, da una crujiente mordida a la masa que a pesar de estar hecha nomás de agua y harina nadie se explica por qué es tan encanijadamente sabrosa. Misterios de los designios divinos.

—Pero si fuera lo contrario, general, si el papa aconsejara otra cosa…

—Si el papa aconsejara otra cosa no sería un sacerdote, sería un soldado.

—No, no se preocupe, sólo es una suposición —el padre Domingo revira con éxito—: Y siguiendo con esta suposición, sólo imagine, general, como sucedió hace un siglo con el cura Hidalgo, sólo imagine que cada sacerdote, de cada iglesia, de cada parroquia, de cada municipio y estado, hiciera un llamado a las armas… Si aceptamos esta suposición, ¿cuánto duraría el Gobierno del presidente Calles? ¿Cuánto duraría cualquier Gobierno en este país?

El obús ha dado en el blanco. El emperador en reposo mira con desprecio al sacerdote, quien se engulle el resto de la coyota y se la desliza en el gaznate con los últimos resquicios del café.

—No es falsa la fama que la precede, doña María. Cocina usted como los mismos ángeles. Y ahora debo retirarme. Si me excusan…

Y sólo María Tapia se pone de pie para despedir al padre Domingo, pues Álvaro ha mutado de talante y no tiene la intención de mostrar ninguna cortesía. María Tapia sabe que esos momentos son el preámbulo de alguna reflexión para el estratega que ha recorrido ocho mil kilómetros en campaña.

—¿Pues en qué nos está metiendo Plutarco, chata? Él, un intolerante, y los curas…

Y ya por no dejar y porque la mano huérfana se ha acostumbrado a la actividad, corta un último pedazo de coyota.

—Escúchame una cosa, chata, si este lío revienta, aunque lo ganemos, no ganamos nada. Pero si lo perdemos, lo perdemos todo…

María Tapia comienza a recoger los platos y las tazas.

—¿Por qué no te das una vuelta por los campos, Álvaro? Tienes varios días sin asomarte por allá.

Pero Álvaro no responde, así que María insiste:

—Deja que Plutarco se encargue. Para eso es el presidente, ¿no?

Y ahí sí que respinga el emperador emérito:

—Ahorita, chata, ahorita… pero en el 28, cuando regrese, ¿con qué me voy a encontrar?

Y la mano codiciosa y hambrienta va por una nueva coyota pero María, que le lleva ventaja pues ella tiene dos, retira con toda premura el platón.

Babel III: 6-7

Así también la lengua es un miembro pequeño, pero se jacta de grandes cosas. ¡Miren con cuán pequeño fuego se incendia tan grande bosque! Pues bien, la lengua es un fuego, un mundo de maldad. La lengua constituye un mundo de injusticia entre nuestros miembros, porque mancha todo el cuerpo e inflama la rueda de la creación y ella misma es inflamada por el infierno.

Santiago, 3: 5-6

†

Que se quiten toda amargura maliciosa y cólera e ira y gritería y habla injuriosa, junto con toda maldad.

Efesios, 4: 31

El tercer sello
(4)

Joaquín Amaro, general del César, comandante de los ejércitos imperiales, baja a desayunar al comedor de su casa que, él no lo sabe, ese día habrá de ser declarado campo de batalla por su esposa, Elisa Aguirre, mujer de convicciones tan fuertes que la llevaron a enfrentar a sus propios padres para casarse con él, precisamente, con el Indio de la Arracada. Así que Elisa no es sólo una mujer audaz, sino también una soberbia estratega en los asuntos de la milicia amorosa, a tal grado que hace palidecer al mismísimo secretario de Guerra, su marido, quien debería saber de una vez que el combate que se avecina, al no ser de amor, no se librará en campos de pluma. Amaro, por tanto, en un rápido reconocimiento de terreno, sabe que una borrasca lo amenaza.

—¿Dormiste bien?

Su pregunta envía un emisario con bandera blanca al campamento enemigo de su mujer. Pero el emisario es hecho preso. Y lejos de cualquier negociación, el clamor de un asalto surge desde las trincheras del lado contrario de la mesa:

—Supongo que apoyas de manera incondicional al presidente.

Amaro constata el inicio de las hostilidades.

—Soy su secretario de Guerra, y él, el comandante supremo del ejército. ¿Tú qué opinas?

Elisa lo mira, lo acecha y procura tenderle una emboscada:

—Apoyarás entonces la famosa Ley Calles…

Y Amaro, fino estratega, responde con un asedio de silencio que consiste en tomar un bolillo, cortarlo con parsimonia y romper con él la yema de uno de los huevos estrellados que la cocinera le ha servido.

—Lo que tú y la gente que ignora la legislación de este país están llamando Ley Calles, no es otra cosa que la correcta interpretación y la entrada en vigor del artículo 130 constitucional que establece, de una vez por todas, la separación entre la Iglesia y el Estado…

El estallido de una segunda yema es el fiel reflejo de los estropicios ocasionados por la artillería federal y la cocinera, no queriendo engrosar la lista de los hoy llamados "daños colaterales", huye hacia sus trincheras de ollas y trastes.

—No sé por qué la gente no entiende todavía que el Estado mexicano debe ser laico.

Y en una violenta acción de resistencia civil, Elisa explota:

—Y por el simple hecho de ser un Estado laico ¡tiene éste la facultad de aplastar las libertades religiosas de sus ciudadanos y perseguir a la Iglesia!

Pero Amaro se lanza con toda la infantería:

—¿Perseguir a la Iglesia? ¿Sólo por pedirle un simple registro del número de sacerdotes y templos con los que cuenta? ¡Eso para ti es aplastar la libertad religiosa!

Elisa quiere replicar pero el general envía también a la caballería:

—Pedirle a la Iglesia un inventario pormenorizado de sus riquezas patrimoniales y de los templos que usufructúa, templos que el mismo Gobierno le ha proporcionado, por cierto, ¡es atentar contra la religión!

Y el general imperial se levanta desafiante:

—No confundas a tu Dios con el César ni pretendas convertir nuestra casa en un campo de batalla.

Y Amaro exige la capitulación:

—Y que te quede algo muy claro, Elisa: como militar y como mexicano, mi compromiso es con las leyes del país.

Pero Elisa Aguirre responde como todo buen dogmático cuando pierde una batalla ante la razón y esgrime argumentos y amenazas que apelan a los poderes de otro mundo:

—Pues mi compromiso es con María santísima y su hijo, nuestro redentor. ¡Espero que también te quede claro, Joaquín!

Joaquín Amaro se retira de ahí con toda la dignidad que le confiere el triunfo. Pero es el general Amaro quien sale victorioso, porque Joaquín el hombre, el esposo constante, se retira con el espíritu lleno de desasosiego, pues sabe que aquella escaramuza doméstica no es más que el escarceo que se tiene con la incertidumbre, con el recelo que construye la frágil armonía de los amantes.

No contéis con la persecución. La república ni os teme bastante, ni os quiere lo suficiente como para daros esa muestra de interés. [Sin embargo] el Gobierno republicano no será por ello menos "perseguidor", ya lo sé, porque siempre que se os retira el derecho de perseguir, clamáis contra la persecución. Se abole la Inquisición, se os persigue; se libera la conciencia, se os persigue. Se decreta el matrimonio civil, se os persigue.

EUGÈNE PELLETAN
Respuesta al obispo de Besançon, quien publicó
Balance de la persecución religiosa en 1881

†

Vaticina [el cardenal] Norberto Rivera persecución, calumnias e injurias contra la Iglesia. "¡Se pueden llenar los campos de mártires!", advierte.

Periódico *La Crónica*
2007

El tercer sello
(5)

Los hombres de la mitra y el dogma, llamados éstos Pascual Díaz y Leopoldo Ruiz y Flores, blasonados con el título de obispos, aguardan la llegada del arzobispo, don José Mora y del Río, augusto doctor en teología y derecho canónico que, venido del humilde Pajacuarán, se ha elevado desde el suelo michoacano hasta las alturas insospechadas de poder convertirse, quizá, en el primer cardenal mexicano, sueño que acaricia de tiempo ha, aunque él que no podrá realizarlo. (Si bien estaría contento de saber que ese honor le correspondería a Pepe Dinamita, el arzobispo José Garibi Rivera, habilidoso fabricante de bombas, general de Cristo Rey, relacionado también con la masacre del tren de La Barca y premiado con el capelo cardenalicio poco después.) Y no son pocas las tribulaciones que llevan a don Pascual y a don Leopoldo a visitar a su superior. La grey obrero católica del país continúa siendo amenazada por el empeñoso Morones y su sindicalismo ateo y comunista; el Gobierno insiste en el registro de todos y cada uno de los sacerdotes y las parroquias que en el país predican la palabra divina, y lo peor, la educación laica pretende extender aún más su maligna influencia y amenaza, quizá, con poner en peligro el basamento de la mismísima instrucción privada y religiosa. Y eso por no hablar del desaforado Tomás Garrido Canabal, gobernador de Tabasco, quien ha ordenado que, para poder dar misa, los sacerdotes deben casarse, entre otras tantas aberraciones y muestras patentes de un fanatismo mucho más exacerbado que el que asegura combatir.

111

Don Pascual y don Leopoldo, por tanto, no pueden más que mostrarse nerviosos cuando las puertas del salón se abren y aparece la enjuta pero aún vigorosa persona de don José Mora y del Río.

—¿Se puede saber quién carajos ha autorizado a crear la famosa Liga para la Defensa de la Libertad Religiosa? ¿Se puede saber quién ha autorizado a la ACJM a lanzar un boicot comercial en abierta provocación al Gobierno? ¡El horno no está para bollos, señores!

Y don Pascual y don Leopoldo, acostumbrados al —aceptémoslo— carácter altanero del señor arzobispo, no pueden dejar de sorprenderse por esta súbita precaución que lo invade. Después de un silencio, el obispo don Pascual, indio huichol de Jalisco, se atreve a comentar:

—Nosotros somos viejos, su eminencia, y encontramos la paz en el rezo…

—Tal y como lo ha aconsejado el Santo Padre… —apunta don Leopoldo.

—Pero los jóvenes tienen el corazón rebelde, viven su fe como una pasión lacerante, a flor de piel, y no escuchan razones…

—¿De qué jóvenes me está hablando, don Pascual? Pareciera que habla usted de sarracenos y no de buenos y obedientes católicos…

El arzobispo toma asiento y sus interlocutores se permiten hacer lo mismo.

—¿Dónde están los ejemplos de Anacleto González Flores? El "Gandhi mexicano" le llaman. ¿No pregona él, desde Jalisco, la resistencia pacífica? ¿Por qué no pueden los jóvenes de la Ciudad de México seguir el ejemplo de Anacleto?

Don Pascual y don Leopoldo intercambian temerosas miradas.

—Los jóvenes ligueros, su eminencia, están siguiendo, precisamente, las acciones de Anacleto. Le recuerdo que fue Anacleto quien puso en jaque al Gobierno de Jalisco con un boicot comercial hace pocos años…

Al señor arzobispo no le cuadra bien la aclaración de don Leopoldo y guarda silencio.

—Tal vez… —reflexiona—. Pero el hecho es que hoy más que nunca debemos cuidar nuestros dichos y acciones.

El arzobispo mira a sus cófrades, suspira y sirve una taza de café. Se hace un largo silencio en el que, claro, pasa un ángel. (¿Qué otra cosa si no podría pasar en tan santo concilio?)

—Este país ha cambiado mucho, ¿no es verdad?

Los obispos se limitan a levantar los hombros con resignación.

—Y todos estos demonios fueron liberados por el señor Carranza, cuya alma, y no es que me alegre saberlo, debe estar ardiendo en el mismísimo infierno.

Y como si hubiese convocado al Barbas de chivo —a Carranza, no al demonio—, unos breves toquidos en la puerta anuncian la entrada de su secretario particular, quien llega hasta él con el rostro desencajado y con un periódico en las manos, mismo que sin más ni más le extiende. Éste lo toma y no tiene que hacer gran esfuerzo para leer las ocho columnas que cacarean, sin ningún tapujo, las declaraciones del mismísimo señor arzobispo don José Mora y del Río: "Atacaremos con toda nuestra fuerza el artículo 130 constitucional..."

El arzobispo palidece y balbucea.

—Pero... esto no es posible... esto no... yo no...

Y le avienta el periódico a don Pascual quien, de igual manera, muestra su desconcierto.

—¡Su ilustrísima! ¡Pero si son sus palabras!

Mora y del Río se pone de pie y pierde la paciencia.

—Ya sé que son mis palabras. ¡Pero esto es una infamia!

Don Pascual le muestra el periódico.

—¡Señor, esto es una cita textual de lo que usted dijo!

—De lo que yo dije hace nueve años. ¡En 1917! Con motivo de la firma de la infausta constitución de Carranza. Hace nueve años lo dije, ¡sí! Que lucharíamos con todas nuestras fuerzas en contra del artículo 130 y la oprobiosa separación de la Iglesia de los asuntos del Estado. Pero no sería yo tan estúpido como para decirlo ahora.

Don Leopoldo Ruiz y Flores se pone de pie, preso de la indignación.

—Esto es un infundio, entonces. ¡Una vil provocación!

—Por supuesto que es una provocación —dice Mora y del Río—. ¡Pero de quién! ¡De quién...!

Y no, nunca se sabría de dónde vino tal provocación, aunque todos los dedos, flamígeros o no, apuntasen a Palacio Nacional. Pero no vino de ahí, pues la indignación del César no fue menor que la del sacerdote. No vino de ahí pues al emperador no le interesaba que el asunto escalara de manera tan peligrosa. No vino de ahí porque el César y sus cónsules esperaron con paciencia una pertinente aclaración ante la prensa, por parte del señor arzobispo, anunciada de inmediato para la mañana siguiente.

Pero a la mañana siguiente y ante la muy estúpida "aclaración" del arzobispo, lo que sí salió de la oficina presidencial fue una enérgica respuesta, con aires amenazantes, pues don José, ya envalentonado, declaró que sí había dicho eso ¡y qué! Que lo había dicho en 1917 y que lo sostenía en 1926: que la Constitución mexicana era impía y que la Ley Calles no era más que una errática interpretación del artículo 130 que sería atacado, no sólo por la jerarquía eclesiástica del mundo entero, sino también por el buen pueblo católico mexicano que no se arredraba ante las amenazas y las represiones de un Gobierno tirano, con tal de seguir el ejemplo y el martirio de nuestro señor Jesucristo.

Y así, el señor arzobispo, con total ineficacia y con estulticia manifiesta, lanzó una pedrada al lecho de un río que, ya de por sí, comenzaba a salirse de madre. Aventó una tea encendida a un avispero e inició un peligroso duelo, en este país de machos —aunque sean ensotanados—, para ver quién la tenía más grande.

La Asamblea Legislativa del Distrito Federal (ALDF) debe votar hoy la iniciativa de reforma legal para despenalizar el aborto. El congreso local se reúne en un clima de linchamiento azuzado por la Iglesia católica, la cual se ha empeñado en sembrar la división y la polarización de la sociedad en torno a este asunto de salud pública. La ofensiva propagandística del Vaticano y de la jerarquía eclesiástica nacional no tiene precedente [...] El máximo dirigente católico, el papa Benedicto XVI, se ha involucrado en la campaña, y obispados, arzobispados y grupos de choque —como la desacreditada Provida y los membretes que dicen representar a padres de familia— han recurrido, a falta de hogueras, a los instrumentos argumentales que les quedan: desde las amenazas de excomunión y las muy oportunas reivindicaciones papales de la existencia del infierno, hasta inscripciones inverosímiles en el martirologio, como la realizada ayer por el vocero del arzobispado capitalino, Hugo Valdemar, quien se declaró "perseguido político" por la ALDF.

Periódico *La Jornada*
2007

†

Los grupúsculos feministas van a hacer una marcha para matar a los bebés y a los niños. Ellas seguramente llevarán a la Santa Muerte al frente porque son protagonistas de la muerte, del homicidio, del holocausto, de la masacre de los niños no nacidos. Ellas pugnan por la carnicería cruel, espantosa, injusta que es el aborto. Estos grupos muestran un complejo de inferioridad terrible y el enorme odio que tienen a su género.

Hugo Valdemar Romero
Vocero de la Arquidiócesis Primada de México
2007

†

La Santa Inquisición reporta que horcas, hogueras y verdugos están ya disponibles para comenzar a quemar infieles, al grito modernizado de "¡Viva Niño Rey!", en lo que será no una Cristiada, pero sí un infantilismo al asalto del poder.

JULIO HERNÁNDEZ LÓPEZ
Astillero
Columna del periódico *La Jornada*

†

No es cosa de ninguna autoridad religiosa, porque se contempla dentro del Derecho Canónico —que rige la conducta de toda la Iglesia universal— que la excomunión tendrá lugar *ipso facto* para todas las personas que participan en la aprobación de la ley [de despenalización del aborto en el Distrito Federal]. Cometen pecado gravísimo y se colocan en la puerta del infierno.

NORBERTO RIVERA CARRERA
Arzobispo primado de México
2007

†

Y de esta suerte los esparció el Señor desde aquel lugar por todas las tierras y cesaron de edificar la ciudad, de donde se le dio a ésta el nombre de Babel o Confusión, porque allí fue confundido el lenguaje de toda la tierra, y desde allí los esparció el Señor por todas las regiones.

Libro del Génesis, Babel 11: 8-9

El tercer sello
(6)

Y en tiempos de Plutarco, César imperial, y a consecuencia de la desaprehensión que la Iglesia católica manifiesta, tanto como su desprecio a las leyes civiles, únicas que se aceptan como válidas, sépanse y entiéndanse las consecuencias que amerita la constante desobediencia, la inaceptable sedición y el inoportuno boicot comercial, que no hace sino sumir a la nación en un estado de inacción y empobrecimiento. Que todos se den por enterados y advertidos de lo que César desea y ordena: que salgan del país los sacerdotes extranjeros, pues la conciencia de los fieles no es asunto que deba ser manejado con criterios de extranjería. Que, una vez conocido el número de fieles adscritos a la Iglesia católica de cada parroquia, se asigne un sacerdote por cada cinco mil personas. Que los colegios llamados católicos, de seguir promoviendo la sedición entre sus educandos, queden advertidos del peligro que corren de clausura. Que lo mismo se entienda en los seminarios y conventos y que sus encargados sean los responsables directos de que se mantengan o no en funcionamiento. Que el líder natural de los católicos de México, el arzobispo primado don José Mora del Río, que no obedece órdenes si no vienen éstas del pontífice romano, quede también advertido de que sus palabras y sus actos no pasan inadvertidos a este Gobierno y no están libres de consecuencias. Y que se enteren, entiendan y sean exhortados los seguidores de la Iglesia católica, de que el Gobierno imperial no es enemigo suyo ni de la fe que profesan, pero que el Gobierno imperial no habrá de tolerar desavenencias entre hermanos e iguales ante la ley, pues esta patria está formada por mexicanos, y que este nombre debe ser suficiente para unificarnos bajo el cobijo de un solo esfuerzo colectivo, de un solo espíritu y de un solo deseo. ¡Salve, César! *Maximus Imperator. Annus* MCMXXVI.

Incurren en excomunión especialmente reservada a la Santa Sede:

a) Los que dan leyes, mandatos o decretos contra la libertad o derecho de la Iglesia. (Canon 2334, párrafo 1.°)

b) Los que impidan directa o indirectamente el ejercicio de la jurisdicción eclesiástica en el fuero interno y externo, recurriendo para ello a la potestad civil. (Canon 2334, párrafo 2.°)

c) Los que se atrevan a llevar ante un juez laico al propio obispo. (Canon 2341.)

Pastoral colectiva de los obispos mexicanos

1926

†

A mí me la persignan…

Onésimo Cepeda, obispo de Ecatepec, desdeñando una demanda por fraude en su contra

2010

El tercer sello
(7)

En oscuro cónclave están reunidos los hombres de la mitra y del dogma, los hombres que, una vez más, claman a los cielos una nueva persecución, una nueva erección del circo romano en el que sus carnes serán hechas jirones, sí, otra vez, por las garras y los colmillos de los fieros y viles leones del liberalismo republicano.

Las sotanas de los convocados son negras. Tan negras como la borrasca que se avecina, como negro y oscuro se muestra el talante del arzobispo, como negros los presentimientos de todos los ahí reunidos, como negro, esperan que así sea, el humo que salga por la chimenea y que no anunciará un luminoso *Habemus papam* sino más bien un negro grito que clame *Habemus casus belli*.

No habiendo autoridad más alta que la de él, el arzobispo tiene que dar inicio a la reunión y lo hace con un rezo, santiguándose:

—En el nombre del padre, del hijo y del espíritu santo…

La respuesta esperada sale de la boca de todos: "Amén".

—Calles se ha quitado la máscara y ahora no podemos hacer otra cosa más que esperar de su Gobierno el recrudecimiento de las hostilidades —dice para iniciar el nada ecuménico concilio—. Este hombre está loco. Se ha atrevido a declararnos la guerra…

Una ligera y breve conmoción se apodera del lugar. El obispo don Pascual Díaz, una voz serena a mitad de la borrasca, toma valor para decir:

—Tal vez el presidente Calles no ha hecho otra cosa más que reaccionar a nuestro propio discurso, su eminencia…

—¡No me venga con mojigaterías, monseñor! ¡Calles ha llevado las cosas demasiado lejos!

Pero don Pascual insiste con valentía:

—Tal vez las "hemos" llevado demasiado lejos…

Pero no es momento para sublevaciones y Mora y del Río da un manotazo sobre el escritorio.

—¡Silencio! ¿No sabe usted del respeto a sus superiores ni del sentido de la obediencia que les debe?

Don Pascual baja la mirada y tan sólo masculla con humildad confesional:

—Le imploro su perdón. No he pretendido ofenderlo.

Pero Mora y del Río no le ofrece ni perdón ni penitencia y se pasea de un lado a otro, tratando de encontrar una respuesta, una explicación.

—¿Pero quién se cree este hombre? ¿Acaso piensa que un simple gobernante, de cualquier nación, va a estar por encima de Dios? Le demostraremos lo equivocado que está.

Y así como a la luz se contrapone a la oscuridad y el bien al mal, tendríamos que suponer que al espíritu santo bien se le puede contraponer un espíritu maligno porque, suponiendo que exista el primero, sería difícil suponer que fue una blanca paloma la que se posó sobre la testa de don José para inspirar esta idea:

—Cerraremos los templos…

Y el pasmo se apodera de los presentes. El pesado silencio es aprovechado por el arzobispo para confirmar su propia idea:

—¡Cerraremos los templos! Y veremos entonces qué hace este infeliz comunista con todo un pueblo enardecido, sumido en la indignación y en el pecado por no poder recibir los sagrados sacramentos.

—Pero… —se atreve a decir don Pascual—: Cerrar los templos, su eminencia, nos convertiría de inmediato en los iniciadores de una guerra…

Los ahí reunidos aprueban con alivio la prudente intervención. Inclusive el arzobispo debe reconocer lo errático de su propuesta. Pero entonces —y aquí no diré quién lanzó esta botella al mar, pues su presencia se mantiene al resguardo de una prudente sombra— argumenta desde el fondo del salón:

—"Cerrar" los templos, en efecto, nos convierte en los artilleros que lanzan el primer cañonazo… Sin embargo, si tan sólo "abandonamos" los templos…

Mora y del Río no comprende del todo.

—¿Abandonarlos? ¿Y por qué un ministro de Dios abandonaría su santa misión?

La anónima voz del fondo, el rostro comido por las sombras, responde:

—Porque los templos, dadas las acciones del Gobierno, ya no son lugares seguros ni para los fieles ni para los ministros de Dios. Realicemos, entonces, nuestras sagradas labores en lugares más propicios, pues Dios está en todas partes, su eminencia.

Y la idea, como una pequeña brasa, encuentra cobijo en la mente de aquellos hombres que la recogen y le soplan hasta que una llama surge.

—¿Y cuándo cree usted que debemos proceder? —inquiere el arzobispo.

—Demos un tiempo razonable, su eminencia. El tiempo justo para que la noticia sea conocida y el vulgo haga su parte…

—¿Su parte?

—¿Usted considera, señor arzobispo, que la gente del pueblo va a entender el hecho de que es su misma Iglesia y sus mismos pastores los que abandonan los templos?

El arzobispo ha entendido. Y la voz del fondo, el rostro devorado por las sombras, insiste:

—Dejemos que nuestras ovejas sigan su propio camino…

Y el arzobispo sonríe ante la bucólica visión de las ovejas que, en plácida inocencia, se dejarán conducir al matadero si su pastor así se los pide, pues la voz anónima tiene razón: un rumor comenzará a correr de manera persistente, un rumor que irá de boca en boca, de mano en mano, de convencimiento en convencimiento: el Gobierno autoritario, ateo y comunista del emperador Plutarco, iniciando una persecución religiosa, ha ordenado cerrar los templos. Y ante esto la Iglesia callará, pues ha sido su estrategia aprendida y refinada con los siglos la de permitir que las mentiras se repitan una y otra vez, con dogmática insistencia, hasta convertirse en la verdad del crédulo, en la verdad que no admite recelos ni permite que se le encare ante un espejo, porque sabe muy bien que de las dos imágenes una es tan sólo un descomunal espejismo.

Lo que, por desgracia, aquellos hombres omiten en palabra y obra, que no en pensamiento, es que los espejismos, para validarse, exigen sangre.

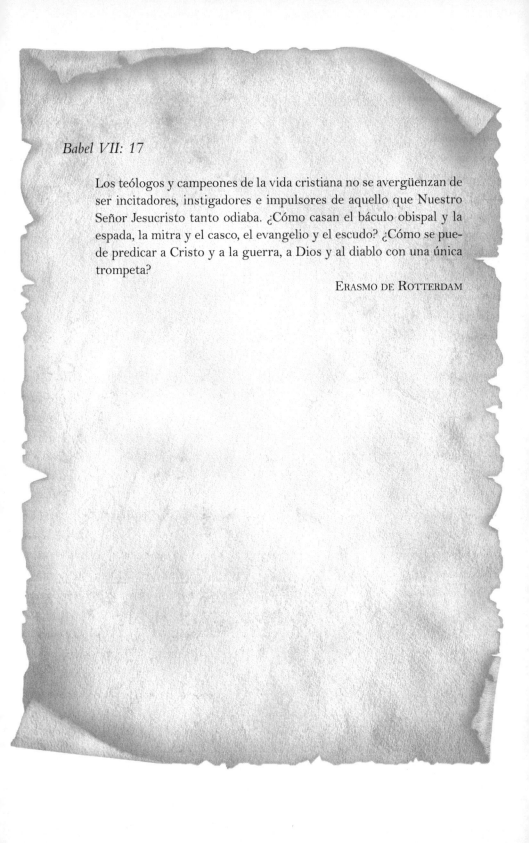

Babel VII: 17

Los teólogos y campeones de la vida cristiana no se avergüenzan de ser incitadores, instigadores e impulsores de aquello que Nuestro Señor Jesucristo tanto odiaba. ¿Cómo casan el báculo obispal y la espada, la mitra y el casco, el evangelio y el escudo? ¿Cómo se puede predicar a Cristo y a la guerra, a Dios y al diablo con una única trompeta?

ERASMO DE ROTTERDAM

El tercer sello
(8)

Y el día de la sangre llegó. La jornada de mártires dio inicio frente a la parroquia de la Sagrada Familia, en las calles de Orizaba y Puebla, en la novísima colonia Roma. Ahí se concentraron los ligueros, los acejotaemeros y las familias pudientes de aquella clase media de profesionistas que, surgida al amparo del Porfiriato, habíase empoderado en una nueva sociedad civil que no estaba para aceptar imposiciones de ninguna especie, como la que representaba el peligro inminente del cierre de los templos… por parte del Gobierno, claro.

Estarían ahí, casi podría asegurarlo, los jóvenes Luis Segura Vilchis y José de León Toral, los líderes regulares del movimiento de defensa religiosa y las rigurosas víctimas propicias al sacrificio. Todos ellos acusando al César de su intolerancia, de su perversidad y de pretender convertir en establos sus preciados templos, como ya lo había hecho en Sonora al hacer de las iglesias y los seminarios, bibliotecas y escuelas racionalistas. Y ahora al cierre de los templos se sumaban la expulsión de los sacerdotes, la clausura de los seminarios y las escuelas católicas. Los gritos de "¡Muera Calles!", "¡Abajo el tirano", "¡Detengamos la Ley Calles!" y "¡Muera el Gobierno comunista!", se mezclan con los de "¡Viva la santa religión!" y "¡Viva el papa!" Sin embargo, y porque sus gritos estentóreos no les permiten escuchar nada más, no se dan cuenta de que éstos se mezclan con las órdenes del coronel Herrera, quien ha llegado hasta ahí al frente de un batallón, cuyo objetivo es acabar con la sedición y la rebeldía. Pero a diferencia de lo

127

ocurrido en el templo de San Marcos en Aguascalientes, donde el ejército trató de frenar una contienda civil, ese día frente a la Sagrada Familia los bandos marcaron su terreno en un diálogo de sordos. Los fieles estaban ahí "para defender la dignidad de su fe y la integridad de la iglesia de la Sagrada Familia", y acusaban a los militares de "venir a cerrarla", mientras que el coronel Herrera y sus hombres venían a dispersar a una multitud que amenazaba con socavar el orden público, pues ninguna instrucción de cerrar templo alguno habían recibido. Pero, más que una parroquia, aquel lugar habíase convertido en una nueva torre de Babel, en la que ninguno se entendía con el otro y las palabras carecían de todo significado, y cuando esto pasa, ya se sabe, sólo la violencia encuentra el camino para cegar las razones. Por ello, los injuriados profieren sus babélicas voces que delatan la represión y el ataque, mientras que el coronel Herrera, desenvainando el sable, exclama las consabidas "¡preparen, apunten...!" y el "¡fuego!" escupido por los fusiles deja un total de siete muertos. Los primeros muertos. Los primeros "mártires", según un bando. Los primeros "insurrectos caídos", para el otro. Pero como a mí la semántica ni me va ni me viene, sólo doy cuenta de ellos para iniciar la lista y alimentar la crónica. Fueron siete. Y están muertos.

Babel VIII: 18-20

Soy ateo y considero la religión una forma de neurosis colectiva. No soy enemigo de los católicos, así como no soy enemigo de los tuberculosos, los miopes o los paralíticos. Tú no puedes ser enemigo de los enfermos, sólo tratar de ser buen amigo con el fin de ayudar a curarlos.

DIEGO RIVERA

✝

Si el Gobierno ruso, que repudia abiertamente la doctrina de la Iglesia griega como engañosa, puede [...] tolerarla —aunque despreciándola—, sería de desear que el Gobierno mexicano dijese por qué no puede permitirse ser tan amplio de espíritu como lo es aquél, en vez de seguir la conducta de la reina Elizabeth Tudor.

GEORGE BERNARD SHAW

✝

Los sostenedores de la revolución proletaria se jugaron la vida por una filosofía. Es la única razón que tienen para continuar la lúgubre tarea de vivir. Uno no puede esperar que reconozcan, ni siquiera ante ellos mismos, que Rusia ha demostrado ser un fracaso —o México—, sin el consuelo de una dramática conversión a alguna otra religión. Nadie puede soportar la vida sin una filosofía.

GRAHAM GREENE

El tercer sello
(9)

El sacerdote ungido, gran señor de la mitra y el dogma, arzobispo primado de México, ha decidido abrir un frente de batalla en contra del César, pretendiendo acabar con su poder terrenal, ayudado por los ejércitos celestiales y sus batallones de ángeles, arcángeles y serafines. Don José Mora y del Río golpea día tras día y declaración tras declaración al poder omnímodo del emperador Plutarco. Hasta que el César pierde la paciencia y decide actuar en su contra como no se había visto ni se verá nunca más en estas tierras, que Plutarco no se anda con rodeos, ni requiere permisos u opiniones para ejercer el poder, que para eso lo tiene, para ejercerlo, precisamente. Así que si el señor arzobispo lo ha llenado de anatemas y excomuniones, a Plutarco le basta para aplastarlo con la sola presencia de la Procuraduría General de la República, para conminarlo, si no a obedecer, sí a callar. Pero como Mora y del Río ni obedece ni calla, la PGR, como decimos en estos tiempos de siglas y abreviaturas, "invita" al impulsivo arzobispo a abandonar el país, a cambio de no terminar sus días tras las rejas. En resumidas cuentas: Plutarco lo manda al carajo sin saber —tal vez por un hecho de justicia divina— que acabará siguiendo el mismo camino del exilio unos años después cuando sea también mandado al carajo. Pero al menos, eso sí, el César tendrá la oportunidad de regresar a México para morir. No será el caso del señor arzobispo, quien rendirá cuentas a su creador dos años después, en los Estados Unidos a la

131

vista del río San Antonio en Texas, a la espera del perdón divino y del olvido histórico ante la guerra que él ayudó a iniciar. El primero no sé si lo alcanzó, que tampoco me importa mucho. Y el segundo es parte de este memorial de cruces que no podrá ser acallado.

Babel IX: 21-23

Los constituyentes del diecisiete, como los del cincuenta y siete, vieron, comprendieron que entre nosotros y a la vuelta de las bancarrotas de partidos, de banderas, de escuelas y de sistemas, lo único reciamente, indiscutiblemente popular, no es ningún hombre, porque la crítica histórica los ha demolido a todos; no es ningún plan político, porque nuestras vicisitudes los han desquiciado uno a uno; no es escuela alguna, porque nuestros derrumbamientos las han volteado a todas al revés; no es ningún caudillo, porque todos se han encargado de desprestigiarse ellos mismos. Lo único interesante, avasalladoramente popular, es la Iglesia católica.

ANACLETO GONZÁLEZ FLORES
1926

†

Una democracia es laica o no es democracia.

JUAN RAMÓN DE LA FUENTE
Rector de la UNAM de 1999 a 2007

†

El Estado laico es una jalada.

ONÉSIMO CEPEDA
Obispo de Ecatepec
2009

El tercer sello
(10)

El día 31 de julio de 1926 quedará marcado como el día en que empezó la guerra, pues fue ése el día elegido por los sacerdotes católicos para abandonar los templos. La orden fue muy clara: a la medianoche se celebraría la última misa en cada iglesia, en cada sacristía, en cada catedral del país. Por ello, a lo largo del día entero, en medio de rezos y llantos, los católicos celebraron multitudinarios bautizos, comuniones y matrimonios, pues no sabían si alguna vez podrían volver a recibir, al menos de manera pública y ante un altar, los sagrados sacramentos. Por ello, todos adelantaron vísperas, aceleraron compromisos y promesas de amor eterno, apuraron la primera o la última comunión con el cuerpo de Cristo y fueron miles también los que buscaron una confesión o una penitencia. Y fueron miles los que lloraron porque Dios se iba de México, porque Dios se quedaba sin su casa, porque se alejaba de sus vidas, porque los sacerdotes, los padrecitos, dejaban a un lado el cayado del pastor y los abandonaban en orfandad. Fueron cientos de miles las velas y los cirios que se apagaron. ¿Y cuántos habrán sido los órganos cuyas teclas de marfil quedaron inmóviles y cuántos habrán sido los fuelles, los tubos y las flautas de esos mismos órganos que dejaron de cantar alabanzas al Señor, para recibir en sus entrañas a los ratones o en sus bocas y lengüetas a los nidos de las golondrinas? Cuántos candelabros fueron cubiertos con sábanas; cuántas custodias fueron resguardadas; cuántos galones de vino de consagrar habrán iniciado el camino inverso de la transustanciación

135

para trocarse, no en sangre, sino en vinagre; cuántos salmos, cuántos himnos dejaron de resonar desde los coros y cuántos responsos se perdieron para siempre entre las volutas barrocas y entre las nervaduras de las naves neoclásicas de las iglesias de estas tierras. Cuántos *Laudate dominum*, cuántos *Halleluyah*, cuántos *Miserere nobis* y cuántos *Panis angelicus* quedaron encerrados en los libros de partituras, convertidos en negros pentagramas, corcheas, puntillos y armaduras sin sentido alguno y en un interminable calderón. Cuántas espadañas se convirtieron en meros resguardos de las mudas campanas que no tañerían más. Y cuántas, cuántas puertas por cerrarse: las puertas burdas de la iglesia de adobe, las puertas de ornamento de la parroquia virreinal, las puertas labradas de los santuarios, las portentosas puertas de caoba y herrajes forjados de las catedrales. Cuánto silencio, cuánta soledad, cuánto dolor.

Y cuánta preocupación inundaría también la mente del emperador y sus procónsules, sus tetrarcas y sus generales, pues bien sabían que, ante el abandono de los templos por parte de los sacerdotes, ellos tendrían que enviar a sus soldados, a sus legiones, para resguardar capillas y basílicas, y tendrían que enviar también a sus notarios para que éstos realizaran los inventarios de las riquezas ahí desamparadas, pues además de ser culpados del cierre de los santuarios, ahora serían también juzgados por el seguro despojo de sus tesoros, por la inevitable rapiña que daría cuenta de los innumerables cálices, patenas, navetas, copones, incensarios, acetres e hisopos dorados. Poco importaba que hubiesen ya solicitado a las mismas comunidades que fuesen ellas las encargadas de elegir a sus consejos de ancianos y notables, en cada pueblo y en cada parroquia, para resguardar los tesoros catalogados y vigilar que los templos se mantuviesen abiertos y en buen estado, si bien, claro está, sin la profesión del culto, dada la ausencia de los curas y sin la presencia del Santísimo. El Gobierno había pedido a los fieles que, a falta de sacerdotes, fuesen ellos mismos los vigilantes de sus iglesias. Pero bien sabían, el Gobierno y el César, que el pueblo ofendido, que el pueblo injuriado —cuando no ignorante—, no habría de distinguir entre un abandono, una guardia o un registro. Porque el emperador Plutarco sabía que en las rancherías, en los caseríos y en las apartadas sierras, las palabras de la jerarquía —civil o religiosa— no llegaban a filtrarse nunca. Porque sabía muy bien que para los fieles católicos la presencia del ejército no era otra cosa más que una amenaza, si no es que, incluso, una abierta provocación. Y por todo esto el emperador Plutarco entendía con claridad que la jugada del arzobispo en el exilio iba a dar frutos, finalmente. Porque el César sabía que, en efecto, a la medianoche del 31 de julio de 1926, estallaría la guerra. Y sería la más peligrosa, la más letal, la más irracional de las guerras: una guerra santa.

Babel X: 24

[…] Os advertimos, amados hijos, que no se trata de imponeros la gravísima pena del entredicho, sino de emplear el único medio de que disponemos al presente para manifestar nuestra inconformidad con los artículos antirreligiosos de la Constitución y las leyes que los sancionan.

No se cerrarán los templos para que los fieles prosigan haciendo oración en ellos. Los sacerdotes encargados de ellos se retirarán de los mismos para eximirse de las penas que les impone el Decreto del Ejecutivo, quedando por lo mismo exentos de dar el aviso que exige la ley.

[…] Dejamos los templos al cuidado de los fieles, y estamos seguros de que ellos conservarán con toda solicitud los santuarios que heredaron de sus mayores, o los que a costa de sacrificios construyeron y consagraron ellos mismos para adorar a Dios.

Doloroso es, por demás, para nuestro paternal corazón, vernos obligados a tomar disposiciones tan graves, de las cuales asumimos la exclusiva responsabilidad.

Dada en la Fiesta del Apóstol Santiago,
a veinticinco de julio de mil novecientos veintiséis.

José
Arzobispo de México
(Más otros siete arzobispos y veintinueve obispos)
Carta pastoral colectiva de los obispos mexicanos anunciando
el cierre de los templos, publicada en el diario *El Universal*
25 de julio de 1926

El tercer sello
(11)

Plutarco, el César, se enfrenta a una crisis que no tiene que ver con guerras, ni con asuntos de gobierno, ni de leyes. Gustavo, su hijo menor, un muchachito de diez años, se aburre. Se aburre y llora pues su madre, Natalia Chacón, mujer poseedora de un don mágico tan poderoso que ha sido capaz de convertir el Castillo de Chapultepec en un hogar, yace en cama, guardada en su habitación, pues su salud que se ha visto quebrantada en los últimos tiempos así lo exige. Y por ello nadie juega con Gustavo, nadie cocina un pastel, nadie toca en el piano rondas infantiles. Y el niño, claro está, busca consuelo en su padre, pero las manos gigantescas del emperador son torpes para la caricia y el gesto adusto poco sabe de sonrisas y carantoñas infantiles, por lo que se limita a darle unas palmadas al pequeño en la espalda al tiempo en que le dice: "No te preocupes, hijo. Pronto estará bien tu mamá". Y después de tan sobrehumano esfuerzo, los ojos de Plutarco buscan ayuda en Hortensia, la hija mayor, quien ha asumido el doble papel de madre sustituta para sus hermanos menores y de primera dama, siempre atenta a las necesidades de su padre, el emperador. A Hortensia la acompaña el otro gran aliado, Fernando Torreblanca, quien anuncia sin más:

—Señor, ya están aquí los representantes eclesiásticos.

Plutarco mira de soslayo y primero que a nadie a Pascual Díaz Barreto quien ya podría agradecerle, tres años después, su promoción a arzobispo, pues si él no hubiera tenido a bien correr del país a Mora y del Río, don Pascual seguiría ostentando el rango menor de obispo. Plutarco les extiende la mano y los recibe con fría cordialidad.

—Bienvenido, padre Díaz. Gracias por venir, padre Ruiz.

No creo necesario insistir en que Plutarco se encarga de subrayar el "padre" y se abstiene de usar "eminencias", "ilustrísimos" o "monseñores", faltaba más. Y señala a sus dos hijos.

—Ya conocen a mi hija Hortensia. Y éste es Gustavo, el menor.

Y si Hortensia saluda con toda gentileza —sin besamanos, naturalmente—, Gustavo da la mala nota al abrir muy grandes los ojos y salir corriendo de ahí, francamente aterrado. Plutarco se traga una orgullosa sonrisa y desestima el momento:

—Chamacos…

El César ofrece asiento a los sacerdotes. Hortensia, siempre cordial, se disculpa retirándose. Plutarco nota la contrariedad que causa en los sacerdotes la presencia del secretario y se permite la debilidad de una explicación:

—Pierdan cuidado, el señor Torreblanca, además de mi yerno, marido de Hortensia, como deben saber, es mi secretario y hombre de todas mis confianzas.

Torreblanca y los religiosos sonríen con cierta incomodidad.

—Ustedes dirán. Los escucho.

El obispo Ruiz y Flores, aclara la garganta y expone de manera grandilocuente:

—Señor presidente, antes que nada deseamos aclarar a su excelencia que nunca ha sido intención de la Iglesia católica el ser un obstáculo para su magnífica labor en el Gobierno…

Plutarco lo interrumpe:

—Disculpe, padre, pero tengo informes de que su jefe, el papa Ratti, conocido como Pío XI, ha hecho todo lo contrario de lo que usted me dice.

El primer balde de agua helada cae encima de la reunión. Pascual Díaz intenta salvar el naufragio anunciado:

—Quisiéramos convencerlo, su excelencia, de que nosotros no fomentamos en lo más mínimo…

Pero Plutarco, de carácter por lo regular impasible, pierde la paciencia:

140

—Mire, padre, el único pecado imperdonable en la política es la ingenuidad. ¡Como si no estuviera yo enterado de lo que ha pasado en Acámbaro! ¡En Cocula…!

Y Torreblanca, yerno acomedido, apuntala:

—En Sahuayo…

—¡O en Sahuayo! ¡Por todos lados los indios fanatizados están armando motines!

Don Pascual respira hondo y explica:

—Señor presidente, usted lucha por controlar… guiar —corrige— las conciencias de los mexicanos. Pero el deber de la Iglesia es dirigir sus almas…

—Esto no es sólo la disputa centenaria entre el poder secular y el espiritual, padre, o entre la razón y la sinrazón —y la dialéctica, pasión del emperador, se hace presente—. Esto es el encuentro eterno entre la luz y las tinieblas…

—Que así sea, su excelencia, pero ¿quién de nosotros puede controlar o dirigir, no las almas ni las conciencias, sino las pasiones?

—Explíquese —ordena Plutarco.

Ruiz y Flores interviene:

—A lo que se refiere el señor obispo es a la tremenda división que existe entre las cúpulas de poder y el pueblo…

Plutarco debe reconocer que el sacerdote tiene razón. Don Leopoldo se da cuenta de esto y señala:

—Entre las altas jerarquías de la política y la Iglesia y la gente sencilla de las rancherías se interpone siempre una barrera de ignorancia…

El emperador se vuelve hacia su yerno y comenta con una mueca burlona:

—Ignorancia fomentada por quién, me pregunto…

Torreblanca sonríe discreto y toma nota. Los sacerdotes dejan pasar el sarcasmo y don Pascual Díaz apuntala:

—Todo lo que su preclaro entendimiento le dicte, señor presidente, y todo lo que el Santo Padre escriba y reflexione… Todo eso, señor, intente usted explicárselo a los más humildes de la tierra…

César lo traspasa con la mirada.

—¿Es un reto, padre?

Pascual Díaz, con gesto amable, sonríe.

—De ninguna manera, señor presidente. No utilizo más que un argumento racionalista para darle a conocer lo que es una verdad: el pueblo, las ovejas del señor, toman siempre sus propias decisiones. Y ni su santidad, ni su excelencia, pueden hacer nada para evitarlo.

Plutarco calla pues debe reconocer que, en efecto, lo dicho por el padre Díaz es verdad. Y don Leopoldo agrega, buscando otro camino:

—Señor presidente, seguramente estará usted enterado de las firmas que se han recabado para sensibilizar a su excelencia sobre el malestar que la gran mayoría siente por la, mal llamada, es cierto, Ley Calles.

—¿Cuáles firmas? —espeta el César.

Don Leopoldo pisa terreno pantanoso y lo sabe.

—Las firmas que se han recabado en diversos estados de la República que exigen…

—¡Solicitan! —corrige don Pascual.

—Que piden que la dicha ley sea revisada y puesta a la consideración de la misma ciudadanía antes de ser aprobada en el Congreso.

Plutarco se ríe con desdén.

—Firmas… ¿Y ustedes piensan que por unas cuantas firmas de beatas yo voy a cambiar las leyes?

Los obispos se miran y se deciden a hablar:

—No son unas "cuantas firmas", su excelencia…

Plutarco da unos sorbos a su limonada.

—¿Fernando?

Y el secretario, muy a su pesar quizá, da el reporte:

—Están llegando ya a Palacio Nacional, señor, en cajas. Son más de un millón de firmas…

—Y le aseguramos a su excelencia que confiamos en alcanzar los dos millones —anticipa don Leopoldo.

El César acribilla con la mirada a su yerno secretario y apura de un solo trago la limonada que tiene enfrente pues el gaznate, sin dudarlo, se le ha secado de pronto. Suspira, baja la mirada y se toma el tiempo del necio antes de decir:

—La Iglesia tiene sólo dos caminos, señores: sujetarse a las leyes de México… —una pausa hace aguardar la amenaza, la provocación—: o seguir el camino de las armas para derrocar a mi Gobierno.

Inclusive el mesurado Fernando Torreblanca se inquieta ante aquellas palabras salidas de quién sabe dónde. Los prelados tampoco atinan a responder nada, y como el César se ha quedado absorto, mirando el bosque en la lejanía, aprovechan para levantarse y salir de ahí, sin cometer la imprudencia de decir algo como "Que Dios lo guarde", o cosas de ésas.

Y algo quisiera comentar el yerno, pero cuando apenas los religiosos han traspuesto el umbral, llega Hortensia, la hija predilecta, con los ojos llorosos y las manos crispadas.

—¡Papá...!

Y no importa ya lo que Hortensia le pueda decir. Plutarco sabe que su vida está por cambiar.

Babel XI: 25-26

A los gobernantes de México se les ha permitido cosas que no se les hubiera tolerado ni a los chinos. En honor a los mexicanos oprimidos y también tomando en cuenta los intereses de nuestros propios compatriotas, esperemos que el Gobierno británico por fin comprenda cuán desesperada es la situación actual de México, y que se determine de ahora en adelante a implementar una política clara, firme y sin vacilación hacia esa república, ya que ése es el único idioma que los estadistas mexicanos parecen entender.

The Tablet de Inglaterra
20 de febrero de 1926

Toda la historia de la civilización occidental, desde el Imperio romano hasta nuestros días, de Diocleciano a Bismarck, muestra cómo cada vez que el Estado se encuentra en conflicto con la religión siempre es el Estado el que resulta perdedor.

BENITO MUSSOLINI
En referencia al conflicto religioso en México
1929

El tercer sello
(12)

La ambulancia ha descendido a toda velocidad por la empinada cuesta que separa el Castillo de Chapultepec del sanatorio Cowdray, conocido como Hospital Inglés. En el interior del vehículo, Plutarco, el César, el Omnipotente, renunciaría a todo en ese instante porque su mujer, Natalia Chacón, recuperase el color perdido y sus ojos no reflejaran el terror de ver cómo se le escapa la vida de la manera angustiosa en que lo hace. Plutarco renunciaría al poder absoluto del que goza con tal de que su mujer pudiese robarle, con cada una de las bocanadas espasmódicas que la atacan, un poco del aire que a él le sobra. Plutarco daría inclusive la vida a cambio de que Natalia no fuese hoy ese espectro de rostro cerúleo y labios amoratados que se ahoga en estertores agónicos; porque volviese a ser su noviecita de Guaymas, la muchachita de diecinueve años que se dejaba acariciar por el aire del mar en el puerto; porque fuese de nuevo la novia vestida de blanco, la que el día de su boda confortaba a su madre, doña Buenaventura Amarillas, cuando ésta se lamentaba con grandes ayes porque el novio descreído —"¡Trate de entenderlo, mamá!"— no se había querido casar por la Iglesia. Sí, en esos momentos Plutarco estaría dispuesto a retirarse del mundo si eso le permitiera escuchar una vez más la risa de Natalia, si eso le permitiera escuchar los llantos y los gritos de sus nueve hijos y pudiera ver a su mujer correr tras de todos ellos para bañarlos, para sentarlos a la mesa, para lograr que, por fin, se durmieran. Plutarco cambiaría el cauce de los ríos, el curso mismo de la Tierra, si fuese necesario, para recuperar el tiempo ido, los meses y los años de ausencia —casi ocho—, cuando él combatía a Victoriano Huerta y su familia se refugiaba en Arizona, cuando él se unía a Obregón y a Carranza y su familia se escondía en Nogales, cuando él firmaba el Plan de Agua Prieta y su Natalia enterraba en soledad a tres hijos de los doce que le dio, constancias de las visitas esporádicas y breves que podía hacerle cuando el deber lo permitía y la culpa lo obligaba.

Pero nada de esto será así, y por ello, mientras Natalia es llevada hacia el quirófano, razona: ¿qué más le da, qué le importa que los curas y la Iglesia pretendan entrar, por enésima ocasión, en rebeldía? Pues un carajo le importa y nada más. Lo mismo que le importa la interminable Guerra del Yaqui en Sonora, lo mismo que el sureste siga devastado por la rebelión delahuertista y que el centro y el sur del país estén al rojo vivo por las elecciones que se acercan y en las que el terco y soberbio Obregón quiere participar otra vez. ¿A él qué más le da, justo cuando su mujer está muriendo, que las petroleras inglesas sigan presionándolo con el cumplimiento de los Tratados de Bucareli para alzarse con el control de los ferrocarriles? ¿Qué le puede importar que los gringos se indignen por la ayuda militar que le está dando al nicaragüense Sandino, si el mismo Estados Unidos, el vecino gigante con pies de barro, está por hundirse en una crisis económica sin precedentes que arrastrará a todo el hemisferio? ¿Qué le puede importar a Plutarco todo esto, cuando el médico aquel, con semblante oscuro, heraldo de naufragios, le informa que su esposa, su Natalia, acaba de sufrir una embolia pulmonar y sus días están contados? (No más de un año, Plutarco.) No, no le importa nada de lo que le rodea, pues su mundo acaba de transformarse en un páramo solitario. Qué pena que el César no crea en Dios alguno porque a lo mejor podría rezarle para desafanar el miedo. Pero no, sólo tiene a la razón. Y la razón, casi siempre, conduce a la soledad. Y la razón le dice que su mujer, que su Natalia será, dentro de pocos meses, tan sólo un recuerdo, un sueño, un lento y pertinaz olvido.

El tercer sello
(13)

Y ahora debemos abandonar los mármoles vaticanos y dejar de admirar la suntuosa columnata que Bernini creó para mayor magnificencia de san Pedro. Es hora de abandonar los pulidos mármoles, también italianos, del Castillo de Chapultepec, desde los que se descubre el bosque sagrado de los tlatoanis mexicas. Y me aflige mucho, pero es hora también de dejar de caminar por las duelas recién pulidas de Palacio Nacional y las de la casa del Arzobispado, pues deben empezar a llenarse los pies de polvo, a sentir en sus manos el rigor de los azadones, hasta que se les tornen callosas, y que sus frentes reciban el baño caliente y salado del sudor, provocado por el sol inclemente de la sierra de Álvarez, en San Luis Potosí, o del campo de Cuitzeo en Michoacán, o de las tierras de cultivo de Irapuato, o de los ingenios de azúcar en Morelos, o de la Comarca Lagunera de Torreón, que fueron muchos, si bien no todos, claro es, los rincones de estas tierras en los que la llama vengadora, defensora de la fe, se encendió. Y como esta relación no es una crónica sino un memorial, conformémonos con imaginar un espacio rural, desértico o selvático, da lo mismo, para desarrollar en él las escenas que, multiplicadas en cientos y cientos de prismas, contaban la misma historia, la que don Pascual Díaz, obispo, había ya anunciado: la historia de la incomprensión, de la ignorancia y del fervor que a toda lógica resiste y a todas las razones avasalla. La historia de unos pobladores que, con miedo y con indignación, observan al pequeño piquete de militares o de soldados rurales que rodean los templos. Y habrá que seguir imaginando al señor notario, un simple notario, cualquiera que tenga un aire lo suficientemente burocrático como para pasar por uno, pretendiendo entrar a la iglesia o a la capilla resguardada para iniciar el registro de los ornamentos propicios para el rito. Imaginemos por tanto el ambiente más cercano y conocido, escuchemos en nuestras cabezas el acento y el requiebro de habla que resulte más familiar y veamos cómo los ahí reunidos, recelosos, injurian a esos militares y a ese apocado señor notario.

—Ustedes no son nadie para quitarnos a nuestro Dios ni a nuestra santa religión. ¡Ustedes no son nadie para cerrar nuestras iglesias!

El notario, sudoroso, se afloja el nudo de la corbata, limpia sus empañadas gafas y saca, desde el último rincón de su ánimo acojonado, un hilo de voz para defenderse:

—Pero si nosotros no estamos cerrando sus iglesias. Fueron los sacerdotes quienes decidieron abandonarlas…

(Mal argumento, señor notario, que no hace más que soplarle usted a la yesca, no sea imprudente.)

—¡Mentiras! ¿Cómo van a dejar abandonadas sus iglesias los padrecitos?

(Si me permite un consejo, señor notario, párese detrás de los soldados.)

—Si eso es lo que nos han venido diciendo todos los de por acá. ¡Que el Gobierno nos quiere quitar nuestra religión y nuestras iglesias!

—¡Que no, hombre! Si nosotros lo que estamos haciendo es cuidárselas. ¿Qué no leen los periódicos?

(Ay, señor notario, pero de qué periódicos habla usted… Y aunque los hubiera: ¿no se le ha ocurrido preguntarse cuántas de esas personas sabrán leer?)

—¿Cuáles periódicos? Si aquí naiden sabe leer…

(Se lo dije.)

—Nosotros aquí no los queremos. ¡Lárguense, changos infelices! ¡Lo único que queremos es que regrese nuestro cura!

Y de manera estúpida, más que temeraria, los soldados empuñan sus rifles.

—Por su bien, señores, ¡les suplico que entren en razón! —esgrime desesperado el hombrecito.

Pero los ánimos se inflaman, el griterío gana terreno y las piedras de la sierra de Álvarez, en San Luis Potosí, del campo de Cuitzeo en Michoacán, de las tierras de cultivo de Irapuato, de los ingenios de azúcar en Morelos o de la Comarca Lagunera de Torreón caen, como habrán caído las rocas de fuego sobre Sodoma y Gomorra, caen, repito, sobre los batallones, los piquetes de soldados federales o rurales, y caen inclementes sobre el pobre señor notario que, sin deberla ni temerla, recibe la justa ira de Dios. Y surge además el grito definitorio de esta guerra, el grito que identificará al bando de la rebeldía y de la beatitud martirológica. Y ya no es un grito que exalte o condene a los poderes mundanos. Ya no es ni "¡Viva el papa!" ni "¡Muera Calles!" El grito que se alza en clamor y que surge desde lo más profundo de aquellos seres, habitantes de Babel, determina el carácter sagrado, místico e intangible que les dará aliento en toda esta contienda, pues aceptando que sus pecados son más numerosos que las gotas de sangre que derramó Jesucristo por ellos y queriendo recibir tan sólo la muerte como merecido castigo, le suplican a su salvador que les conceda la gloria del martirio y la bendición de que su último grito en la tierra sea también el primero en el cielo: ¡Viva Cristo Rey! *Dieu le veut! Allahu akbar!*

Y concluya así el Libro de Babel.

Durante aquel tiempo los hombres buscarán la muerte y no la hallarán; y desearán morir y la muerte irá huyendo de ellos.

Apocalipsis de san Juan,
Quinta y sexta trompetas, 9: 6

Cuarta profecía:
de Enrique

2 de junio de 1929.
Atotonilco el Alto, Jalisco

Ese día lo prepararán para el sacrificio. Ese día Enrique Gorostieta, general del ejército cristero, cabalgará hacia la eternidad en su caballo blanco, desbocado por la luz, y ese día lavará con su sangre la culpa de haber puesto en jaque al César Plutarco; expiará el pecado de haber convertido a las gavillas rapaces que se hacían llamar "ejércitos cristeros" en una fuerza unida, disciplinada y capaz de hacer frente a las legiones imperiales. Ese día lavará con su sangre el pecado de entrar a la lucha como un mercenario para salir de la misma purificado por el fuego y la sangre, como un hombre iluminado por una diáfana conciencia, hecho viento, "viento traspasado por la luz, deshecho por la luz, viento hecho luz", como escribió el poeta de Tábara. Ese día Enrique Gorostieta recibirá en sus ojos un último fulgor luminoso que lo conducirá al martirio que nunca quiso, que nunca deseó. Ese día, el día que caiga acribillado, será el último día de su gloria y el primero de la oscuridad y el silencio que se habrán de cernir sobre su nombre, su figura y su obra, hasta hacerlo desaparecer. Ese día recibirá el impacto de cientos de balas venidas de lejanos y anónimos destinos, y por ello, ese día respirará aliviado el nuevo emperador, el nuevo César llamado Emilio. Ese día respirará aliviado el embajador del imperio del norte, llamado Dwight, así como respirarán aliviados los guardias pretorianos Saturnino y Joaquín, y ese día respirarán aliviados, también, los hombres de la mitra y el dogma, satisfechos por deshacerse de

151

aquel que supo entender lo que ellos ni siquiera llegaron a vislumbrar: que el día en que Enrique sea sacrificado, los únicos que habrán de llorar serán los humildes de la tierra, llorarán los indios y llorarán los campesinos, pues ese día morirá el único que ha llegado a comprender que Dios, su Dios, no habla a través de los obispos, sino por las bocas de los hijos de la tierra. Porque ese día morirá el único que ha sido capaz de entender que esta guerra no se ha alimentado ni con los decretos de los césares poderosos, ni con las encíclicas de los pontífices soberbios, ni con el dinero de los burgueses de las metrópolis. Esta guerra se ha alimentado con la savia que corre por las venas de los hombres árbol, de los hombres milpa, de los hombres arado. Porque ese día morirá el único que ha comprendido que el Verbo no se expresa con parábolas, metáforas ni florido lenguaje. Porque es el único que ha entendido que la palabra de Dios, su Dios, en el que siempre ha creído, es un sencillo madero, un madero recto y seco que eleva su punta, en ángulo perfecto, hacia el cielo y en el cielo se clava y anida.

Ese día.

Después que abrió el cuarto sello,
oí una voz del cuarto animal
que decía: Ven y verás.
Y he ahí un caballo pálido y macilento
cuyo jinete tenía por nombre Muerte…

Apocalipsis de san Juan,
Los seis primeros sellos, 6: 7–8

LIBRO DE LAS REVELACIONES

EL CUARTO SELLO

Libro de los Jueces

Libro de los Jueces I: 1

Muerto Josué, los hijos de Israel consultaron al Señor, diciendo: "¿Quién marchará delante de nosotros contra el Cananeo y será nuestro caudillo para continuar la guerra?"

Los Jueces,
Victorias de los israelitas, 1:1

El cuarto sello
(1)

La gente de la tierra, de esta tierra, se soliviantó en desbandada, tomando sus propias decisiones, siguiendo sus instintos y sin más estrategia que la que le diera su propia imaginación. Y por ello, el Gobierno imperial pudo detectarlos y aplastarlos imponiendo la *Pax romana* sin mayor problema. Tiempo llegará, naturalmente, en que la balanza se incline a favor de los que hoy sucumben, pero por lo pronto uno de los primeros alzados, Victoriano Ramírez, está preso en las mazmorras de San Miguel el Alto, en Jalisco, en el año imperial de 1926. Pero Victoriano no es hombre que piense vivir encerrado ni que se deje intimidar por el burdo y estúpido guardia, ni mucho menos ser fusilado al día siguiente, que ésa era la espada de Damocles que pendía sobre él, y de la que en realidad nunca se libró.

—Nomás vine a saludarte, antes de que te vayas con el Señor.

El celador saca la llave y abre la reja con torpeza pues la herrumbe de las bisagras se ha convertido casi en piedra.

—Aunque yo no creo que te vayas al cielo con tu Cristo Rey, la mera verdá. Pa' mí que te vas al infierno…

Pero Victoriano, con la destreza del hombre de campo acostumbrado a saltar de peña en peña, y no teniendo ninguna voluntad de escuchar discursos imbéciles, se lanza sobre el carcelero y en certeros movimientos, que parecen uno solo, lo apergolla del cogote, lo desnuca, le tapa la boca para ahogar su grito, le arrebata las llaves y arroja su inerme cuerpo al catre.

—¿Viera que ahorita no tengo ganas de platicar? —le susurra al oído mientras que, antes de fugarse, lo cubre con la manta y lo acomoda de tal suerte que parece ser él mismo quien duerme.

Y así, precisamente, en el sueño eterno, el cadáver del celador es encontrado al día siguiente por el jefe de armas que venía con el ánimo bien dispuesto para recoger a Victoriano Ramírez y llevarlo al paredón. Pero ahora, con la frustración retratada en su rostro, escucha el reporte del teniente encargado de la prisión:

—Pues así nos lo dejó y por eso nosotros creíamos que era el tal Victoriano que estaba durmiendo.

—No estaba durmiendo, estaba dormido, que no es lo mismo.

El soldado no comprende las palabras de su superior, que es comandante.

—¿O es igual estar jodido que estar jodiendo?

El teniente sonríe.

—Como usted diga, mi comandante.

Y el comandante no está dispuesto a que su misión quede sin cumplirse, así que pregunta a un soldado joven que lo acompaña:

—¿Ahí está todavía el pelotón de fusilamiento?

—Sí, mi comandante —responde el subalterno, casi un niño.

—¿Y cuántos hombres son?

—Contándome a mí… —hace las cuentas—. Somos catorce.

El comandante ordena:

—Pos se me van los catorce a buscarlo y me lo quiebran donde se lo encuentren —y antes de que el joven soldado salga, el comandante lo previene—: Nomás que con cuidado, que este tipo no se anda a las taimadas —y señala al celador quien, por estar muerto, no se ha enterado de nada—: Ahí está la prueba.

El recientemente enrolado en las filas, a quien se me ocurre llamar Cándido, porque le cuadra a su rostro infantil y porque me parece maliciosamente premonitorio, dice con la gallardía viril de la juventud que se asoma apenas en su mirada y que jamás aflorará, aunque él ni siquiera lo sospecha en ese momento:

—Pierda cuidado, mi comandante, que yo mismo se lo traigo hecho fiambre.

Y así salieron aquellos catorce hombres en busca de Victoriano Ramírez. Ellos, al encuentro fatal con su destino, como reza el lugar común, y él, Victoriano, al segundo bautizo de su vida en el que recibirá el mote del Catorce, por haber dado rápida cuenta de sus persecutores en una sierra cercana desde la que, aprovechando el estar parapetado en una posición más elevada del terreno y sacando ventaja de la candidez de Cándido, los despachó con premura y con gran economía de municiones, pues sólo se encontraron catorce casquillos en el lugar de los hechos.

O al menos eso es lo que ha querido contar la gente de la tierra, de esta tierra, pues yo he escuchado otras historias que hacen referencia al sobrenombre, convirtiéndose el catorce en un número cuasi cabalístico que representa a las amantes que tuvo Victoriano, por ejemplo, o al número de hijos que procreó, y otras tantas posibilidades, aunque ninguna tan sabrosa y tan bien contada como la que he traído a colación y que concluye con la entrada de un chamaquito a la cárcel de San Miguel el Alto, quien le entrega al comandante, amarradas en un cordel, nada menos que catorce pistolas, mientras le dice:

—Y que dice Victoriano Ramírez que no lo ande mandando buscar con tan poca gente. Y que dice también Victoriano que por eso aquí le manda estas pistolas, por si quiere usted armar a más pelones.

Todo esto se cuenta, pues.

El cuarto sello
(2)

Los hombres que se fueron sumando a la lucha del Catorce se hicieron llamar, por razones que desconozco y que me parece no vienen al caso, "Dragones". Los Dragones del Catorce, a pesar del espantable mote, no pasaban de ser un grupo de rancheros y campesinos alebrestados, sin orden ni concierto, a quienes no les bastaba el liderazgo de Victoriano para defender a su Dios y a su Iglesia con efectividad e inteligencia. El mismo Victoriano lo sabía y por ello resultó providencial para él el encuentro con el personaje que inició este memorial: el padre José Reyes Vega y su increíble bigote.

—Conque tú eres el famoso Catorce...

Victoriano escuchó estas palabras en una cantina de San Julián, donde sus hombres se echaban unos tragos y él sólo echaba tiros, pues según cuentan la bebedera no se le daba.

—¿Y usté quién es? ¿Pancho Villa con Sotana?

Los Dragones se carcajean. Reyes Vega sonríe, quizá, por aburrimiento ante la broma conocida.

—Soy el padre José Reyes Vega, Victoriano, de la parroquia de Tototlán.

—¡No me diga! Pues si usted es cura yo vendría a ser el Santísima Trinidad.

Las nuevas risotadas de los Dragones ya no son secundadas por el padre José que, con un gesto, le franquea el paso a otro sacerdote.

161

—Mira, Victoriano, en lugar de estar blasfemando, mejor conoce al padre Aristeo Pedroza, que él sí, pa' que veas, es un hombre de Dios, no como uno...

Y se atusa el bigote con manifiesto orgullo. Victoriano y Pedroza se miran y si pudiesen vislumbrar en ese momento lo que el futuro les depara a ambos, lo mejor sería que se dieran la vuelta y ni siquiera se saludaran, pero como los atributos de la adivinación no los asisten, se miran hasta con simpatía. Y aún más, Victoriano bromea:

—Usted sí que me inspira confianza, padre Pedroza...

—Lo mismo digo, Catorce.

Y conjuran cualquier fatal vaticinio con un apretón de manos.

—Te hemos estado buscando, Catorce —tercia el padre Reyes Vega.

—¿Como por qué?

—Porque luchas por nuestra misma causa, hijo, por la libertad religiosa —responde Pedroza.

El Catorce los mira con franca simpatía y exclama la contraseña de la fraternidad:

—¡Viva Cristo Rey!

—¡Viva Cristo Rey! —responden a una voz los Dragones, sellando esa triple alianza y presintiendo que sobre aquellos hombres se ha posado la luz divina que le dará al movimiento, finalmente, la misma fuerza sobrenatural con la que Jehová bendijo a los ejércitos de Josué para derribar los altivos y soberbios muros de Jericó, detrás de los cuales Plutarco, el heresiarca, se resguarda.

—La cosa ya prendió, Catorce, y no la para nadie. Ya todos los pueblos andan movidos: Atemajac, Cocula, San Martín... —le informa Reyes Vega mientras lo conduce por el brazo a una mesa apartada.

Pedroza los sigue sin manifestar gran júbilo.

—Aquí el padre Aristeo no anda muy convencido de entrarle a los cocolazos...

—Los obispos no están contentos con lo que está pasando, José...

—¿Cuáles obispos? —se defiende Reyes Vega—. ¡Los coyones nomás! Porque hay unos bien bragados que no sólo nos lo están pidiendo, sino que ¡hasta nos lo están ordenando, padre Aristeo! Ái 'stá el Chamula, Orozco y Jiménez...

Pedroza intenta serenar al Villa Ensotanado.

162

—Pos uno o dos, claro… Pero los meros meros no nos han dado su permiso…

Reyes Vega se encabrita más:

—¡Pos sin su permiso ni su mandato nos lanzamos a esta lucha bendita! —y busca a un aliado—: ¿O no?, Catorce.

Y el Catorce, que no ha presenciado nunca algo parecido a un cisma, nomás se ríe.

—Y también —dice Aristeo— deberíamos aguantarnos a ver qué nos dicen de la ciudad…

Y ahí sí revienta Reyes Vega:

—¡De la ciudad! ¿De qué ciudad me estás hablando!

—Pos de México… o Guadalajara…

—¿Y tú sabes lo que hacen en las ciudades, Catorce? —pregunta para reafirmar alianzas.

—No, no sé, pero usté me lo va a decir…

—¡Pos te lo digo, Catorce! Esos condenados ligueros de las ciudades nomás se aplastan en sus tepalcuanas pa' hablar puras sandeces… Incluidos los obispos, Aristeo. ¿O cuándo has visto a algún "ilustrísimo" empolvándose las patas por Tototlán o por Huaracha? No, Catorce, yo a los lagartijos de las ciudades no les creo nada… ¡La lucha es de los cristeros, Aristeo!

Pero Pedroza no se amilana:

—La lucha es de los cristeros del campo, ya lo sé… pero la plata viene de los ligueros de las ciudades, José, que tampoco se te olvide…

Y Reyes Vega vuelve a increparlo:

—¡Pos si la lana es de los ligueros… los güevos pa' entrarle a los chingadazos son muy míos, ¿qué no?

—¡Ave María Purísima! —dice y se carcajea el Catorce, viendo cómo el padre Reyes Vega se refina un farolazo de tequila, mientras Aristeo Pedroza contiene y respira. Concluye—: Sin pecado concebida, Pepe.

Y bueno, tampoco le falta razón a Reyes Vega, porque mientras que en el campo y en la provincia los cristeros ya le entraron al toro, los señoritos de la ciudad, los ligueros, nomás no se animan a pasar a la acción y todo se les va en planes y discusiones, como les puedo demostrar más adelante.

Libro de los Jueces II: 2-3

Si en vista de mi negativa a olvidar las leyes y a iniciar su derogación o sus reformas, se quieren agotar los medios legales para el logro de los deseos que entraña su solicitud [para que sean reformados los artículos constitucionales "contrarios a sus intereses"] tienen ustedes aún expedito el recurso de dirigir su petición a los diputados y senadores, al Congreso de la Unión o a las Legislaturas de los estados; y por lo que se refiere al Decreto Presidencial que establece las sanciones penales cuya derogación u olvido piden, hay también el recurso de solicitar su derogación o sus reformas por el Congreso de la Unión o [...] recurrir ante tribunales del orden federal, en juicio de amparo.

Carta de PLUTARCO ELÍAS CALLES al arzobispo
de México y al obispo de Tabasco
1926

†

La escuela laica es la escuela de la inmoralidad, de la corrupción, de la anarquía, del crimen. ¿Sabéis quiénes la fundan y sostienen? Los revolucionarios [que] necesitan gente criminal, que sepa herir, asesinar, incendiar, enfurecerse. En donde funcionan las escuelas laicas, la criminalidad de los niños aumenta de un modo aterrador. Allí hay niños ladrones, asesinos, corruptores y suicidas. ¡Y es natural! ¿Qué frenos se tienen contra las pasiones en la escuela laica?

¡Si amáis a vuestros hijos, esos pedazos de vuestro corazón, por piedad no los mandéis a las escuelas laicas!

Panfleto que se repartía en las iglesias
y en las calles de la Ciudad de México
1926

El cuarto sello
(3)

No cantará el gallo antes de que la verdad sea negada tres veces. Y pronto lo veremos, que éste que propongo será un juego a tres bandas. Por un lado, en la Ciudad de México, los ligueros, conducidos por Luis Segura Vilchis, se desesperan ante la falta de resultados que sus acciones —o sus no acciones— arrojan.

—El tirano sigue ciego y sordo. Nada responde a nuestras firmas...

—Que se está estudiando el asunto, dice...

—¡Miente! Sigue adelante con la aprobación de la Ley Calles —se indigna Luis y propone—: ¡Es hora de pasar a la acción!

Los rumores se multiplican.

—¡Y dale con la "acción"! —lanza un liguero que podría pecar de esquirol, de hereje o de apóstata.

—¿Y qué les molesta de la "acción"? ¿Tienen miedo?

Los jóvenes bajan la mirada. Sólo uno, que decido ahora que sea José de León Toral, exclama:

—No tenemos miedo, Luis... Pero Anacleto González nos ha enseñado...

—¡Ah, vamos! —dice irónico Segura Vilchis—. ¡Ya salió a relucir "san Anacleto"!

(Todavía no, Luis. En una de ésas, sí, puede llegar a santo, pero por lo pronto lo contamos entre las filas de los beatos.)

—No es que Anacleto sea un santo, Luis... ¡y yo, al menos, no le temo a la acción! Pero él nos ha mostrado otros caminos...

—Sí, la "resistencia pacífica", que ya me empieza a estorbar...

Los ahí reunidos se alarman. Otro muchacho secunda a Toral:

—Primero agotemos las instancias civiles, Luis. Hay un orden por seguir. Esperemos a ver qué se resuelve con los dos millones de firmas que ya están en Palacio Nacional, y si esto no funciona, pues... nos ponemos a echar bombas...

Algunas risas nerviosas lo secundan. Pero Luis se queda muy serio y lo atraviesa con la mirada.

—El nombre de Luis Segura Vilchis jamás será recordado por "echar bombas", te lo advierto. No pretendo matar a nadie...

(Mientes, Luis. Fabricarás y arrojarás bombas. Y armarás también con cartuchos y pistolas a las jóvenes católicas de las Brigadas Femeninas; arriesgarás sus vidas y las convertirás en asesinas o en carne de cañón. Y por ello morirás de manera violenta. Como mueren los violentos.)

En Palacio Nacional, el César recorre los patios de la intendencia, observando las cajas apiladas que contienen casi dos millones de peticiones, de súplicas, de reclamos y hasta de amenazas. Sus acompañantes guardan un prudente silencio.

—Habrá que analizar todo esto...

(Mientes, Plutarco. Mientes, porque no pretendes analizar nada. Porque sólo esperas que llegue hasta ti la delegación de diputados que te dice:

—¡Grandes noticias, señor presidente! Es para nosotros un honor el informarle que, después de que prevaleciera en nuestras discusiones un indeclinable compromiso con la responsabilidad histórica que hoy nos...

—¡Se aprueba o no se aprueba la Ley Calles! —les gritaste, ¿te acuerdas?

Y fue Adalberto Tejeda quien sacó del apuro al diputado ése cuando te dijo:

—Tenga usted la certeza de que la ley será aprobada en las cámaras sin enmienda alguna.

Y entonces acuñaste una frase célebre, con satisfacción manifiesta:

—Pronto iniciará la desfanatización de nuestra patria...

166

Y te alejaste de ahí, dejando sin respuesta y con la palabra en la boca a casi dos millones de ciudadanos. (¿Ves por qué te llamé mentiroso cuando dijiste: "Habrá que analizar todo esto"?)

Y la tercera mentira se escuchará en Guadalajara. En casa de Anacleto González Flores, hasta donde llega una joven a quien voy a llamar Judith, porque me gustan las reminiscencias bíblicas que guarda este nombre y porque, para ella, Plutarco bien sería su Holofernes. Judith es miembro de las Brigadas Femeninas y ha llegado hasta Anacleto para abrirse el abrigo y mostrarle los forros y los faldones tachonados de municiones y pistolas cosidas, y mostrarle también que, para la lucha, las mujeres encuentran sorprendentes estrategias pues es ésa y no otra la función de las llamadas Brigadas Femeninas: el contrabandeo de armas y cartuchos camuflados entre las púberes carnes de las doncellas, sus recatadas faldas, fajillas y vestidos, y bajo el manto protector de sus rostros de vírgenes, en las más jóvenes, o de santas virtuosas, en las mayores. Todo un ejército femenino, silencioso y disciplinado, al servicio de la causa, que se pasea sin levantar sospecha alguna frente a las narices mismas de los federales, pues muchas de estas heroínas anónimas son sus propias hijas, hermanas y esposas.

—Eres muy joven, Judith.

Es lo primero que observa Anacleto, mesurado y culto abogado, sindicalista católico.

—No lo soy tanto como para no dar mi vida por la santa religión, maestro. Y vivo con alegría el frenesí que recorre el país entero por…

—¿El país entero? —la interrumpe con una suave sonrisa—. ¿Y a ti quién te ha dicho que "el país entero" está levantándose en armas?

Judith trastabilla.

—Bueno, en México se dice que…

—¿En México? —sonríe de nuevo Anacleto y dice para sí—: ¡Ah, la soberbia del altiplano! Los capitalinos siempre han creído que la Ciudad de México es "el país entero". No, Judith. Oaxaca está en paz, la península yucateca está en paz… ¡Hasta Chihuahua vive en calma!

—Pero la Ley Calles nos afecta a todos…

—Puede ser, pero nuestra Santa Madre Iglesia ha encontrado formas de vivir en paz. Y así lo hará "en el país entero".

167

La muchacha, un tanto avergonzada, vuelve a abotonarse el abrigo. Anacleto la escruta con la mirada.

—Dime una cosa, Judith. ¿Estás dispuesta a morir por esta causa?

—Sí, estoy dispuesta —dice la muchacha con la determinación de la viuda de Bethulia.

—¿Y estás dispuesta a matar por esta misma causa?

—Sí —vuelve a contestar con la misma seguridad con la que la Judith bíblica acepta la invitación de entrar a la tienda de Holofernes, el rey babilonio.

—Tal vez, entonces, seas más fuerte que yo. O más débil, no lo sé —Anacleto la mira con cierta tristeza—. Yo también estoy dispuesto a morir, Judith… Pero jamás estaré dispuesto a matar a nadie por defender o imponer mis propias ideas…

(Y el gallo canta ante la tercera mentira. Mientes, Anacleto. Mientes, porque dejarás de ser el "Gandhi mexicano" para empuñar las armas, para azuzar a la lucha y al asesinato. Y lo harás por seguir las palabras de tus pastores quienes, desde el episcopado, declaran que "los prelados de la jerarquía católica dieron su plena aprobación a los católicos mexicanos para que ejercieran su derecho a la defensa armada, que la Santa Sede pronosticó que llegaría…" Y darás, por esto, paso libre a la violencia, y por esto, también, morirás con crueldad, con dolor, con injusticia. Como mueren los violentos, Anacleto, no los beatos.)

Libro de los Jueces III: 4

Se llama a las armas al pueblo y al ejército mexicanos, bajo las banderas de la libertad, proclamando el siguiente plan:

   I. Se desconocen los Poderes Ejecutivo, Legislativo y Judicial de la Unión.
  II. Se desconocen los Poderes Ejecutivo, Legislativo y Judicial de los Estados.
 III. Se desconocen todos los ayuntamientos de la República y durante el Gobierno Provisional los munícipes serán nombrados por el Jefe del Poder Ejecutivo en la Ciudad de México, en el Distrito y Territorios Federales y por los Gobernadores de los Estados en su jurisdicción.
 IV. Los iniciadores de este plan asumirán los cargos respectivamente de Jefe del Poder Ejecutivo y encargado del Control Militar.
  V. El Jefe del Poder Ejecutivo designará un cuerpo consultivo y nombrará al personal que integre las Secretarías de Estado, a los Gobernadores de los Estados y autorizará los despachos militares superiores al grado de coronel.
 VI. Queda a cargo del Gobierno Nacional Libertador la reorganización política, social y económica del país.

La hora de la batalla ha sonado; la hora de la victoria pertenece a Dios.

Manifiesto que convoca al levantamiento cristero
Noviembre de 1926

El cuarto sello
(4)

Las guerras empiezan de distintas maneras. Con una declaración, una convocatoria o bien con un simple anuncio previo a las hostilidades. Pueden empezar también sin que medie diplomacia alguna, de manera caótica o con marcadas estrategias. Nuestra guerra, esta guerra, empezó como empezaría el diluvio, cuando unas gruesas gotas estallaron en la tierra y la fueron convirtiendo poco a poco en lodo. ¿Cuál fue la primera gota? ¿Dónde cayó? ¿Cayó en una sierra? ¿Cayó en un valle? ¿Cayó en un lago o en un desierto? Cómo saberlo... Sin embargo, y ya que debo consignar los acontecimientos de este memorial, propongo que ésta sea nuestra primera acción bélica: en la que un batallón federal marcha por algún escarpado camino de los Altos de Jalisco, cuando de improviso una turba furiosa, cuyo distintivo unificador es tan sólo el grito "¡Viva Cristo Rey!", los embosca y hace estragos de inmediato en sus filas. Entre el polvo levantado por los cascos de los caballos y el humo de la pólvora que restalla en los fusiles y en las pistolas, los hombres elegidos por mí para dotar de rostro a uno de los bandos, José Reyes Vega, Aristeo Pedroza y el Catorce, dan instrucciones con más brío que entendederas de estrategias. Gritos, disparos, relinchos, órdenes y contraórdenes convierten aquel sitio en un remolino de calamidades. Y aunque los cristeros ganan rápidamente terreno, a fuerza de bravura y sorpresa, los soldados, regidos por la disciplina y acostumbrados a seguir una sola voz, se reorganizan con rapidez y comienzan a cobrar las facturas al enemigo y así, lo que se presagiaba como una aplastante victoria por parte de los cruzados, concluye en una vergonzosa desbandada, pues las desesperadas voces de "¡Túpeles con todo!", "¡Jálate p'al otro lado!", ¡Quiébrense a los más que puedan!" o "¡No le saquen que Cristo nos protege!", resultan ser poco efectivos contra las académicas órdenes del coronel: "¡Soldados, cubran los flancos!", "¡En escuadra!", "¡Vigilen la retaguardia!", "Batallón, ¡en columna por el flanco derecho!" O algo parecido, supongo. Y ya después llegarán los refuerzos para unos y otros, pero se darán siempre los mismos resultados: campesinos acribillados —primeros mártires, siempre anónimos— contra las victoriosas legiones del César, que levantan por todos lados los estandartes que rezan SPQR: "Senado y Pueblo Romano". Y ya llegarán las noticias de las batallas a oídos de Anacleto González Flores, quien dirá: "Se nos fueron los bueyes. Ya empezó la guerra". Y llegará muy pronto, demasiado pronto, el disenso entre los líderes cristeros que, resguardados entre las peñas, discutirán sus culpas e ineptitudes:

—¡Te dije que jalaras p'al otro lado, Aristeo!

—Asosiega tu genio, Pepe, que si me hubiera ido p'al otro lado, nos habrían matado a todos.

—¡Pero si los teníamos ái nomás al puro tiro!

El Catorce, cariacontecido, pues no está acostumbrado a perder batalla alguna, se traga las ganas de mandar a los curitas mucho al carajo.

—Mira, José —agrega severo el padre Pedroza—, que Dios te dé arrestos para el combate no significa que te haya dado luces para saber cómo se hace.

Y el Catorce se la cobra también:

—O sea que no le haga harto al valiente, padrecito…

Pero cuando Reyes Vega está por responder a tiros, aparecen dos cristeros gritando:

—¡Señor padre general!

El que se vuelve hacia ellos es Aristeo Pedroza, pues así ha ordenado que se le nombre: "Señor padre general".

—¡Agarramos a un chango! —y diciendo esto los cristeros lanzan al suelo a un soldado federal que cae de rodillas ante ellos.

Una buena ocasión para que Reyes Vega se desfogue el coraje:

—¡Quémenlo! —ordena con placer de pirómano.

Y esto ni el Catorce alcanza a entenderlo. Pero es Pedroza el que encara a Reyes Vega:

—¿Cómo vas a quemar a un hombre vivo? ¡Por Dios! ¿Cuándo se te olvidó que eras un sacerdote, José?

Reyes Vega lo amenaza con su espantable bigote:

—Y a ti, ¿cuándo se te olvidó que eras un hombre, Aristeo?

Y sin una palabra más, el sacerdote ungido le perfora la cabeza al infeliz con un pistoletazo, a quemarropa. Cuando el guiñapo cae al suelo, sentencia:

—Ya no está vivo. Ora sí, quémenlo…

Y así —al menos en este memorial— empezó la guerra, esta guerra de cuyas noticias habrán de enterarse prontamente los generales. Los generales del César y los generales de Dios.

El cuarto sello
(5)

Es el general del César, Joaquín Amaro, quien le entrega al emperador un sobre:

—Señor presidente, éste es el reporte preliminar de los combates en Jalisco.

El César toma el sobre y no puede evitar un dejo de sorna al decir:

—"Reporte preliminar." Cuánta importancia le da a estas cosas, Joaquín.

Pero Joaquín Amaro no se lo toma a broma, como sabe muy bien que el emperador tampoco lo hará cuando abra el sobre, saque una hoja y se le demude el rostro al leer lo ahí consignado:

—¿Y esto, general? —Plutarco está pálido—. Esto fue una...

Y la palabra "carnicería" queda flotando en el aire.

—Y es tan sólo un reporte preliminar, señor.

El emperador se levanta de su escritorio y camina por la estancia.

—Todos campesinos, supongo.

Resopla y mena la cabeza.

—A muchos de ellos este Gobierno los debe haber beneficiado ya con la Reforma Agraria... ¿Para qué demonios hicimos el Banco de Crédito Agrícola? ¡Para darles tierras, semillas, implementos para la agricultura! ¡Para qué carajos estamos construyendo presas y caminos, embalses y sistemas de riego si no es para favorecerlos a ellos! ¿Y ellos qué hacen? ¡Lo cambian todo por una... estampita de su Cristo Rey!

Amaro otorga, callando.

—En fin —concluye Plutarco—. Ellos así lo quisieron.

Y sacudiendo la cabeza como para espantar los taciturnos pensamientos que comienzan a invadirlo, muta el ánimo con un optimista golpe de manos:

—¡Bueno! Por lo menos estos levantamientos, estos vulgares motines terminan el día de hoy...

Pero Joaquín Amaro está ahí no para ser bufón de la corte, sino para ser el implacable consejero.

—Con todo respeto, señor, ¿recuerda usted lo que es una guerra de guerrillas?

Y el emperador lo odia con la mirada, pues sabe que no podrá detener las palabras de su ministro de guerra.

—A partir de ahora y a raíz de estos acontecimientos no podemos esperar otra cosa más que acciones de guerrilla, señor: ataques rápidos y sorpresivos, realizados por fuerzas irregulares que conocen bien un terreno que nosotros no. Sabotajes a los caminos, a las líneas telegráficas, a los ferrocarriles...

—Sí, Amaro, ¡ya lo sé! ¡Sé muy bien lo que es una guerra de guerrillas! —se levanta enérgica la mano imperial.

Pero el ministro es implacable.

—Estos no son "motines" ni "levantamientos". Esto es una guerra civil, señor presidente... Y apenas está empezando.

Y es que el general de los ejércitos imperiales tiene razón, pues al momento de decir esto, en los campos de Jalisco, de Guanajuato o de Michoacán, entre las ruinas humanas que han quedado tiradas en los campos, a merced de la rapiña, algunos sobrevivientes, malheridos y dados por muertos, habrán de levantarse, resucitando como Lázaro, para tomar de las rígidas manos de algún compañero menos afortunado un fusil, un machete, una pistola, y emprender el camino de la huida, del animal cercado que se pierde por los bosques y las sierras, los árboles y las peñas, como lo hacen las hormigas, como lo hacen los tlacuaches, para lamerse las heridas y reunir fuerzas para atacar de nuevo y cobrar venganza, que ya no se trata sólo de defender a la Iglesia o a Dios o a Cristo, sino también de resarcir el apaleado orgullo que lleva a esos jóvenes cristeros a limpiar la sangre de sus cuchillos en algún arroyo, para que vuelva a relucir la inscripción hecha en sus hojas que les marca el camino: "Si no crees, te lleva el diablo".

El cuarto sello
(6)

Ante la demostración del músculo imperial, los ligueros, los ace-jotaemeros y las señoritas de las Brigadas Femeninas ven por primera vez aquello que su burguesa condición les había impedido vislumbrar: son un ejército sin general, un movimiento político sin líderes visibles y la causa de su defensa se confunde entre la libertad religiosa, la pureza de la fe y los caprichos y las veleidades de quienes se llaman a sí mismos representantes de lo divino en la Tierra, pues los jerarcas de la Iglesia, timoratos, no apoyan abiertamente el movimiento aunque de ninguna manera lo prohíben —"pues son asuntos del libre albedrío, ¿sabe usted?"—. Los señores de la mitra y el dogma no dan recursos pero sí exigen resultados; no se comprometen en la acción pero sí en el discurso. Los líderes morales no saben, por tanto, a quién sirven, por quién o por qué pelean y no saben ni siquiera junto a quién luchan, pues la brecha entre ellos y los cristeros del campo, inclusive el fervor religioso entre unos y otros, es tan grande que los separa irremediablemente, como las aguas abiertas del Mar Rojo alejaban a los hebreos de los ejércitos del faraón. Y es, por tanto, hasta que caen en la cuenta de que están inmersos en una guerra verdadera, una guerra a sangre y fuego que se lucha en otras trincheras, que llegan a la conclusión, dolorosa por obvia, que el suyo es un remedo de ejército y que no tiene ni siquiera un remedo de general.

—¡Estoy hablando de un liderazgo militar! —se esfuerza en explicar Luis Segura Vilchis a sus escuchas ya conocidos y a los que deseo agregar a nuestra Judith, de las Brigadas Femeninas—. ¡Lo que nos hace falta es un verdadero líder!

—¡Tú eres un líder, Luis! —exclama Judith.

—¡Anacleto es otro líder! —secunda José.

—¡Nosotros estamos llenos de fortaleza y de fe! ¡Estamos entregados a la causa!

Luis Segura Vilchis se mesa los cabellos y trata de explicar:

—Los ligueros no somos ni siquiera combatientes y los que están combatiendo no son militares. A lo más que llegamos en nuestros "ejércitos" es a contar con unos pocos oficiales que lucharon en la Revolución, con algunos presidentes municipales rebeldes y uno que otro cura metido a guerrillero. ¡Pero necesitamos a alguien que aporte a esta lucha orden, control y disciplina!

Las voces en la asamblea crecen y se amontonan:

—¡Hay que ser muy ingenuos para pensar que un militar de alto rango del ejército va a comprometer su obediencia política a nuestra causa! —se escucha una voz al fondo.

—¿Por qué un general mexicano aceptaría lanzarse a una aventura semejante? —secunda una nueva voz.

—¡Encontrar a un general católico en el ejército mexicano sería lo mismo que encontrar a un justo en Sodoma y Gomorra!

Las risas y los gritos desesperan a Luis.

—¡No le veo la gracia! Tal vez podamos encontrar a un buen militar católico y convencerlo de luchar por una causa justa y noble: la libertad.

Pero Judith agrega con aire práctico:

—El asunto no es que sea católico, ni que haya que "convencerlo" de nada…

—¿Ah, no? —Luis la reta.

—No —acepta el duelo Judith—. No hay que "convencerlo", hay que "contratarlo".

Luis guarda un pesado silencio.

—Un militar contratado no es un militar. Es un mercenario.

Judith se acerca hasta él. Tal vez demasiado.

—"Por Dios y por la Patria." Luchar por nuestra fe o por nuestra nación lava de nuestras frentes cualquier mancha.

Y los ahí reunidos rubrican con sus voces:

—¡Por Dios y por la Patria!

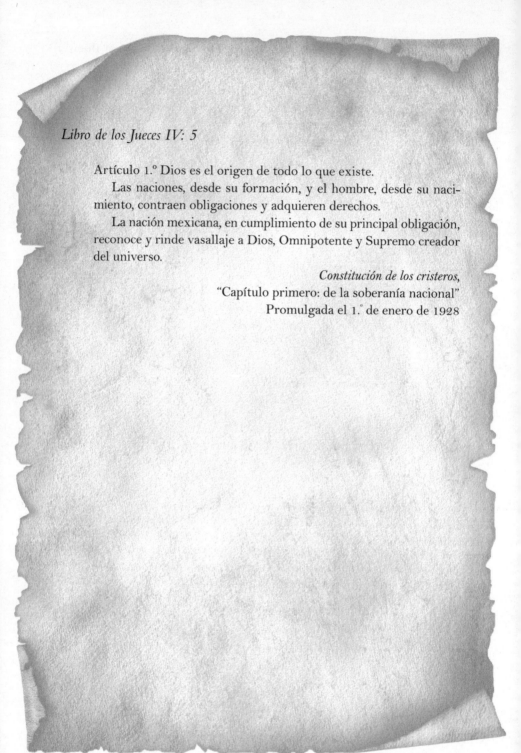

Libro de los Jueces IV: 5

Artículo 1.º Dios es el origen de todo lo que existe.

Las naciones, desde su formación, y el hombre, desde su nacimiento, contraen obligaciones y adquieren derechos.

La nación mexicana, en cumplimiento de su principal obligación, reconoce y rinde vasallaje a Dios, Omnipotente y Supremo creador del universo.

Constitución de los cristeros,
"Capítulo primero: de la soberanía nacional"
Promulgada el 1.º de enero de 1928

El cuarto sello
(7)

¿Se podría pensar que en una pequeña fábrica de jabón, más parecida a un laboratorio por la presencia de matraces y morteros, alambiques y tubos de ensayo, prensas en las que son molidas decenas y decenas de flores de lavanda cuya sangre púrpura impregna las planchas de cobre y cuyo aroma inunda el ambiente todo…? ¿Se podría pensar, repito, que se encontraría ahí el camino de la redención cristera? Tal vez, pues como dicen los que en Dios creen: "Cuán insondables son sus juicios e inescrutables sus caminos".

Quienes ahí trabajan, químicos industriosos, modernos alquimistas, van y vienen, mezclan y calientan, prueban y experimentan. Uno de ellos, ataviado con bata blanca, se acerca a quien es a todas luces su superior y le ofrece, en una palangana plateada, una mixtura de cremas y esencias, un jabón embrionario.

—Cuántas veces le he dicho, Ramírez, que si no le pone suficiente aceite a la mezcla los jabones no hacen espuma. ¿Y sabe por qué las señoras compran nuestros jabones, Ramírez? ¡Porque a las señoras les encanta la espuma!

—Disculpe usted, ingeniero.

El técnico se aparta de ahí, avergonzado.

—¿Qué le pasa a Mario? —pregunta el superior a otro empleado químico—. Anda muy distraído.

Y el químico explica en voz baja:

—Discúlpelo, ingeniero, pero es que como tiene dos hermanos en Zacatecas…

El ingeniero frunce el ceño sin entender una sola palabra.

—Parece que ya se metieron a la bola religiosa —aclara el otro.

El ingeniero comienza a mascullar alguna respuesta ininteligible cuando aparece Gertrudis Lasaga, su mujer hermosa, con sonrisa de querubín, ojos vivos, figura esbelta y graciosa.

—¿Enrique? Una señorita te busca en la oficina.

—¿La podrías atender, Tula, por favor? —responde hastiado.

Gertrudis sonríe, se acerca hasta él, le desabotona y le quita la bata blanca, le acomoda la corbata y le alisa las solapas del saco con movimientos que son caricias.

—No puedo atenderla yo, ingeniero Gorostieta —y se acerca para hablarle suavemente al oído—: Así que ya quite esa cara y muéstrele las nuevas presentaciones a la clienta.

Enrique Gorostieta, fabricante de jabones y esencias para el baño, le da un gélido beso en la frente a su esposa, a su Tulita, y se dirige hacia la oficina de la fábrica donde el inescrutable camino que Dios le ha marcado lo habrá de conducir hasta la presencia de nuestra Judith.

—¿En qué puedo servirle? —dice con fingida sonrisa, con la estudiada afectación del buen vendedor—. ¿Desea conocer nuestro nuevo catálogo?

Y Judith, quien no se anda por las ramas, responde con una sonrisa encantadora:

—¿Y perderme el catálogo de sus victorias militares, general Gorostieta?

Y Enrique Gorostieta, general de división en retiro del ejército federal, enemigo político del César Plutarco, mira con sorpresa a Judith y lleva también su mirada al encuentro de la de su mujer, Gertrudis, en la que descubre siempre ese brillo de misterio y de eterno reto que no es más que la razón por la que la ha amado desde el primer día que la conoció. Sansón vencido por Dalila. David flechado por Betsabé.

El cuarto sello
(8)

Enrique Gorostiteta se resiste, argumenta y se defiende ante la ofensiva desatada por Gertrudis, su mujer, y por nuestra Judith.

—Se están equivocando de persona. ¡No tengo nada que hacer metido en esos líos religiosos!

—Enrique, si escucharas la propuesta…

—¡No tengo nada que escuchar, Tula! Ya bastante tengo con la enemistad de Calles o de Obregón, como para…

—¿Entonces qué es lo que le preocupa, general, si ya cuenta con el odio de los tiranos? —tercia Judith—. Sus acciones militares hablan por sí solas y su capacidad militar no depende de lo que opinen ellos. ¿O no es usted un héroe de la República por haber defendido a nuestro país en la invasión americana del catorce? ¿No es usted un artillero a tal grado competente que siempre se le comparó con el legendario Felipe Ángeles?

—¡Eres general brigadier, Enrique! ¡General de división!

—¡En retiro, Gertrudis!

—¡Un retiro que te han impuesto injustamente los que hoy se llaman a sí mismos defensores de la patria!

Gorostieta resopla, hace una pausa, buscando una tregua.

—Defendí a mi país en Veracruz, sí, pero lo hice bajo el mandato de Victoriano Huerta… ¡Luché por Huerta y bajo las órdenes de Huerta!

—Luchaste por México, en primer lugar. Tu lealtad siempre estuvo junto al ejército federal… ¡El mismo señor Madero te hizo coronel!

—arremete Gertrudis, quien no tiene la menor intención de dar marcha atrás.

—¡Y Huerta me ascendió a general, Tula! Además, combatí a Zapata en Morelos.

—Tal y como lo hicieron Carranza y Obregón, Enrique.

—Sí, pero ahora estos gobiernos desmemoriados basan sus políticas agrarias, según ellos, en los idearios zapatistas. ¿No te das cuenta, Tula? En tan sólo unos años quedé en el bando equivocado de la historia. ¿O te debo recordar que mi padre fue ministro de Hacienda de Huerta? ¡Este país es una tierra maniquea de blancos y negros, de buenos y malos!

Gertrudis busca el apoyo en Judith. Ésta respeta el espacio que exige Gorostieta.

—General, la causa por la que hoy luchamos…

—Esta guerra no es mi guerra, señorita, le suplico que no insista.

—¿Ya no crees en Dios, Enrique?

Y Gorostieta sonríe ante la ingenuidad de su amada.

—Por supuesto que creo en Dios, Tula, ya lo sabes. Eso sí, nunca he sido rezandero ni tolero las beaterías —se ríen—. Pero ésta que ustedes llaman "guerra religiosa" va mucho más allá.

—¡Por supuesto que va mucho más allá, general! —aprovecha Judith la rendija que se le ofrece para argumentar—. Esta guerra no es por la Iglesia, ni por los beatos… ¡ni siquiera es por la libertad religiosa!

Gorostieta la mira esperando una explicación.

—Esta guerra es por la libertad, general. Por la libertad a secas. Por la libertad de conciencia, por la libertad de pensamiento… —y da un golpe certero—: ¿O acaso ya ni siquiera la libertad le parece una causa suficiente para luchar?

Gorostieta se muestra cabizbajo, sentado en un sofá. El torpedo golpeó por debajo de la línea de flotación. Gertrudis se acerca, se arrodilla frente a él, lo toma las manos y le clava su mirada de jilguero:

—Te necesitamos, Enrique. Te necesita México y te necesita Dios. —y con amoroso fervor le besa las manos—. Ocupe de nuevo el lugar que le corresponde, general Gorostieta —remata.

Enrique se pierde en la mirada de Tula y con extrema dulzura le acaricia el rostro, quizá agradeciéndole que sea ella misma quien le presente la posibilidad de, en efecto, volver a sentir ese fuego que le recorría las venas durante sus días de campaña, ese nervioso temblor que se clava en el estómago del soldado como una bayoneta y que le da arrestos, fuerza, inconsciencia disfrazada de osadía. Sí, le agradece a Tula que le ponga en las manos la posibilidad de dejar de ser un delicado perfumista, un fabricante de jabón, pues lo suyo es el campo de batalla, la estrategia y la comandancia de hombres. El muro infranqueable de su cerrazón comienza a ceder.

—Pero ustedes cuentan ya con algunos militares destacados, e inclusive jefes políticos que empiezan a tener cierto control en sus zonas.

Judith se anima ante la posibilidad de negociación.

—Tenemos a Aurelio Acevedo en Zacatecas, a José Velasco en Aguascalientes, a Navarro en Michoacán… e inclusive tenemos al Catorce en los Altos de Jalisco, pero de ninguno de ellos podemos decir que sea ni un líder ni un estratega —y Judith se sincera—: Seamos honestos, general. Nuestros "ejércitos" están conformados por campesinos miserables, por rancheros asustadizos y hasta por bandoleros. Demasiado jóvenes, casi niños. Demasiado viejos. Todos empobrecidos y famélicos…

—¿Y qué ejército se puede formar con tal soldadera? —inquiere Gorostieta.

Judith lo encara:

—Esa pregunta, general, sólo usted puede responderla. Para eso estoy aquí.

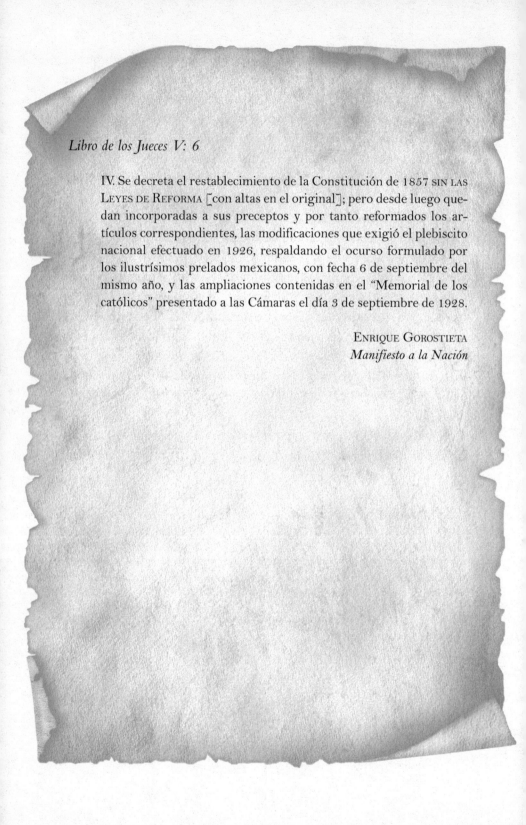

Libro de los Jueces V: 6

IV. Se decreta el restablecimiento de la Constitución de 1857 SIN LAS LEYES DE REFORMA [con altas en el original]; pero desde luego quedan incorporadas a sus preceptos y por tanto reformados los artículos correspondientes, las modificaciones que exigió el plebiscito nacional efectuado en 1926, respaldando el ocurso formulado por los ilustrísimos prelados mexicanos, con fecha 6 de septiembre del mismo año, y las ampliaciones contenidas en el "Memorial de los católicos" presentado a las Cámaras el día 3 de septiembre de 1928.

ENRIQUE GOROSTIETA
Manifiesto a la Nación

El cuarto sello
(9)

Otro general, éste que ha quedado del lado correcto en la historia, Joaquín Amaro, "creador del ejército moderno mexicano", se cuadra frente al César, quien lo espera sentado en su escritorio. El César se encuentra de buen talante pues lo acompaña en su oficina el distinguido Alberto J. Pani, flamante ministro de Hacienda que, todavía en esos momentos en los que las cataratas del diluvio no se han desatado con toda su violencia, tiene buenas cuentas que entregar al emperador.

—Siéntese, general —le indica con la mano Plutarco al tiempo que decide lanzarle una puya, cosa que acostumbra y lo divierte—: El ingeniero Pani sólo me tiene buenas noticias, mientras que usted...

Pani sonríe. Amaro, como es también su costumbre, permanece serio.

—Ya son casi ciento treinta fábricas, general, que los americanos abren en México y que yo le encargo personalmente.

—¿A mí, señor?

—A usted, por supuesto. El ingeniero Pani ya nos trajo las plantas de la Ford Motor Company y de Palmolive, y los ajustes financieros puestos en acción han permitido que también nuestros empresarios mexicanos sigan invirtiendo. Ahí tiene usted las gigantescas fábricas de Cementos Hidalgo y las de Portland Monterrey. Ya nomás con estas dos tenemos asegurado el abastecimiento de cemento en todo el norte de la República.

Alberto J. Pani, apunta:

—Por no hablar de la moderna tecnología que usamos ahí y que hasta nuestros vecinos del norte nos envidian, señor presidente.

Plutarco se muestra exultante.

—¿Y la Cervecería Modelo, ingeniero? ¡Siete millones de botellas vendidas al año! —y agrega con malicia—: Si nomás deje que los gringos puritanos levanten su ley seca… ¡y les inundamos el mercado!

Pani y el César se carcajean, a diferencia de Joaquín Amaro.

—Permítame felicitarlo, señor ministro —y se dirige a Plutarco—: Pero no entiendo, señor, qué tiene que ver el ejército directamente con…

El César, de talante sosegado por lo regular, da un manotazo sobre su escritorio y habla con severidad:

—Tiene que ver con todo, Amaro; me extraña que lo pregunte. Tiene que ver con la seguridad de las plantas de producción y con las inversiones de los empresarios. Mucho trabajo nos ha costado levantar la economía y echar a andar de una vez por todas a este país, como para que usted no pueda reprimir ni controlar a sus fanáticos comevelas, a sus ratas de sacristía que, en lugar de trabajar con patriotismo por el bienestar de todos, me organizan boicots comerciales y nos quieren regresar al oscurantismo medieval. ¡Y todavía me pregunta qué tiene que ver usted y su ejército con todo esto!

Alberto J. Pani carraspea discreto y hace un intento por levantarse, pero Plutarco se lo impide.

—No, no se vaya, ingeniero. Siéntese…

Pani obedece y coloca con pulcritud un nuevo puro en la boquilla de una pipa, que era ésta la curiosa manera que tenía de disfrutar de sus habanos. Lo enciende y aviva la brasa.

—Quiero que usted también vea la cara del general Amaro cuando le informe que a partir de hoy mismo, además de ser nuestro ministro de Guerra, queda designado como jefe de operaciones para combatir a los sublevados cristeros.

El rostro inamovible de Amaro experimenta una leve alteración.

—Señor, en cada una de las zonas militares ya hay…

—La cosa se puso buena, general —lo interrumpe el César—. Los alzados ya tienen jefe: Enrique Gorostieta.

Y Alberto J. Pani es quien pregunta con enorme extrañeza, lanzando una bocanada de humo:

—¿El general Gorostieta?

—General en retiro —aclara el César.

—¿Y de dónde ha surgido esta súbita participación de Gorostieta en el asunto, señor? —inquiere Amaro.

Calles cierra la carpeta que le ha presentado el ministro de Hacienda.

—En este mundo lo único que hace milagros es el dinero, general. Y aquí el señor Pani nos lo puede explicar muy bien. Gorostieta ha "alquilado" sus servicios militares nada menos que por tres mil pesos oro. Un mercenario.

—Él no necesita el dinero, señor.

—¡Por supuesto que no lo necesita! ¡Si su padre fue ministro de Hacienda del chacal Huerta! Sinvergüenzas…

Pani sonríe, negando con la cabeza. Amaro guarda silencio, pues tal vez sea el único ahí que entienda a cabalidad que la entrada de Gorostieta al conflicto dotará a éste de una altura inconmensurable y que será el mismo general Enrique Gorostieta quien se convierta en un rival digno de combatir, pues Amaro sabe bien que él es capaz, sin duda alguna, de reventar las fuentes de los cielos y desatar finalmente el diluvio universal que venga a arrasar con la tierra, con esta tierra.

Aunque es otro diluvio, íntimo, personal, el que se cierne sobre el César. Fernando Torreblanca, el yerno secretario, entra a la oficina y discretamente le habla al oído:

—Todo está listo, señor. Debemos irnos.

Y Plutarco, el César, entrecierra los ojos, pues no quiere, no puede irse de ahí. Y no quiere y no puede porque el destino de su partida es el Castillo de Chapultepec, su hogar, en el que una dolorosa comitiva acompaña y despide con flores, música y cantos a Natalia Chacón Amarillas, la emperatriz, quien inicia un viaje que, el César lo sabe, puede muy bien no tener retorno. Natalia, su Natalia, convaleciente, será trasladada en ambulancia hasta los andenes del tren presidencial para de ahí iniciar el largo camino de casi tres mil kilómetros que separa a la Ciudad de México de la Los Ángeles, en California, donde será intervenida quirúrgicamente para, en un desesperado esfuerzo, aliviar

191

los estragos que le dejó la embolia pulmonar que la atacó. Aunque, Plutarco bien lo sabe, su dolencia es ya añeja: "Querido Plutarco", le había enviado una carta ocho años atrás, "… no te había escrito porque materialmente no he podido, pues he seguido mala, sumamente nerviosa y creo que no me pondré bien hasta que tú vengas… Me paso las noches sin dormir y con una asfixia horrible…" El César sabía que no había acudido a éste ni a otros llamados de auxilio. "No dejes de escribirme seguido, pues ya sabes y conoces mi carácter, sufro terriblemente y nada más que por suposiciones. Aunque sea unas cuantas letras quisiera que me pusieras…" Pero no, el César no respondió a pesar de que los reproches se continuaban uno tras otro, año tras año: "Con desesperación he esperado que me escribas…", le suplica en una carta enviada a través de un tercero, desconociendo el paradero exacto de su marido. Y en otra: "Te aseguro que no me he vuelto loca nada más porque Dios es muy grande; con tantas y tantas cosas que pesan sobre mí, yo quisiera ya mejor morirme… He necesitado hasta narcóticos para dormir…" Y tres años antes del colapso, en 1924: "Yo ya ni hago caso de mi enfermedad, pero lo que me tiene muy preocupada es que casi no duermo. Ya tendré que ver qué me recetan para hacerlo. Recibe saludos de todos y un abrazo de quien mucho te quiere y verte desea. Natalia". Y ahora Natalia es la que se va. Es ella la que se aleja, la que se ausenta de la vida del eterno ausente. Su Natalia, su noviecita de Guaymas, a la que acariciaban la brisa del puerto, el sol de la tarde y la escuálida mano de la muerte.

Libro de los Jueces VI: 7

Un solo crimen convierte a un hombre en un maldito. Millares de crímenes lo convierten en héroe.

ERASMO DE ROTTERDAM
Adagiorum collectanea, 1500

El cuarto sello
(10)

—Sólo si nos convertimos en verdaderos soldados, en soldados de Cristo, podremos hacer frente a esta lucha desigual. ¡Pero la guerra sólo se hace y se gana con soldados disciplinados! Y por ello se ha constituido esta Guardia Nacional como la defensora de todas las libertades y en genuina representación del pueblo. Porque esto es por lo que luchamos: ¡por la libertad! Hoy estamos convocados para liberar a nuestra patria de cualquier mordaza que, desde la cúpula del Gobierno absolutista de Calles, se quiere imponer a toda una nación...

Así fueron, así me las quiero imaginar, las primeras palabras que Enrique Gorostieta declaró ante las atónitas miradas de aquellos que jamás en su vida habían visto o escuchado a un general y quienes no eran —hasta ese momento, ya lo he dicho— más que un grupo de sublevados, vulgares aves de rapiña que se cebaban sobre los bienes, las mujeres y el ganado de sus semejantes, fuesen o no católicos, fuesen o no gobiernistas, que para aquellos que han padecido hambre y miedo robar una vaca o violar a la esposa del vecino no es más que una manera de cobrarse las facturas que nadie les debe.

Continúa, por tanto, Gorostieta:

—Soldados de Cristo Rey, ¡éste es el nuevo reglamento que habrán de seguir para salvaguardar el honor de nuestra lucha!

Y los cristeros se aprestan a escuchar el nuevo decálogo que les trae aquel hombre iluminado, bajado del monte Sinaí, llevando en sus manos las nuevas tablas de la ley.

—"¡Queda terminantemente prohibido el robo, la extorsión y los abusos contra los civiles!"

Y aquí los gestos se mudan y se transforman, unos en una mueca de desencanto, para los que apenas comenzaban a disfrutar del festín que les ofrecía el inesperado libertinaje; o bien, tornan en sonrisas e inclinaciones de cabeza que aprueban los nuevos mandamientos por parte de los que están convencidos de que sólo siguiendo las enseñanzas de Cristo Rey se puede y debe alcanzar la gloria.

—"¡Queda también prohibido el asesinato de prisioneros!"

Nadie lo vio ni lo escuchó, pero yo sí. El Catorce se acercó al oído de Reyes Vega y le dijo en voz baja:

—Ái le hablan, padrecito.

Reyes Vega no respondió nada.

—"¡Y la violación de mujeres se castiga con la muerte!"

Y la multitud que escucha con vehemencia estos nuevos "no matarás, no robarás, no fornicarás" signa el acto solemne con un estentóreo "¡Viva Cristo Rey!"

Y habremos de suponer que al menos un brevísimo rayo de luz iluminó las mentes de los cristeros y alguna chispa comenzó a arder en sus corazones, pues a partir de ese día y por los próximos dieciocho meses, el ahora sí ejército cristero se convirtió en una fuerza tan poderosa que llegaría a representar un verdadero peligro para la subsistencia misma de las fuerzas imperiales y los líderes políticos del movimiento religioso llegarían a tener en sus manos el control de casi un tercio del territorio nacional.

Sin embargo, si para Enrique Gorostieta la seducción de las multitudes fue algo relativamente fácil, el convencimiento de sus generales no lo sería tanto.

—¿Y yo por qué le debo obediencia a usté? Si lo suyo es un arreglo con los catrines de la capital que jamás se han ensuciado los zapatos por estos terregales —le dijo a bocajarro el padre Reyes Vega en aquel improvisado cuartel cercano a Guadalajara, donde había sido recibido el día anterior.

—En todo caso, le exijo disciplina, padre Reyes... —mantuvo la calma Gorostieta.

—Usté me está pidiendo sumisión y que me le achaparre. ¡Porque usté es güero y yo prieto! ¡Porque usté es catrín y yo indio!

—¡Porque el señor es general de división, Pepe, no seas bruto! —tercia el padre Aristeo Pedroza—. Y lo que te exige es disciplina, ya te lo dijo.

—Pues yo ya estoy disciplinado con Dios. Y pa' que se lo sepa, yo también soy general, como usted.

—Entonces compórtese como uno y ayúdeme a formar un verdadero ejército, si es que sabe cómo hacerlo —continúa la avanzada Gorostieta—. De lo contrario, los federales terminarán con nosotros de un solo plumazo.

—En estas tierras, general —argumenta el Catorce—, estamos acostumbrados a cumplir con la palabra empeñada, así que cuantimenos nos vamos a rajar con Dios. Yo estoy con usté…

Pero Reyes Vega no se resigna. No se resigna a que un catrín de las ciudades, hijo de intelectuales y abogados, senadores porfirianos, descendiente de españolitos, venga a restregarle en la cara su impericia y su brutal calaña.

—¡Como si no supiéramos que usted viene contratado por tres mil pesos oro!

—¡Cállate, Pepe! Nomás estás hablando a las trastabilladas…

—¿O usté cree que no sabemos que los lagartijos chupamocos de la ciudad lo convencieron con el puro relumbrón del oro? En una de ésas hasta un perro del Gobierno nos sale usté.

Y esto tampoco lo vio nadie, pero yo sí puedo decir que hasta la pistola sacó Reyes Vega y encañonó a Enrique Gorostieta, al grito de "¡Maldito mercenario!", pero cuando el Catorce y Pedroza estaban por intervenir, Gorostieta los detuvo con un gesto de las manos y, más aún, con una serenidad asombrosa, dando dos pasos al frente, como para asegurarse de que Reyes Vega no pudiera errar el tiro que se anunciaba, impaciente, en el temblor del dedo sobre el gatillo.

—Si nos metimos en esta guerra fue para acabar precisamente con los odios y las matanzas. Si me pagaron tres mil pesos oro, ¿qué hay de vergonzoso en ello? ¿Y cómo quiere que proteja a mi familia si yo no regreso? Así que máteme. En una de ésas a mi familia le va mejor sin mí. Pero una cosa sí le advierto: si usted me mata a mí, el Gobierno no tardará en matarlo a usted, al padre Pedroza o al Catorce.

Y entonces con un movimiento digno de un prestidigitador, golpea a Reyes Vega, lo desarma, vacía las balas del cilindro, saca su propia pistola y le apunta a Reyes Vega en la frente.

—¿Estamos… "general"?

Y el general Reyes Vega, al igual que Pedroza y el Catorce, al igual que la multitud de campesinos y serranos de Jalisco que escucharán las palabras de Gorostieta más adelante, al igual que los ligueros de la ciudad, al igual que todos ellos, entiende que el jefe ha llegado.

El cuarto sello
(11)

En otro cuartel, aunque éste es imponente, otro jefe, Joaquín Amaro, arenga a sus hombres con un discurso tan distinto como válido, tan diferente del de Gorostieta en sus orígenes, como igual en sus intenciones de inflamar los corazones y el espíritu de guerra de sus hombres.

—Como hijos de la Revolución mexicana, nosotros, los militares, combatiremos al clero opositor y criminal que se empeña en mantener a nuestro pueblo en la ignorancia, alzándose en rebeldía a la superioridad del Estado y enviando a sus "ovejas" a un sacrificio inútil, explotando con habilidad una superstición ciega, alimentada por odios sin sentido...

Las legiones romanas responden a las palabras del general con un ensordecedor silencio.

—Porque somos patriotas y liberales y no cederemos ante las maquinaciones del Vaticano y sus cómplices...

Y rubrica también el discurso con un grito que ha reverberado en estas tierras desde hace casi un siglo: "¡Viva la república!" Los legionarios responden en un vibrante coro: "¡Salve, César!"

Los batallones se dividen y siguen las órdenes de sus tenientes y coroneles, mientras que el general recibe el telegrama que le entrega un subalterno.

—Mi general... otra redada en una mansión particular.

—¿Una misa clandestina?

—Sí, mi general.

Amaro lo sabe. Lo sabe todo el mundo: los católicos se reúnen en los sótanos de las casas ricas para celebrar en secreto ceremonias litúrgicas conducidas por sacerdotes vestidos de civil, como hace siglos lo hicieron los primeros cristianos en el interior de las catacumbas romanas, al resguardo de las fuerzas imperiales. Amaro regresa el telegrama, desestimando la noticia, que esas secretas celebraciones de los mochos de la ciudad lo tienen muy sin cuidado.

—Procedan como de costumbre. Llévenlos a la delegación de policía, tomen sus datos… y que se den por amonestados.

Pero el subalterno debe decir algo más y con un gesto intenta detener el paso de Joaquín Amaro. Baja la voz.

—Mi general, la redada fue… en casa del señor jefe inspector de policía…

—¿Del general Roberto Cruz?

Sí, el mismísimo general Roberto Cruz, el mismo Roberto Cruz que tendría que obedecer la orden de fusilar al padre Miguel Agustín Pro, sabía también que al retirarse de su casa en camino a la oficina de Inspección, su esposa organizaba ceremonias religiosas en los sótanos de su residencia; el mismo Roberto Cruz que sabía que aquel hombre mesurado que se sentaba a desayunar con él por las mañanas, en compañía de sus familiares y sus amigos y a quien le habían presentado, quizá, como un primo lejano, era el "cabrón sacerdote" —según lo dijo tiempo después— que oficiaba misas secretas en cuanto él salía de casa. Todos lo sabían.

Lo que seguramente no sabían los soldados que irrumpieron en aquella misa clandestina es que se habían ido a meter a la casa del general Roberto Cruz. ¿Y qué mejor sitio para comulgar podía encontrar esa mujer elegantemente vestida, ahora detenida en la delegación de policía, quien cubría su rostro con un velo negro y prestaba declaración ante el agente del Ministerio Público?

—Nombre…

—Elisa Aguirre —dice en un murmullo.

El agente escribe de manera rutinaria.

—¿Estado civil?

Hay una pausa.

—Casada…

—¡No la escucho, señora!

—¡Casada!

Y el buen agente, esperando encontrar —tan sólo para acabar con el aburrimiento y el fastidio de su vida— una pista que lo conduzca a alguno de los líderes de la revuelta religiosa, que lo lleve a apresar a un pez gordo —a algún Caballero de Colón, por ejemplo—, y por consiguiente, a lograr un ascenso que lo saque de ese inmundo escritorio, se refocila al preguntar:

—Nombre y ocupación de su marido…

Y Elisa Aguirre, descubriéndose el rostro, levantando el velo y con la serenidad de quien sabe que está por perderlo todo, declara:

—Joaquín Amaro Domínguez. Militar…

El cuarto sello
(12)

La mirada de Amaro, particularmente sombría en esa tarde plomiza que anuncia una tormenta, se pierde en la distancia que otea desde los ventanales de su despacho. A lo lejos, los extensos campos del Colegio Militar le muestran las prácticas y los entrenamientos de los soldados de una nueva generación que han venido poco a poco sustituyendo al decrépito ejército porfiriano, heredado a Madero y a Carranza, y a la fiera soldadesca extraída, por las buenas o por las malas, de las filas constitucionalistas de Obregón e, inclusive, de las filas villistas y zapatistas. Sin embargo, la titánica labor encomendada al general Amaro de hacer del ejército mexicano un contingente moderno y leal a la nueva república no es, en ese momento, el pensamiento prioritario que lo ocupa. No. El general del César ha recibido informes constantes sobre las actividades de las fuerzas que ahora comanda Gorostieta. Y los informes pueden llegar a ser tan alarmantes como los relámpagos que comienzan a iluminar la tarde y como el olor a lluvia que ya se respira: líneas telegráficas cortadas, caminos dinamitados, vías de ferrocarril inutilizadas, ataques sorpresa a diferentes cuarteles y campamentos y robos frecuentes de armas y municiones. Amaro siente en el pecho una bocanada de aire frío y por un momento, tal vez por un momento, su ánimo se vence al desasosiego al saber también, según los dichosos reportes que le llegan de todos lados, de la imbatible corrupción que se apodera, como una sanguijuela, de sus propios militares, quienes no tienen empacho alguno en contrabandear fusiles

203

y pistolas a sus propios enemigos, a cambio de treinta monedas de plata que los harán más ricos, pero al mismo tiempo más débiles. Por no hablar del vicio abominable del soldado raso, siempre jodido, que paga una botella de aguardiente o una jarra de pulque con sus propios cartuchos, mismos que llegarán, en camino inverso, a las manos de los cristeros.

El restallido de un trueno lejano, así como la entrada de un teniente, joven y educado, a quien quiero llamar Medina, distraen de sus pensamientos al general. El teniente Medina entra al despacho sin esperar orden de hacerlo, pues es su secretario y hombre de confianza.

—Mi general…

Amaro se vuelve para mirarlo y le basta tan sólo esta acción para saber que la hoja de papel que le ofrece es una nueva mensajera de malos augurios.

—¿Qué es esto?

—La lista de los detenidos en la casa del general Cruz.

Amaro pareciera conocer la respuesta que seguirá a su pregunta.

—¿Algo de lo que deba estar enterado?

El silencio de Medina es más que claro. Amaro toma la hoja.

—Al final de la lista, general…

Amaro se demuda.

—Me tomé la libertad de encargarme del asunto. El agente del Ministerio Público ha sido ya apercibido sobre la conveniencia de su discreción. Su señora esposa está ya en su casa, a buen resguardo.

Amaro agradece de manera lacónica y ordena un coche.

—¿Qué me estás haciendo Elisa? —es lo primero que pregunta al ver a su mujer sentada, en el ocaso, al cobijo de una tenue lámpara y escuchando en telón de fondo sonoro la lluvia que cae ya sobre el valle.

—Me han informado que ahora eres tú el nuevo Atila. El azote de Dios… —es la única respuesta.

Amaro guarda silencio y mira cómo su mujer se levanta y se acerca hasta él. Ella le acomoda instintivamente las insignias de su uniforme.

—¿Qué va a ser de nosotros, Joaquín?

Elisa levanta la mirada y pareciera que la lluvia que se desmorona desde el cielo la salpica también a ella, pues Amaro descubre en su rostro los surcos que han dejado las lágrimas lloradas por su mujer.

—¿Seremos enemigos bajo el mismo techo?

Elisa recarga la cabeza en el hombro de su esposo y éste, preso ya de un dolor amorosísimo, la estrecha contra sí y le acaricia el cabello, mientras que la tormenta inunda de tristeza su casa, anegándoles la calma y el porvenir.

Y concluya así el Libro de los Jueces.

Viendo, pues, Dios que la tierra estaba corrompida... dijo a Noé:
Llegó ya el fin de todos los hombres decretado por mí;
llena está de iniquidad toda la tierra por sus malas obras;
pues yo los exterminaré juntamente con la tierra.

Génesis,
Desde el Diluvio hasta Abraham, 6: 12-13

Quinta profecía:
de las Aguas

L as aguas se apoderarán de los caminos, los montes, las llanuras, los pueblos y las rancherías, de pequeñas y de grandes ciudades. Las aguas desbordarán milpas y carrizales y se meterán imperiosas por cañadas y veredas, por barrancas y socavones; llenarán de fango las duelas, los mosaicos y los mármoles de las casas, de los templos, de los hospitales y los seminarios. Y las aguas subirán de nivel, incontenibles, hasta cubrir el orden y la razón que, por ser los preceptos más altos dados a los hijos de la tierra, debieran encontrarse en el sitial más elevado del cuidado y la mesura. Pero no. Las aguas anegarán la virtud y envilecerán a los hombres. Las aguas mudarán su naturaleza y serán las portadoras del desasosiego pues traerán, arrastrándolos a su paso, los escombros pútridos de la guerra. De la guerra que es la gran usurera de las pasiones, que no reconoce diferencias entre el agua purísima y serenada del cántaro y el agua sucia y viscosa de la letrina y los albañales; la que no sabe separar el agua de la pila bautismal del agua ensangrentada del aguamanil, y la que no reconoce tampoco diferencias entre el agua del abrevadero y el agua podrida de los pozos cegados por los cadáveres ahí arrojados de bestias y alimañas. La guerra. La guerra traída por las aguas. Por las aguas que se perderán en los remolinos del fanatismo. El fanatismo que es el alcahuete de la maldad y que tiene el poder de convertir al agua en hiel, al agua en sangre, al agua en fango, al agua en muerte.

Las aguas transformadas, las aguas corrompidas. Las aguas.

Y cuando hubo abierto el quinto sello,
vi debajo o al pie del altar las almas
de los que fueron muertos por la palabra de Dios
y por ratificar su testimonio.

Apocalipsis de san Juan,
Los seis primeros sellos, 6: 9

LIBRO DE LAS REVELACIONES

EL QUINTO SELLO

Diluvio

Diluvio I:1-2

Todo lo que se hizo fue tan deplorable, que es mejor que la historia de estos sucesos se escriba dentro de cincuenta años, cuando no exista ninguno de nosotros.

José María González
Arzobispo de Durango
1930

✝

… Las aguas del diluvio inundaron la tierra… Se rompieron todas las fuentes y depósitos del grande abismo de los mares y se abrieron las cataratas del cielo y estuvo lloviendo sobre la tierra cuarenta días y cuarenta noches.

Génesis, Diluvio, 7: 10-12

El quinto sello
(1)

L a barbarie se desató por innumerables regiones de la tierra, de
esta tierra. En algunos lugares creó holocaustos, si bien en muchos otros amainó su oleaje y deshizo su furia transformándose en una
blanca espuma crepitante que ningún daño hace.

Quiero contar aquí parte de lo ocurrido, aunque debo ceñirme,
porque el tiempo les falta a ustedes lo que a mí me sobra, a un solo
lugar y momento, y por ello decido, dejándolo al azar, imaginar un
pueblo y llamarlo San Mateo, de connotaciones evangélicas y testimoniales.

Así que San Mateo, nuestro San Mateo, está enclavado en una serranía y se encuentra rodeado de campos de cultivo y de labor. ¿Y por
qué he elegido San Mateo para apostar ahí la narrativa? Por las mismas
razones que Joaquín Amaro. Porque los soldados federales acuartelados en las zonas aledañas se lamentan de los continuos ataques de
los cristeros, quienes "les están zumbando casi de a diario". Porque los
soldados se enfrentan a un terreno desconocido y porque están temerosos de morir "como coyotes encuevados". Porque Joaquín Amaro, rodeado de sus subalternos, capitanes y coroneles, ha desplegado en
una mesa y al resguardo de su tienda de campaña, el mapa de la región
para señalar, punto por punto, el lugar en el que fue atacado un batallón, el sitio exacto donde las líneas telegráficas fueron dinamitadas, el
puente destrozado, y donde aquellos infelices soldados rurales fueron
masacrados y decapitados por los cristeros, quienes, anhelando quizá

encontrar de nuevo la cabeza de Juan el Bautista, no tienen empacho en dejarse fotografiar con sus trofeos en las manos: cabezas de rurales separadas de sus cuerpos, celebrando un macabro festín más pagano que cristiano.

—La misma geografía del lugar nos dificulta dar con los cristeros, general —menciona uno de los hombres.

—Estas sierras son escarpadas, llenas de barrancas, cuevas y desfiladeros —secunda un coronel—. Es prácticamente imposible…

—Difícil puede ser, pero no imposible, señores.

Y el coronel Mejía, encargado de la zona militar hasta la llegada del general supremo, se atreve a disentir:

—Con todo respeto, mi general, aquí no vemos ya lo duro sino lo tupido. Bastante nos han apaleado los cristeros a pesar de lo que nos hemos esforzado en perseguirlos y localizar sus guaridas, pero se esconden hasta por debajo de las piedras…

Amaro lo observa fijamente sin concederle ninguna respuesta. Se inclina sobre el mapa, traza líneas de una coordenada a otra y señala con el dedo el punto central equidistante de los primeros que ha marcado.

—¿Cómo se llama este pueblo, coronel Mejía?

—San Mateo, señor.

—Pues a San Mateo nos vamos. Vamos a darle una visitadita al general Gorostieta.

Se yergue de la mesa y ordena:

—Salga usted primero en avanzada, Mejía. Sólo como un mero reconocimiento. Hágase acompañar de cuatro oficiales y un batallón. Cuando esté a dos kilómetros del lugar deje apostados a sus hombres al mando de dos oficiales y continúen usted y el coronel Vera hasta San Mateo. Hagan una visita rutinaria. No quiero alertar a nadie, ¿queda claro?

Los oficiales Mejía y Vera se cuadran en un saludo militar y salen mientras que Amaro vuelve a ensimismarse en el estudio del mapa.

El quinto sello
(2)

En San Mateo, como en cualquier parte de esta tierra, la gente vive y trabaja, ara los campos, van las mujeres al mercado, rezan los rezanderos y en la escuela los niños aprenden lo que la educación racionalista del Gobierno de Calles ha decidido que aprendan. Quiero llamar al profesor de estos niños Manuel, como quiero llamar al alcalde de San Mateo don Abundio, un hombre regordete, prematuramente calvo, con bigote porfiriano y con mejillas sonrosadas como de querubín de iglesia quien, como buen político, es mudo testigo, sin resolver nada, de los encuentros y desencuentros entre el maestro Manuel y el señor cura Evaristo que, a fuerza de no poder oficiar misa, languidece de aburrimiento extrañando el trasiego de las beatas que rezaban el rosario en el templo y de las parvadas de chamaquitos que aprendían el catecismo y las buenas cosas que Dios quiere que sus hijos aprendan, muy lejanas, por cierto, a los Darwin, a los Newton y a los Juárez con los que el maestro Manuel les inunda la mente a los pupilos.

En esa mañana, mientras que el padre Evaristo pasa los ojos, sin leer, sobre algún viejo tratado de teología y el maestro Manuel perturba a los chiquillos del pueblo con sus ciencias, sus fotosíntesis y sus tablas de elementos, don Abundio, el orondo alcalde, realiza en secreto su diario ritual: entra a su oficina, cierra la puerta, se dirige hasta el retrato del emperador máximo, Plutarco el César, y lo escupe, mascullando después alguna maldición irrepetible. Luego, con toda calma, saca un pañuelo de su bolsa y limpia el escupitajo para tener la dicha eterna de esperar al día siguiente y realizar la misma ceremonia con minuciosidad de oficiante.

Y entonces tiene lugar un evento poco común: don Abundio se asoma por la ventana y vislumbra que, bajando por la sierra, se acercan algunos jinetes y campesinos a pie. Sus redondos cachetes se expanden en una sonrisa y se prepara para recibir nada menos que al general Enrique Gorostieta y a los líderes cristeros que en San Mateo —ya lo había adivinado Amaro— encuentran resguardo y avituallamiento. Y no será necesario decir más sobre las lealtades de don Abundio quien, con sádico deleite, descuelga el retrato del César, lo arroja en el último cajón de su escritorio del que saca a la vez uno de su santidad Pío XI y lo cuelga en el mismo sitio en el que se encontraba el del ya defenestrado Plutarco.

Por razones que desconozco y en las que no me puedo detener, cuando se avistaba la presencia de los cristeros, la gente de la tierra, de esta tierra, gritaba "¡hay borrego!", lo mismo con alegría que con miedo, según le fuera a cada quien en esta feria. Así, anunciando "¡hay borrego!", entró Nicolás al único salón de la escuela para alertar al profesor Manuel. Éste, sobresaltado, le encarga a Nicolás el cuidado de los niños y sale corriendo hacia el Palacio Municipal para dar aviso a don Abundio. Pero los gritos de "¡don Abundio!, ¡don Abundio!, ¡están llegando los criste...!", se ven interrumpidos por la presencia, en la misma oficina del alcalde, del general Gorostieta, del Catorce y de los padres Reyes Vega y Pedroza. Está también ahí el sacerdote del lugar, don Evaristo, que ni tardo ni perezoso grita señalándolo:

—Ése es el maestrito del que les estoy hablando. ¡Ése es Gobierno!

Y a los graznidos de don Evaristo se suman la orden de Reyes Vega para atraparlo, las airadas protestas del maestro y las frías palabras que le dirige don Abundio, el alcalde en rebeldía:

—Le dije que este momento iba a llegar tarde o temprano, maestro Manuel. El día en que íbamos a tener que elegir un bando. Ya lo ve, hasta mi hijo Jacinto se fue a luchar por nuestra santa religión. Aunque se me hace que usted eligió el bando equivocado...

Y sin esperar respuesta alguna, indica que el maestro Manuel sea llevado a la celda de la cárcel municipal que está, en realidad, ubicada en el otro extremo de aquella casona provinciana que ostenta el ampuloso título de "Palacio Municipal" y que no es más que un jacalón venido a más por los cuatro o cinco arcos de su fachada y por la viguería del techo ya carcomida por el tiempo y la polilla.

Diluvio II: 3

Desgraciadamente, estos propósitos de redención y de mejoramiento económico y social de las grandes colectividades, sin detrimento de las justas garantías y de la prosperidad de las clases privilegiadas, han continuado, por incomprensión o por mala fe, o por natural encono de intereses egoístas, siendo interpretados con manifestaciones y propósitos de acción social disolvente, y una enconada campaña de prensa ha querido presentar a México como émulo o sostenedor de regímenes exóticos de Gobierno y como propagandista, en el interior y en el exterior, de sistemas políticos y sociales ajenos en absoluto a nuestro medio y a nuestras tendencias.

PLUTARCO ELÍAS CALLES
1.° de enero de 1927

El quinto sello
(3)

Cuando se dan los choques de trenes, cuando en la historia se enfrentan dos corrientes igualmente fuertes, igualmente poderosas, la toma de partido viene a convertirse en una imperiosa necesidad, pues los jaloneos que se dan desde uno y otro lado ejercen tal presión, que sólo los más fuertes pueden resistir el terrible paso entre Escila y Caribdis, espantables monstruos que amenazan el paso de las frágiles barcas que son los hombres. Yo sólo he conocido a uno que resistió el embate: Erasmo, hombre sabio que antepuso la altura de su espíritu y su intelecto a las presiones y las demandas de emperadores, reyes, papas y lobos disfrazados de corderos que le exigían una toma de postura. Sin embargo, Erasmo resistió y al final de la partida, aun en el ostracismo al que fue condenado, triunfó.

Pero Anacleto González Flores no fue, por desgracia, un Erasmo. Y no fue tampoco un "Gandhi mexicano" como lo llamaban sus huestes de la *Patriae Phalanx,* la *Falange de la Patria,* ni los miembros de la Unión Popular, la U, ni sus seguidores de la ACJM, ni los distinguidos Caballeros de Colón, ni los entusiastas participantes de la Liga, quienes a final de cuentas, todos ellos, exigieron a Anacleto una toma de postura más abierta y decidida, más radical. Y Anacleto, frágil barca, sucumbió a los monstruos mitológicos Escila y Caribdis y no pudo resistir el llamado de las armas, de la violencia y de olvidarse de la resistencia civil pacífica y de amar a su prójimo más que a sí mismo. Por ello, Anacleto camina ese día con el ánimo descompuesto, la

217

mirada febril y las manos temblorosas de quien conoce ya el miedo y la culpa. Camina, pues, en busca de redención, al encuentro de su maestro y guía, Francisco Orozco y Jiménez, el Chamula, quien ha cambiado una vez más las regias vestimentas púrpuras que lo proclaman arzobispo de Guadalajara, por la tosca mezclilla de los más humildes jornaleros, pues esconde su nombre y su persona de las autoridades que han decretado contra él un nuevo exilio a causa del enésimo desacato a las leyes gubernamentales. Pero el Chamula no está dispuesto a abandonar su tierra y por ello se oculta entre las dóciles ovejas que antes pastoreaba señero.

Al encontrarlo, Anacleto se hinca ante él, un gesto reprimido inmediatamente por el obispo labriego.

—¡Hijo, por Dios, me comprometes!

Anacleto insiste en besarle la mano, pero Francisco, hombre fuerte, acostumbrado a las faenas de los campesinos, lo pone en pie en un solo movimiento.

—¿Qué no entiendes que me pones en peligro?

Anacleto sonríe con amargura. Los hombres que trabajan la tierra los miran de soslayo.

—Todos estos buenos indios saben que es el Chamula el que trabaja a su lado…

Se hace un silencio en el que el rostro de Anacleto se demuda.

—He venido a implorar su perdón, señor arzobispo.

Éste lo mira con cariño antiguo y le coloca una mano sobre el brazo.

—Sé lo que te atribula, Anacleto, pero no puedo hacer nada por remediarlo ni por ayudarte.

Anacleto pretende justificarse pero Orozco y Jiménez no se lo permite.

—Tú eras apenas un niño cuando yo ya me había iniciado en la lucha por la libertad religiosa, por la dignidad de los indios de Chiapas. Como bien sabes, he sufrido incontables exilios y denuncias, pero jamás, Anacleto, ¡jamás he empuñado un arma!

Las palabras de su preceptor caen como plomo derretido en el corazón de Anacleto.

—Y yo, su discípulo, soy el instigador de las muertes de todos aquellos que ahora llamo mis "enemigos"…

Un velo de vergüenza y lágrimas le cubren el rostro. El arzobispo se conduele de él.

—Los designios de Dios no se nos revelan fácilmente. Sólo nos queda prepararnos para llegar hasta Su presencia...

—¡Pues espero que esto sea pronto, su ilustrísima! —grita el abogado con ánimo fuera de sí—. ¡Espero muy pronto ser llamado al martirio!

Orozco y Jiménez lo mira con tristeza. Suspira.

—No tengas prisa por llamar a Su puerta, Anacleto, que el Señor no es quien quiere tu sangre ni exige tu muerte.

El venerable patriarca toma el rostro de Anacleto entre sus manos.

—¡Ten fe, Anacleto, ten fe! ¡La paz regresará tarde que temprano! ¡Te lo prometo!

Pero las últimas palabras de Francisco Orozco y Jiménez no habrán de germinar en el pecho de su discípulo, de la misma manera en que no lo pueden hacer las semillas que caen entre los pedregales. Francisco no lo sabe, pero a Anacleto no le quedan más que unos cuantos días de vida.

El quinto sello
(4)

En San Mateo, unas horas más tarde después de su llegada y sentados a la mesa en la casa del señor alcalde, siendo atendidos por Josefita, su esposa, el general Gorostieta y los padres generales Reyes Vega y Pedroza escuchan los cascos de un caballo que se acerca a toda velocidad. Instintivamente se ponen de pie, mano en la culata, mirada fija en la puerta. Quien entra es un soldado cristero que se cuadra ante Gorostieta.

—¡Mi general, 'ora sí se nos van a dejar venir los federales! ¡Que dicen que Amaro está a unas horas de aquí!

Y don Abundio empieza a resoplar, bufando como un marrano:

—¡Pero, general, usted no me dijo nunca que el mismísimo Joaquín Amaro se nos podía echar encima!

Gorostieta quiere responder pero Reyes Vega se lo impide.

—Usté ni pase apuros, de aquí a que el chango ése nos encuentre…

Y con un gesto mil veces ensayado, se atusa el bigote. Gorostieta lo observa.

—Mire, padre…

—General… —aclara siempre Reyes Vega.

—Mire, general —concede Gorostieta—, el mayor error que se puede cometer es el de despreciar la destreza y el genio militar del enemigo.

Reyes Vega le revira con desprecio:

—Pos qué, ¿lo conoce o qué?

Gorostieta casi disfruta el momento.

—¿A quién?

—¡Al tal Amaro ése!

Y Gorostieta no puede evitar una carcajada.

—El "tal Amaro ése" es el militar más brillante del país, figúrese nomás…

—¡Pos yo jamás lo había oído mentar! —dice el del increíble bigote, quien no está dispuesto a recibir lecciones de nadie.

—No lo dudo, "general" —condescendiente una vez más Gorostieta.

Pero ahora es el Catorce —que seguramente se distraía en un lance amoroso con alguna lugareña— quien entra a las carreras.

—¡Los guachos! ¡Ái vienen los guachos! ¡Nuestros centinelas vieron una avanzada!

Don Abundio se persigna.

—¡Virgen santa! ¡Viene Amaro, Pepita! ¡El mismísimo Atila!

Y Josefita lo abraza llena de espanto. Gorostieta los tranquiliza:

—Don Abundio, cuando Amaro llegue nos vamos a enterar por el retumbar de los cascos de sus caballos y no por el aviso de unos centinelas. Éste debe ser un regimiento de avanzada nomás.

El Catorce, presto siempre, azuza a los sacerdotes guerrilleros:

—¡Órenle, padrecitos! ¡Vénganse pa' levantar a la tropa!

—¡Ustedes no van a ninguna parte! ¡Es una orden! —se impone Gorostieta.

El Catorce, gallo giro, lo enfrenta:

—¡Pero si ahí vienen los guachos!

—¡Usted se calla y obedece! —lo reta Gorostieta desde su altura inconmensurable.

Todos callan. El general cristero distiende.

—Siéntate, Catorce. Y calladitos todos, que tengo que pensar…

Y los muy bragados padres generales Reyes Vega y Pedroza, así como el muy valiente Catorce, se miran entre sí con absoluta incredulidad, y sin saber qué hacer, se quedan calladitos… y se sientan.

El quinto sello
(5)

"**V**ida por vida, ojo por ojo, diente por diente, mano por mano, pie por pie, quemadura por quemadura, herida por herida, golpe por golpe…", escribió Moisés —si nos atenemos a la tradición— en el libro del Éxodo. Y como "sangre por sangre", por lo tanto, se han interpretado desde el inicio de los tiempos estas palabras mosaicas. Por ello, me pregunto, ¿se llamarán a sorpresa los que lloran la muerte de Anacleto y la terrible purga que realizó el Gobierno entre los sublevados de Guadalajara, si cotejamos en un calendario el devenir de los hechos? He aquí el sencillo ejercicio propuesto: la terrible noche en la que tuvo lugar aquella nueva Matanza de San Bartolomé, ahora en Guadalajara, y a resultas de la cual murieron Anacleto González Flores e incontables de sus compañeros, fue la noche del 27 de abril de 1927. La voladura del tren de La Barca, crimen también sin nombre y que dio inicio a este memorial, ocurrió el 19 de abril. Ocho días antes. Y tan sólo ocho días fueron los que le tomó a Plutarco, el César, aplastar y castigar con su bota imperial la afrenta de La Barca y pagar "vida por vida, ojo por ojo, herida por herida…" Sangre por sangre.

Esa noche, Anacleto se ha refugiado en casa de la familia Vargas y descansa, porque dormir no puede, en un camastro, vestido con overol y calzando botas, presto a la huida si es necesaria. Y sus temores se cumplen al escuchar los llamados a la puerta de la policía y el ejército, quienes, después de pocos días de labores de investigación y búsqueda, han dado con él.

—¡Abran la puerta! ¡Entrégate, Anacleto González! —son las consabidas órdenes que vienen del exterior.

Anacleto se levanta como un resorte y mientras que a los gritos de los soldados se suman los de la familia Vargas —la madre y los hermanos—, los ruidos de la puerta que se abre, los culatazos propinados a los muchachos, la rompedura de cristales y los pasos de alerta crecen amenazantes como golpes de tambor, Anacleto saca de debajo del catre un portafolios del que extrae, con manos temblorosas, documentos comprometedores. Sin poder contener el llanto, los destroza e intenta escapar después por la ventana, pero el patio ya está sitiado y sabe que todo intento de fuga será en vano. La bota de un legionario derrumba con un solo golpe la puerta de su cuarto y la luz de las linternas persecutorias le ciegan la mirada y le cancelan el futuro.

No será más de una hora después cuando Anacleto se encuentre semidesnudo, golpeado y torturado, los pulgares descoyuntados y levantados en vilo los brazos por cuerdas y cadenas, las plantas de los pies desolladas y los sentidos embotados, en esa lúgubre estancia de la Dirección General de Operaciones Militares. Y ahí, colgado, pendiendo su vida de un hilo, los torturadores lo insultan, lo amenazan y le zahieren las carnes con nuevos filos, exigiéndole delaciones, fechas, lugares, nombres, en fin, de sus compañeros rebeldes, los sublevados y, más que nada, la exacta ubicación del Chamula, don Francisco Orozco y Jiménez, el incómodo arzobispo de Guadalajara. Pero Anacleto no abrirá la boca para traicionar a nadie y menos a su maestro.

—Yo muero, pero Dios no muere… —musita en agónicos estertores.

Pero estas palabras no interesan a nadie. Y a nadie impresionan, pues el objetivo no es crear mártires ni beatos, sino encontrar a los responsables de la matanza del tren de La Barca. Y al no encontrar respuestas, el oscuro agente ministerial procede a leer la sentencia:

—Se acusa al susodicho Anacleto González Flores de sedición, de motín y del asesinato de soldados federales, condenándolo a morir fusilado…

—¡Viva Cristo Rey! —exclama con una última bocanada de aire.

Pero este grito debe haber molestado particularmente a uno de los brutales torturadores pues, tomándoselo personal, le clava por la espalda la bayoneta de su fusil, perforándole un pulmón. La boca de Anacleto no tarda en llenarse de sangre, rotos los diques de su existencia.

—¡No sea usté pendejo! —se enfurece el sargento contra el nuevo Longinos—. ¡Este hombre tenía que morir fusilado, no así! ¡Órenle! ¡Llévenselo al paredón y me le echan una buena descarga antes de que se nos petatee aquí!

En esa noche fatídica no sólo murió Anacleto. Murieron también dos de los hermanos Vargas, Luis Padilla, los hermanos Huerta y otros miembros del movimiento, cuyos cuerpos ensangrentados fueron arrojados, de manera indigna, a una fosa común del panteón de Mezquitán, de la que fueron rescatados luego por decenas de personas, que se convirtieron en cientos, y después en miles, que acompañaron el cortejo fúnebre hasta el santuario de Guadalupe y la parroquia de Jesús. Ahí lloraron sus deudos. De la misma manera en que lloraban todavía las viudas y los huérfanos de los muertos del tren de La Barca. Deudos, estos también católicos, que aún no terminaban de rezar el novenario y que no entendían —porque nadie podrá comprenderlo jamás— que su llanto, el de unos y otros, pareciera haber sido decretado por el mismísimo Moisés cuando escribió, miles de años atrás: "Vida por vida, ojo por ojo, herida por herida, golpe por golpe…" Sangre por sangre.

Y ésa es la ley.

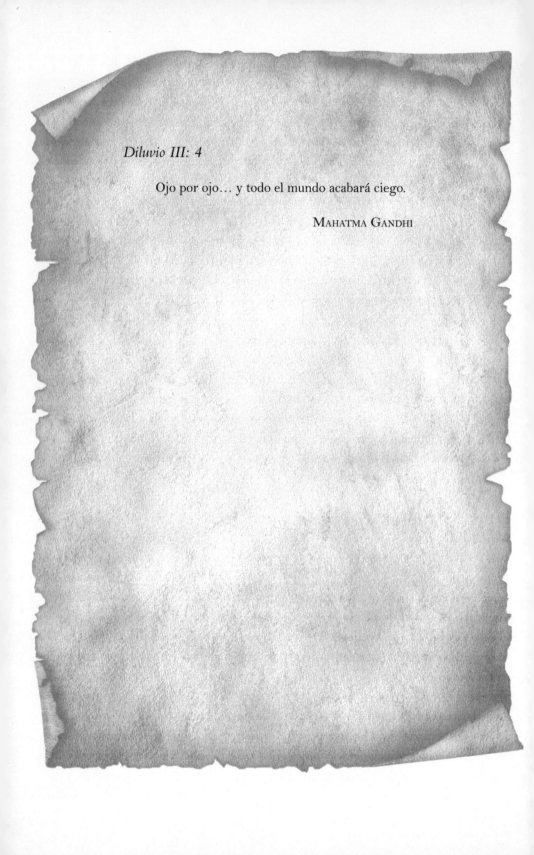

Diluvio III: 4

Ojo por ojo… y todo el mundo acabará ciego.

MAHATMA GANDHI

El quinto sello
(6)

El cónclave unipersonal de Gorostieta termina con un humo blanco que se expresa con las siguientes palabras:

—Aquí nos quedamos.

Los que han esperado la resolución no dan crédito a lo que escuchan.

—¿Aquí? —se desmaya el alcalde.

—¡Cómo que aquí! —se revela Pedroza.

—¡No, señor! —pretende dar una contraorden Reyes Vega—. ¡Hay que ir a darles sus cocolazos en la sierra!

—Pero, señor general, aquí no podemos… —solloza Pepita y berrea don Abundio.

—Mire, señor presidente municipal, ¡usted decidió unirse a nosotros y ya es muy tarde para que dé marcha atrás!

—¡Si no me estoy rajando! Pero debo pensar en mis gobernados… en mi pueblo.

—Su pueblo va a estar a salvo. Todos vamos a estar a salvo si hacen exactamente lo que yo les diga —aclara Gorostieta sin dar paso a réplica alguna.

Y el Catorce tan sólo apunta en el centro del silencio y el pasmo:

—Bueno… pos usté dirá, general.

Gorostieta se levanta, mira a través de la ventana y observa a los dos militares que se acercan: el coronel Mejía y el coronel Vera, quienes cabalgan a paso lento, confiados, seguros. Gorostieta se encuentra de buen ánimo y sonríe.

El quinto sello
(7)

En el ala derecha de la casona que es el mentado Palacio Municipal, sentado en el interior de la celda, el maestro Manuel recibe la visita del padre Evaristo quien, indudablemente, disfruta la superioridad que le ofrecen el momento y la situación.

—¿Sabe usted lo que se escribe en el evangelio según san Lucas? —inicia el sermón sabiendo que la respuesta tácita es negativa—: "No hay árbol bueno que dé fruto malo, ni árbol malo que dé fruto bueno".

El profesor Manuel lo mira con desdén aunque con el obligado sometimiento que le exigen los amarradijos que le aprisionan las manos por detrás de la espalda y los pies, sujetos a las patas de la silla.

—¿Finalmente vamos a hablar de agronomía, padre?

Don Evaristo lo ignora.

—Ha llegado la hora esperada, maestrito. Es hora de denunciarlo por sus malos frutos… y de castigarlo por su perniciosa labor.

El maestro Manuel sonríe con un dejo de hastío.

—¿Qué es más pernicioso, padre? ¿Abrir las mentes de los niños con el conocimiento o llenarlos de miedos, amenazas y supersticiones?

—Sí, conozco el argumento —se aburre el cura—. El argumento del "fanatismo", el argumento del "oscurantismo". Cuando lo único que pretenden hacer ustedes los "racionalistas" es ocultar la luz brillante de la iluminación divina…

Y buscando el instrumento de la revelación, el padre Evaristo va colocando un par de pesadas piedras en un paliacate, mismo que va anudando.

—Muy hermosas sus palabras, padre. Hermosas, pero absolutamente huecas...

—Hermosas o huecas, me da lo mismo —argumenta don Evaristo, sopesando el mazo que ha forjado—. Inútiles sí, en todo caso, porque no tenemos tiempo para palabras, hijo. Nuestros providenciales jefes militares nos han sugerido algunas "estrategias" para protegernos de los impíos cuando éstos se acerquen...

Y se planta frente al maestro, amarrándose en el puño el pañuelo y balanceando su pesada carga.

—¿Me va a dar la comunión, padre?

—Blasfemo infeliz... —lo desprecia don Evaristo, quien levanta el mazo y responde, sin embargo, a la ironía—: *Ego te absolvo a peccatis tuis...*

Y le sorraja un primer golpe que le descoyunta la quijada, le quiebra los dientes y le revienta los belfos. "Ojo por ojo y diente por diente...", parece decir Moisés una vez más y desde hace tres mil años, ahora por boca de don Evaristo.

El quinto sello
(8)

En el campamento militar federal Joaquín Amaro supervisa los pertrechos y el aprovisionamiento de hombres y caballos. Una tensa calma se respira y las órdenes se cumplen con presteza y en silencio. El teniente Medina aprovecha la circunstancia para consultar a su jefe:

—General, me permite preguntarle ¿por qué no ha ordenado un asalto inmediato a San Mateo estando tan seguro de la presencia de Gorostieta en el lugar?

Amaro lo mira y responde como lo hace un buen maestro, deseoso de enseñar:

—Si a estas alturas los cristeros no se nos han echado encima es porque Gorostieta les jaló la rienda, teniente. Algo está tramando y nada bueno para nosotros puede venir de ese traidor.

El joven teniente levanta las cejas. Quisiera decir algo pero no se atreve.

—¿Qué pasa? —lo anima el general.

—Con todo respeto, señor, el general Gorostieta no traicionó al ejército. Se dio de baja de una manera honorable…

—Sí, y ahora comanda unas fuerzas salvajes de miles de hombres que socavan la autoridad del Estado.

El teniente Medina baja el rostro con disciplinada vergüenza. Amaro le coloca una mano sobre el hombro, conciliador.

—Aprecio su generosidad, teniente, pero no confunda la destreza militar de Gorostieta con un espíritu traicionero que lo lleva a poner en peligro la estabilidad de su propia patria y un ánimo mercenario que lo ha llevado a venderse por un sueldo de tres mil pesos oro al mes.

Amaro da por terminada la plática.

—Gorostieta es un hombre inteligente, muy preparado, un gran estratega. Pero la estrategia no solamente se da en lo militar, teniente, así que debemos estar prevenidos ante cualquier artimaña que se le pueda ocurrir.

Y sin decir más se dirige al interior de su tienda.

El quinto sello
(9)

Y en el interior de la oficina del César, a la espera de las artimañas que pueda éste también fraguar, entran los generales Arnulfo R. Gómez y Francisco Serrano quienes, en nuestra historia de diluvios, no estarán exentos de quedar salpicados, ellos de fango y el fango de su propia sangre, porque ante la tempestad que se desploma, los torrentes se arremolinan por cualquier entresijo y quedan bajo las aguas tanto los humildes como los poderosos. Porque las aguas, las benditas y las profanas, habrán de arrasar con todos aquellos que no cuenten con la buena ventura de quedar a salvo en un arca de roble blanco.

—Esta nueva candidatura del general Obregón a la presidencia, lo sabe muy bien, señor, es absolutamente anticonstitucional.

—Mire, general... —intenta negociar el César con Francisco Serrano, aspirante a la presidencia de la República, lo mismo que el general Arnulfo R. Gómez, quien bien sabe apoyarlo:

—¿De qué sirvió tanta sangre derramada para defender la "No reelección" proclamada por el señor Madero? ¿Y a nosotros, señor, de qué nos han valido tantos años de lealtad y de servicios?

—¡Por no hablar de nuestra supuesta amistad tanto con usted como con el general Obregón! —acota con un dejo de sentimentalismo el general Gómez.

El emperador respira hondo y se sienta con toda parsimonia en la silla, la siempre anhelada, la siempre disputada.

233

—Ninguna "supuesta" amistad, Arnulfo. Ustedes y yo, junto con el general Obregón, hemos sido buenos aliados en las buenas y en las malas… —y hace una pausa que pretende ser conciliadora—. Por otra parte, lo que ustedes llaman reelección es, en realidad, una elección, pues Obregón no es el presidente actual…

Y como el sofisma está a punto de ser atacado, Plutarco se encabalga en sus propias palabras:

—Nadie les está negando la posibilidad de contender por la presidencia, caballeros…

—Con todo respeto, señor, pero el mismo general Obregón se ha encargado de amenazarnos directamente. ¿Sabe usted lo que declaró?

Plutarco se impacienta.

—¿Me ve usted cara de adivino de feria?

—El general Obregón señaló —tercia Serrano— que en este país, de dos candidatos que luchan por la presidencia uno termina en la silla y otro frente al paredón.

Plutarco no puede evitar el comentario ladino:

—Aquí serían dos frente al paredón, entonces…

Pero a Arnulfo R. Gómez no le sienta nada bien la broma y se permite una bravata:

—Pues yo le ofrezco a él, y a cualquiera que piense como él, uno de dos lugares: una estancia en las Islas Marías… ¡o una fosa a tres metros bajo tierra!

Y ahora es el César quien considera que su "compañero en las buenas y en las malas" se ha sobrepasado.

—Mire, Arnulfo, es mejor que mida sus palabras…

—¡No, no, no! ¡Pero es que ése es el asunto, precisamente, si me permite la intromisión, señor!

Y aquella voz meliflua y artificiosamente impostada no es otra más que la del inefable Luis Napoleón Morones, personaje que se había ausentado de este memorial y que ahora aparece de nuevo ante el apetitoso olor de la sucesión presidencial.

—El asunto aquí, señor presidente, es que el poder en México, por lo visto, no es más que una constante discusión entre generales. Pero ya lo dice el dicho, caballeros: "¡Cuántos generales hay y qué pocos militares!"

—Morones, ¡cállese!

(Hombre, Plutarco, deberías tratar mejor al gordo, porque cuando inicies tu camino al exilio, él será el único que te acompañe y te hará menos pesadas las horas y menos amargo el desprecio al que serás sometido, como hábil bufón, como perro fiel.)

—Sólo externo mi opinión y mis propias inquietudes, señor presidente, de la misma forma en que lo han hecho los generales Serrano y Gómez a quienes me permito informarles, de paso, que si ellos tienen soldados y fusiles para pelear por la presidencia, yo tengo votos...

—Aquí nadie está hablando de pelear nada con fusiles, Morones...

—¡Votos, caballeros! —interrumpe el temerario tinterillo al César, pues la cifra que está por anunciar le confiere tal valor—: ¡Porque yo tengo dos millones de obreros afiliados a la CROM! Sin derramar una gota de sangre, sin disparar una sola bala, ya tengo dos millones de votos en el bolsillo. ¡A ver cuántos cañonazos necesitan para luchar contra eso! —se entusiasma el seboso y autodestapado Napoleón.

Pero no, nada de esto será necesario, que Serrano y Gómez no tendrán la oportunidad ni de levantarse en armas, ni de disparar cañonazos. Ni siquiera tendrán la oportunidad de contender por la presidencia pues, como lo apunté en esta parte del memorial, no contaban con la bienaventuranza de un arca de roble blanco que viniera en su rescate. Un arca capitaneada por Plutarco, el César, y calafateada por Álvaro, el emperador en pausa, quien no está dispuesto a descender por las llanuras del monte Ararat sin haber sido proclamado, una vez más, *Cesar Imperator*.

Por lo tanto, sepan los ciudadanos de la República que los generales Arnulfo R. Gómez y Francisco Serrano, alguna vez miembros honorables del Ejército, han pretendido tergiversar, suplantar y corromper los altos valores civiles de la democracia naciente y por ello fueron muertos; uno, en el paredón vaticinado por Álvaro, el César en pausa, y el otro, acribillado en Huitzilac al intentar realizar —queremos suponer— un cobarde intento de fuga para no enfrentar el sereno, pero siempre implacable y lapidario, juicio de la historia. ¡Salve, César! *Maximus Imperator. Annus MCMXXVII.*

Diluvio IV: 5-7

Por otra parte, ya se ha visto claramente que ninguno de los dos [Arnulfo R. Gómez y Francisco Serrano] ha podido atraer una franca corriente de la opinión pública, lo que quiere decir, con justificación o sin ella, que la nación no les tiene confianza a ninguno de los dos para la dirección de sus destinos y solamente podrían obtenerse ventajas si existiera la posibilidad de realizar una fusión física, espiritual y mental. Entonces podría eliminarse de cada uno de los dos candidatos las características que más les estorbaban para la realización de las finalidades que persiguen. Habría entonces que formar una sola unidad.

ÁLVARO OBREGÓN
Discurso sobre la unión efectuada
de los dos candidatos oposicionistas
2 de julio de 1927

†

Los muertos son robados de sus pertenencias y los arrastran para subirlos a los camiones; como no caben, los llevan sentados. Al llegar a México, se detienen en la avenida de Las Palmas donde el general Obregón mueve con el pie el cadáver de Serrano diciendo: "¡Pero cómo te dejaron, Pancho!"

ALFONSO TARACENA
La verdadera Revolución mexicana

†

La política de México, política de pistola, sólo conjuga un verbo: madrugar.

MARTÍN LUIS GUZMÁN
La sombra del Caudillo

El quinto sello
(10)

En San Mateo los coroneles Mejía y Vera han llegado hasta el frente del Palacio Municipal y salvo el silencio que se ha apoderado del pueblo, extraño para esas horas del día, no se han apercibido de nada que les resulte fuera de lo común. Y mucho menos cuando, desde el interior de la casona oficial, aparece el rozagante don Abundio con una sonrisa que es una máscara en la cara y los brazos abiertos en gesto guiñolesco.

—¡Bienvenidos a San Mateo, oficiales! Haberme avisado antes para recibirlos como se merecen, ¡hombre!

Mejía y Vera descienden de sus monturas y saludan al señor presidente municipal, a los dos oficiales municipales y al padre Evaristo, vestido de civil.

—Yo soy Abundio Mendoza, presidente municipal de San Mateo, leal servidor del presidente Elías Calles.

Y pregunta también con un talento histriónico desbordado:

—¿No viajarán sin un regimiento, verdad?

—Nuestro batallón está a un kilómetro de aquí —responde Mejía, sin que nadie se lo solicite.

—¡Nada, nada! Pues nos harán el favor de hacerlo venir hasta acá. Claro que no pretendo dar ninguna orden a sus excelencias, pero para nosotros sería un honor ofrecer a nuestros gloriosos militares resguardo y alimento.

Mejía y Vera se miran y sonríen confiados.

—¿Me permiten presentarles a nuestro sacerdote, don Evaristo Montiel? —se apresura a señalar—: Como podrán constatar don Evaristo viste de civil ya que es un hombre respetuoso de nuestras leyes y del pensamiento racionalista. ¿Y nuestra iglesia? Siguiendo las indicaciones que dicta la norma actual, se encuentra libremente abierta, aunque sin que se oficien ceremonias en ella, claro está.

El padre Evaristo intenta una cortés reverencia. Mejía lo ignora.

—Señor presidente Mendoza, ¿ha notado alguna incursión cristera por esta zona?

Y don Abundio, tal vez exagerando la nota, ya sea por nervios o por creencia escénica, hasta se carcajea.

—¡No, hombre! Bueno… muy pocas y sin ninguna importancia. Sin embargo, tengo el gusto de informarles que un cabecilla cristero ha sido atrapado merodeando por aquí.

Y ordena a los dos oficiales municipales:

—¡Vayan por el cristero ése!

Y más se tarda él en dar la orden que aquellos oficiales salir con el maestro Manuel a rastras, maniatado y amordazado, vestido como campesino y con el rostro tumefacto por los golpes recibidos.

—¡Aquí lo tienen! —anuncia don Abundio como si fuese el maestro de ceremonias de un circo que presenta a un nuevo fenómeno—: Todavía no habla… pero hablará, se los aseguro —y concluye de manera ya operística—: Tengan la certeza, señores oficiales, de que las fuerzas federales pueden entrar con toda seguridad a San Mateo, población civil y leal al Gobierno de la República y sus leyes preclaras.

Y el coronel Mejía, ayuno desde hace meses de una comida decente, de una cama tibia, de un vivir humano, agradece la invitación e indica a su compañero, el coronel Vera, que apreste a sus hombres para entrar en San Mateo. De la misma manera en que un cordero procura guarecerse de la tormenta en la cueva del lobo.

El quinto sello
(11)

En los separos de la policía capitalina una de las celdas es ocupada por tres hombres que no pueden ser, entre sí, más distintos. Uno de ellos llama la atención por su delgadez extrema y por el esparadrapo cuajado en sangre que sostiene con su mano sobre la desgarrada mejilla izquierda. El tajo le ha sido abierto, con una botella rota, por Estrella, prostituta venida a más y devenida en tiple, quien, en un arranque de celos porque la última canción que compusiera ese hombre —pianista de golfas y tahúres en prostíbulos de mala muerte— se llamó *Marucha* y no *Estrella*. Ignoro cómo le habrá pagado Marucha la cortesía de la canción. Pero de que Estrella le cobró el desaire, se lo cobró. Y como la autoridad no está para solapar escándalos de burdeles, el músico aquel, de nombre imposible, pues es éste Ángel Agustín María Carlos Fausto Alfonso del Sagrado Corazón de Jesús Lara y Aguirre del Pino, fue a dar a la cárcel con sus muchos huesos, sin importar que estuviese ya de por sí condenado al eterno baldón de una cicatriz en su rostro.

El segundo hombre, un mocetón alto y guapo, con una envidiable mata de pelo, vestido de manera elegante, pasaría inadvertido de no ser porque llora como un crío en el regazo del tercero de ellos, un sacerdote de nombre Miguel Agustín Pro, quien no puede dejar de recriminarle al muchacho su temeraria actitud.

—¿Pero qué tenías que venir a hacer aquí, Luis?

El joven procura incorporarse.

239

—¿Cómo que qué, padre? ¡Por un elemental sentido de la justicia! Si me entregué fue para salvarlo a usted, que nada ha tenido que ver con el atentado. Ni usted ni su hermano Humberto. Él sólo me prestó ese coche.

El padre Pro se torna serio.

—¿Humberto también está aquí?

Y Segura Vilchis asiente, en avergonzado silencio. El padre Pro palidece ante un presentimiento que lo acecha, pero como es su costumbre aleja de inmediato los pensamientos oscuros con alguna de sus bromas:

—Ya, ya, acaba con tu tristeza, Luis. ¡Bórdala en un pañuelo y suénate con él!

Desde el fondo, el pianista de bares y cines mudos, que tiene a bien reducir su nombre al de Agustín Lara del Pino, guarda silencio pues sí, se ha enterado, antes de que le ocurriera su propia tragedia personal, de que los ligueros habían arrojado una bomba al auto de Álvaro Obregón. La noticia había corrido por toda la ciudad y se hablaba de que Obregón, en seguro contubernio con el demonio, había salido ileso y, aun más, se había ido a ver la corrida de toros. Se hablaba de una persecución de automóviles en Paseo de la Reforma, de balazos, de choques —como los de algunas de las películas de matones que él mismo animaba con su piano en las novísimas salas de proyección— y hasta de algún muerto. Y se hablaba también de que el padre Pro, lo mismo que su hermano, habían sido acusados de participar en el intento de homicidio. De ahí en más, Agustín nunca había oído hablar de esos dos hombres, lo cual, por supuesto, no le impidió sentir una gran congoja por el pobre cura cuando llegaron por él para llevarlo al paredón. Segura Vilchis se violentó a grados insospechados. Una macana en las costillas le sacó el aire y lo obligó a hincarse sin dejar por ello de clamar la inocencia del sacerdote.

—¡Humberto! ¡Hermano! ¿Dónde estás?

Era lo único que alcanzaba a gritar el padre Pro. Y mientras Luis era sometido por los guardias, y los gritos de los periodistas y los curiosos que llegaban desde el patio arreciaban, Agustín, el músico pecador, tan sólo se limitó a hincarse junto al padre y besarle la mano.

—Deme su bendición, padre… —pero el sacerdote fue jalado por las solapas y no pudo ni siquiera dirigirle una mirada de piedad.

240

Luis Segura Vilchis lloraba desesperado, tirado en el suelo.

—Fue mi culpa… Fue mi culpa…

Los gritos de mando, allá en el patio, resuenan perentorios. La declaración consabida, "¡Viva Cristo Rey!", sale del pecho del padre Pro y una descarga ejecuta su desmedido propósito. Después de esto, el silencio, el llanto contenido de Segura Vilchis y su turno inmediato, entre insultos y dolor desmedido al tener que enfrentar las consecuencias de su mediocridad en la armería. Una nueva descarga en el patio y un nuevo desazón en el pobre músico aquel, acostumbrado a otro tipo de dolores, a otro tipo de ausencias y desesperanzas. Agustín lleva su mirada hacia la altísima ventana, y tal vez le vienen a la mente algunos versos: "Como un abanicar de pavorreales en el jardín azul de tu extravío, con trémulas angustias musicales se asoma en tus pupilas el hastío…"

El quinto sello
(12)

Desde el campamento de Amaro se vislumbra a lo lejos la fina polvareda que levantan los cascos de un caballo que se acerca a galope. Un oscuro presentimiento asalta al general.

—¡Mi general! —se cuadra unos minutos después el recién llegado—. Para reportarle que los coroneles Mejía y Vera, junto con su batallón, se dirigen, sin que se reporte novedad alguna, a San Mateo.

Amaro se demuda.

—¿Y quién autorizó eso?

El sargento trastabilla.

—El mismo coronel Mejía, mi general… Aceptó la invitación del presi…

—¡Es una trampa!

Y con sólo una orden, Joaquín Amaro pone en movimiento a sus legiones.

—¡Preparen la marcha inmediata hacia San Mateo!

Al mismo tiempo, en San Mateo, con un tono muy distinto del que sugiere la alarma de Joaquín Amaro, la población recibe a los soldados federales con grandes fiestas y muestras de fervorosa lealtad: "¡Que viva Calles!, ¡viva el Gobierno!, ¡mueran los cristeros!" Al frente del improvisado desfile, el envanecido coronel Mejía sonríe y toma un ramillete de flores que aquella muchacha le ofrece con manifiesta coquetería. Pero si en la vanguardia todo es festejo y algarabía por parte

243

de los chamaquitos que celebran el paso de los jinetes y se asombran por el brillo de los sables, los fusiles y las doradas águilas que resplandecen en las gorras de los militares, en la retaguardia un ojo más entrenado no dejaría de ver que, en el fondo de aquella casa, cuyos postigos se han cerrado de golpe, se ha alcanzado a ver un altar florido e iluminado en honor a Cristo Rey, y que los ancianos esconden entre sus ropas los escapularios que portan. El soldado raso, último de la marcha, no repara en la sonrisa burlona de aquel hombre ni en la mirada llena de tristeza de esa anciana que, a su paso, le da su bendición y cierra la puerta de su morada. Porque sólo podrían ser los soldados de la retaguardia los que podrían caer en cuenta de que, a su paso, las mujeres cargan en vilo a sus hijos y los encierran en sus casas sin escuchar las infantiles protestas. Y así, en fin, adentrándose en el infierno, ninguno de los militares, de vanguardia o retaguardia, es capaz de ver las puntas de los rifles que, desde la azotea del Palacio Municipal, los encañonan y los tienen justo en la mira; ninguno logra ver la señal de ataque del padre Reyes Vega y ninguno puede evitar, por tanto, el diluvio de plomo que les cae encima, empapándolos de muerte, porque los fusiles y las pistolas escupen municiones desde el campanario, desde los árboles, desde las azoteas y desde todas las moradas traidoras que confluyen en la plaza central. Porque los gritos de "¡muéranse, changos piojosos!, ¡abajo el maldito Gobierno!, ¡queremos pelea, coyones guachos!" se multiplican en cientos de alaridos que surgen de las bocas de los cristeros, quienes salen como salen las cucarachas de sus escondites para rematar a los oficiales y a sus caballos, para pasar a degüello, de una buena vez, a los soldados que no se han decidido todavía por entregar su alma a la misericordia divina. El furor asesino de Aristeo Pedroza, Reyes Vega y el Catorce sólo encuentra un débil contrapeso en las inútiles órdenes de Enrique Gorostieta, quien pretende frenar la masacre, como si él no hubiese urdido la estrategia. (¿Qué esperabas, Enrique? ¿En qué estabas pensando cuando les dabas a tus hombres el modo idóneo de la venganza? ¿Qué vas a hacer ahora? ¿Vas a llamar a la cordura después de haber liberado a las Erinias?)

—¡Así no se hace la guerra, Catorce! ¡No puede haber honor en una masacre semejante!

Y esto lo dice Gorostieta chacualeando las botas entre amasijos de carne y sangre, entre estertores de moribundos, entre mortecinas nubes de pólvora que no terminan nunca de disiparse, entre las miradas atónitas y eternas de los muertos. Gorostieta grita y se desespera mientras que los cristeros toman para sí las armas y los cartuchos de los cadáveres, mientras que las mujeres y los niños, saliendo ya de sus casas como cuando ha pasado el aguacero, arrancan de los uniformes los botones dorados, que creen de oro, de la misma forma en que lo hacen lo buitres y los cuervos con los ojos de los animales muertos.

—Dígame una cosa, general —pregunta con insultante simpleza el Catorce—, las guerras ¿hay que ganarlas o perderlas?

—¡Hay que ganarlas, por supuesto, pero…!

—¿Tóns? Ganamos, ¿que no? —y se va de ahí, organizando el acopio de botas y correas de cuero.

La mirada de Gorostieta se pierde en el horror de la rapiña y en el desprecio que le provocan don Evaristo, el cura del lugar, y el padre Reyes Vega, quienes ofician en conjunto, pues una vez que éste le otorga la extremaunción a los moribundos, el otro les da el tiro de gracia metiéndoles por la sien una piadosa bala, salvoconducto para la salvación eterna.

Pero, entonces, un rumor, una pequeña vibración que va creciendo, que va cobrando forma poco a poco —del mismo modo en que nace una ventisca hasta convertirse en tornado—, comienza a recorrer la tierra y Gorostieta entiende, tal y como ya lo había predicho, que es el momento de largarse de ahí, pues el lejano retumbar de los caballos, de las decenas de caballos del ejército imperial que estremecen los campos, anuncia la llegada de Joaquín Amaro, de Atila, el Azote de Dios.

—Pero, ¿cómo que se va, general Gorostieta? —chilla don Abundio—. ¡Y yo qué hago con tanto muerto!

—Pues si no quiere hacerles compañía, dese usted mismo un tiro en la pierna y diga que fue atacado por los cristeros… —es lo único que puede aconsejar el general rebelde antes de ordenar a sus huestes—: ¡Vámonos! ¡Que Amaro está pisándonos los talones!

Y huyen a todo galope, en dirección hacia la sierra, dejando tras de sí una escena dantesca en la que la sangre se ha mezclado con el fango y la desesperanza es ya una con la vergüenza.

El quinto sello
(13)

El general del César recorre las míseras callejuelas de San Mateo en el más absoluto de los silencios, sintiendo en las entrañas un furioso y sordo temblor que lo impele a la venganza.

—¡Sáquenme a toda la gente de sus casas y concéntrenla en la plaza! ¡Revisen cada rincón! ¡No quiero que se quede escondido ni uno solo de estos traidores infelices! ¡Y a la primera sospecha o al primer intento de huir, disparen a matar!

Y la redada se lleva a cabo con rapidez y cruel eficacia pues las mujeres y sus niños, cachorros carroñeros, son arrastrados por los cabellos hasta la plaza. Los hombres, a fuerza de culatazos y heridas de bayoneta, también son hechos prisioneros, sin que falte tampoco algún castigo mortal y expedito ante cualquier muestra de insumisión o resistencia.

Don Abundio y don Evaristo, con las manos amarradas, los ceños fruncidos y los ojos llorosos, le son llevados a Joaquín Amaro hasta el atrio de la iglesia.

—Éstos son el presidente municipal y el cura del pueblo, mi general. Los atrapamos cuando pretendían escapar. Y en la oficina del presidente había colgada una fotografía del papa.

Amaro ni siquiera los mira.

—Fusílenlos.

Don Abundio vuelve a chillar como marrano, cobarde hasta el final, gritando por su Pepita que no se aparece por ningún lado. Por

247

su parte, el padre Evaristo levanta los ojos al cielo y dice cual si fuese un profeta, un redentor, un cordero presto para el sacrificio:

—Mi hora ha llegado…

—Pues que no se le haga tarde —masculla Amaro alejándose de ahí.

Y mientras que la descarga del pelotón de fusilamiento se hace escuchar en todo el pueblo, la mirada de Amaro se dirige hacia las alturas del robusto fresno que custodia el atrio.

—¡Teniente Medina!

El joven secretario se acerca y se cuadra. Amaro señala hacia el árbol.

—Ahí está el "honor" de su Gorostieta…

El teniente Medina lleva su mirada al mismo punto que observa Amaro y descubre ahí, colgando de una rama, meciéndose lentamente como un péndulo, el cadáver del maestro Manuel, horriblemente masacrado, la lengua morada, los ojos reventados y el cuerpo apuñalado. De su cuello cuelga una rústica tabla en la que se ha escrito: "Maestro descreído y ateo. Ya estás en el infierno".

Joaquín Amaro aparta la mirada y escudriña, en lontananza, la ruta que debieron seguir los cristeros. Respira, expande los pulmones y traga saliva convocando a la calma.

—A partir de hoy, Gorostieta… lo nuestro ya es personal.

El quinto sello
(14)

Negros los crespones negros. Negros los caballos tocados con sus penachos negros. Negras las chisteras de los caballerangos. Negros los adornos y los moños de las flores. Negros los festones que adornan el vagón. Negros los vestidos y negras las levitas. Negros los velos y las cintas que se sobreponen en los negros brazos de los sacos. De negro, vestidos los cadetes del Heroico Colegio Militar, y de negro, vestidos los marines norteamericanos que la acompañaron. Todo negro. Negro como el ataúd en el que regresa Natalia Chacón, la noviecita de Guaymas, cuya muerte pinta de negro su luctuosa peregrinación. El vagón fúnebre, agregado al tren presidencial El Olivo, trae de vuelta, desde Los Ángeles, los restos de Natalia, cuyo paso por algunas de las ciudades de la República se convierte en una demostración popular de respeto al César y de solidaridad ante su pérdida. ¿Dónde los odios y dónde el "pueblo entero" contra el tirano? ¿Dónde la "única voz" de los mexicanos que se alza en su contra? ¿Dónde el "pueblo mexicano todo", hundido en la humillación, el escarnio y la vergüenza, que quiere en cambio destrabar el vagón del tren y jalarlo y empujarlo por su cuenta? ¿Dónde la Guadalajara toda, clerical y obediente a los jerarcas, en la que se desbordan las muestras de afecto y de tristeza por la "primera madre mexicana", la creadora y protectora de la Escuela Industrial de Huérfanos? ¿Dónde se metieron los demonios? ¿Dónde los súcubos, ateos e infernales? ¿Dónde la ausencia de rezos, sahumerios y bendiciones? ¿Dónde la falta de rosarios por doña Natalia? ¿Dónde?

Cuando el féretro llega finalmente a la Ciudad de México es trasladado al Salón de Embajadores del Castillo de Chapultepec. Ahí el César, ahí los hijos, hijas y nietos. Ahí el gabinete en pleno y los representantes de las naciones. Sí. Y todos ellos lo vieron. Al César vencido, encorvado, con una lágrima surcándole el rostro, levantando la tapa de cristal del féretro y dándole un último beso a su esposa, a su Natalia. Un beso de amor, de culpa, de perdón y olvido.

Ahora el César se ha quedado solo. En medio de la noche. En medio de la guerra y de la nada. Y llora. Llora como han llorado también, en ese año de 1927, los hermanos de Anacleto González Flores, como han llorado los padres de Miguel Agustín y Humberto Pro, como han llorado los hijos de los sacrificados en el tren de La Barca, como lo han hecho las viudas de Francisco Serrano y Arnulfo R. Gómez, como los compañeros de Luis Segura Vilchis; como han llorado las madres de los soldados rurales decapitados por los cristeros, forjadores de un nuevo y eterno *tzompantli*. Como se ha llorado en ese año terrible de 1927. Año del Diluvio. *Annus horribilis*.

Y concluya así el Libro del Diluvio.

Y el infierno lo iba siguiendo
y diósele poder sobre las cuatro partes de la tierra
para matar a los hombres a cuchillo, con hambre, con mortandad
y por medio de las fieras de la tierra.

Apocalipsis de san Juan,
Los seis primeros sellos 6: 8

Libro de los Reyes:
Elías

Y llegó el tiempo, por los áridos confines de la Rioja española, en que el primero de los Elías, Lorenzo Luis, intentara en vano convencer a los señores obispos de la pureza de su sangre, de su cristiandad vieja que le permitiría, en el año del Señor de 1665, cruzar la mar océano para venir a hacer la América. Pero a los señores obispos parecióles el Elías de su apellido más judaico que cristiano, más sefardita que castellano, y le negaron el permiso. Y así Lorenzo Luis fue conocido como el Impuro y el título de Indiano quedó tan sólo en sus anhelos y en su orgullo herido que nadie supo cómo habrá curado, si es que alguna vez lo hizo.

Y Lorenzo Luis, el Impuro, procreó a otro Elías, sin nombre, sin registro, sin historia. Y por ello no sabremos nunca si tuvo el mismo sueño que tuvo su padre de cruzar la mar océano o si fue acusado también de ser amigo y vecino de juderías. Y por eso llamaremos a este Elías, el Ignoto.

Elías, el Impuro, entonces procreó a Elías, el Ignoto, y éste procreó a Francisco Elías quien, a principios del siglo XVIII, logró zarpar finalmente de tierras ibéricas, y quizá para alejarse de la metrópoli mexicana, más clerical y sofocante que el mismo Madrid, decidió seguirse de largo y probar fortuna en las desoladas tierras de Sonora, que aún se confundían con las de Arizona y eran llamadas "los confines de la cristiandad", en las que el padre Kino, hombre de la cruz y del dogma, catequizaba indios yaquis y apaches, mientras que los hombres de la espada y del fusil, más prácticos, sencillamente los aniquilaban. Y fue Francisco Elías un hombre de espada y de fusil, y por sus continuas asonadas contra los indios el imperio español, a través del ejército de la corona, al que habíale ya demostrado, finalmente, la pureza de su sangre —al menos de español peninsular—, le dio en posesión tierras extensas y lo enriqueció con bienes y prebendas. Y nosotros, por su acuciosa labor de exterminio, lo llamaremos el Matayaquis.

Y Elías, el Impuro, procreó a Elías, el Ignoto, quien procreó a Elías, el Matayaquis, y éste fue el padre de José Francisco Antonio, a quien llamaremos el Incestuoso, pues por no querer mezclar su sangre con la de los naturales de esas tierras, la mezcló con la suya propia y se casó con su prima, como empezaron a hacerlo todos ellos, siendo los apellidos de sus hijos Elías Elías y los de sus hijas, Elías Elías de Elías.

Y Elías, el Impuro, procreó a Elías, el Ignoto, quien procreó a Elías, el Matayaquis, quien procreó a Elías, el Incestuoso, quien fue a su vez padre de José Florentino Elías, el Astuto, quien, alejado de las guerras y los asuntos de la pureza de sangre y la clerecía, expandió sus negocios y aprovechó el final de la Nueva España para ser nombrado gobernador de la provincia de Sonora y ser el padre de Simón Elías, el Fusilador de Insurgentes, y José María Elías, el Matador de Apaches, pues estos indios insumisos, necios como pocos, insistían en regresar y poblar su lugar de origen. Pero fue José María Elías, el Matador de Apaches, quien a fuerza de armas y negociaciones, según se diera el caso, fusilando a centenas o negociando con decenas, lograría crear las primeras reservas para estos indios rejegos, mérito suficiente para convertirse en el segundo gobernador Elías de la provincia.

Y fue su hermano Simón Elías quien, años atrás, firmó, entre otros notables, la orden de fusilamiento contra Miguel Hidalgo y Costilla, y por eso es llamado aquí el Fusilador de Insurgentes. Ahora bien, que este Simón haya juzgado y ordenado la muerte de Hidalgo para llegar a ser con el tiempo y al advenimiento de la independencia política de la colonia el tercer gobernador Elías de Sonora, igual que su padre y su hermano, y de paso también gobernador de Chihuahua, lugar donde muriera fusilado el cura Hidalgo, no puede explicarse más que por el hecho de ser la vida política una rueda de fortuna.

Pero si un hermano fusiló apaches y el otro fusiló libertadores, el menor de los tres hermanos, el coronel José Juan Elías, el Chinaco, restituyó el honor de esta familia de reyes, luchando desde la palestra política por las ideas liberales de Benito Juárez, el eterno excomulgado, y muriendo en combate ante las fuerzas imperiales y usurpadoras de Maximiliano de Habsurgo.

Y fue José Juan Elías, el Chinaco, padre de Plutarco Elías Lucero, el Mediocre, diputado porfirista con reminiscencias liberales de memoria tan gris y anodina, de ánimo tan inconstante y tan enfermo de alcoholismo, que su hijo, el actual César, Plutarco Elías Campuzano, viéndose abandonado por él y habiendo enterrado a su madre, adoptó mejor el apellido de un profeta: Juan Bautista Calles, esposo de su tía materna, María Josefa Campuzano, con quienes se crió. Y fue Juan Bautista, el profeta y predicador, quien sin contar con una genealogía rimbombante le aportó al futuro César, cuarto gobernador Elías de Sonora —que todavía habría de llegar un quinto—, templanza y rigor por el estudio, guiando su camino hacia el magisterio. Y también le ofreció algo parecido al amor paterno.

Son éstos, por tanto, los orígenes de Plutarco Elías Calles Campuzano, el César, hijo del Mediocre, nieto del Chinaco, sobrino del Fusilador de Insurgentes y del Matador de Apaches, bisnieto del Astuto, tataranieto del Incestuoso y descendiente del Matayaquis, el Ignoto y el Impuro.

Y éste es el Libro de los Reyes y de la dinastía de los Elías.

Vi asimismo cómo abrió el sexto sello;
y al punto se sintió un gran terremoto,
y el sol se puso negro como un saco de cilicio
y la luna se volvió toda roja como sangre.

Apocalipsis de san Juan,
Los seis primeros sellos 6: 12

LIBRO DE LAS REVELACIONES

EL SEXTO SELLO

Éxodo

Éxodo I: 1

También salió agregada [a los hijos de Israel] una turba inmensa de gente de toda clase, ovejas y ganados mayores y todo género de animales en grandísimo número. Y cocieron la harina que acababan de transportar amasada de Egipto e hicieron panes ázimos, cocidos al rescoldo, porque no habían podido echarles levadura [...] ni habían podido pensar en disponer comida alguna para el viaje.

Éxodo, 12: 37-39

El sexto sello
(1)

Los hombres del campo, las mujeres del campo, los niños y los viejos del campo no habían visto nunca volar una avioneta. En realidad nunca habían visto una avioneta, ni en la tierra ni en el cielo, y de ahí la maravilla, el azoro, al escuchar primero y al ver después ese artefacto que cruzó los aires por encima de las chozas, las viejas haciendas y las rancherías. Y aún más, la posterior lluvia de papeles que cayó sobre ellos, como el confeti de las posadas, salida de la avioneta, motivó un súbito frenesí de alegría entre los niños y habría de ser éste un evento a recordarse durante mucho tiempo, si bien la gritería de los chamacos dio paso muy pronto a la angustia y a la zozobra de los mayores, pues lo que era una fiesta para unos, para otros era, sin mayores preámbulos, una sentencia de muerte.

¿Una reconcentración, general Amaro? —preguntaba días antes el César—. General Tejeda, ¿qué opina usted?

El secretario de Gobernación guarda silencio e intenta desentrañar la impenetrable mirada de su compañero, Joaquín Amaro.

—Es una medida drástica, sin duda…

—A grandes males, grandes remedios, señor presidente —señala con autoridad Amaro—. Mi opinión es que se corte de tajo con este asunto, pues a un año y medio de iniciado el conflicto, no se le ve salida. Los guerrilleros, en este caso los cristeros, son como los peces

259

y los pueblos que los alimentan y los protegen, el agua, lo sabemos bien. Si les quitamos el agua a los peces, se mueren.

Plutarco guarda silencio. Guarda silencio como lo hace desde que Natalia lo dejó en la orfandad. Y también guarda silencio porque no necesita aclarar que sabe perfectamente lo que es una reconcentración y lo que se persigue con ésta. Pero guarda silencio, sobre todo porque sabe que un nuevo capítulo de este memorial, tal vez demasiado sombrío, se acerca.

—¿Dónde haría la reconcentración, general? —consulta Tejeda.

—En los Altos de Jalisco, naturalmente...

—¿Y por qué ahí, Amaro? ¡Si los cristeros se han esparcido por todo el país! Si queremos intentar una reconcentración, podríamos hacerla en Michoacán, en Veracruz, en Guerrero...

—Porque Gorostieta está en Jalisco, señor, por eso.

Amaro parece retar al César con la mirada.

—Lo suyo es una *vendetta*...

—Lo mío es estrategia, señor, con todo respeto.

—Joaquín... —intenta distender Tejeda.

—Donde quiera que esté Gorostieta habrá una mayor organización militar. Por lo mismo, ante su presencia, requerimos una medida extrema.

—Ésta es mucho más que una "medida extrema", Joaquín, bien lo sabes —aclara Tejeda—. Si se nos va de las manos...

—No tengo planeado que nada se me vaya de las manos, general —amenaza el secretario de Defensa.

El César deja que los ánimos se templen sin su intervención. Se dirige a su escritorio y toma asiento.

—¿Y luego qué sigue? ¿La "tierra arrasada"? ¿La "tierra quemada" de Sherman en la guerra civil norteamericana? ¿Los campos de concentración de Weyler en Cuba?

—Debes reconocer, Joaquín, que la técnica de la reconcentración es... imprecisa, por lo menos, cuando no injusta y hasta peligrosa... —juega sus últimos argumentos Tejeda, rotundamente ignorado por Amaro.

—Espero sus instrucciones, señor.

El César suspira y baja la mirada. Sabe lo que está en juego. Sabe que la población civil va a sufrir el injusto desplazamiento de sus lugares de origen. Sabe que dejar sin techo y alimento a la población, con el único fin de perseguir a los cristeros, es una forma cruel de combatir al enemigo, pues exige el sacrificio de los inocentes. Sabe que en el éxodo que se avecina, pueden, quizá, encontrar la muerte ancianos, enfermos, niños y parturientas. Y sabe el César que en su afán por dar caza a los guerrilleros dejará en la más absoluta indefensión a los hombres y las mujeres del campo, a los niños y a los viejos del campo y aún más en ese momento en el que el invierno se acerca. (Porque lo sabes, ¿verdad, Plutarco?)

—Proceda, general, tiene mi autorización.

(Y dictaste sentencia, Plutarco. Dictaste sentencia de muerte contra tu propia gente. ¿Sabes cuántos murieron por tu decisión? ¿Alguna vez te lo preguntaste, turco hijo de puta? Porque eso sí que te lo tendrían que reclamar los hombres y las mujeres de tu patria. Porque de eso sí que tendrías que rendir cuentas. Pero no, claro, tú no te preocupas ni te acongojas. Al contrario. Muy tranquilo estarás de saber que a tu servicio trabaja la histeria de la Iglesia maricona que no hace más que llorar por su padre Pro y sus treinta beatos y mártires, y hace tanto ruido sobre ellos, que nadie le presta atención a tus reconcentraciones y a sus cientos, quizá miles, de víctimas. Porque la Iglesia, tan fanática como tus generales, levanta mausoleos y monumentos para sus muertos y se olvida de los otros, resguardándote de la memoria. Nadie sabe para quién trabaja, Plutarco. Hasta con simpatía los has de ver.)

Y por ello, cuando esa chamaquita de trenzas peinadas recoge un volante que ha caído sobre unas matas y corre hacia su padre gritando: "¿Qué dice aquí, papá? ¡Dígame qué dice!", no entiende la sombra negra que se asoma a través de la mirada del hombre cuando lee: "Yo, el presidente de la República, mando y decreto que sea reconcentrada toda la gente en los pueblos donde haya presencia de la federación. El que no lo haga así será castigado con la pena de muerte como cristero. Elías Calles".

—¿Qué dice, papacito?

—¿Qué dice ese papel, Juan? —pregunta la esposa adivinando el mal augurio.

—Sucede que nos están matando… —responde Juan, de la misma manera en que responden todos aquellos que han leído un volante de esos que cayeron del cielo como la peste, como las tinieblas, como las ranas, como el granizo con fuego, como el dedo de la muerte sobre los primogénitos de Egipto.

Éxodo II: 2

"¡Ojalá hubiésemos muerto a manos del Señor en la tierra de Egipto, cuando estábamos sentados junto a las calderas llenas de carne y comíamos pan cuando queríamos! ¿Por qué nos habéis traído a este desierto para matar de hambre a toda la gente?"

Éxodo, 16: 3

El sexto sello
(2)

Y emprendieron la marcha, abandonando sus tierras, sus casas; dejando al garete las milpas y a los animales, a los que, rejegos, no quisieron moverse de ahí, que a las gallinas y a los chivos no se les pide opinión y se les guarda en un huacal o se les amarran las patas. Pero a la vaca necia, ¿quién la convence? ¿Quién a la mula, terca como lo que es, la hace andar? ¿Y a la anciana de raíces centenarias quién la saca de ahí? Nadie. ¿Y quién se detiene a convencer al abuelo que no entiende de razones ni de leyes que de la noche a la mañana lo han convertido en paria y en proscrito, en cristero, por el solo hecho de quedarse en su casa alimentando el hogar, por no querer echarse al lomo unas mantas o unos guajes de agua? ¡Pero allá los que se quieran quedar y sus malas razones! Y allá los que se metieron a la bola cristera y ahora a las taimadas se quieren tapar con un sarape en los hombros para pegarse a esa marea humana que empieza a serpentear por la sierra y los montes. Allá ellos porque no se lo van a permitir los desplazados, porque no van a dejar que, por su culpa, les caiga el chahuistle, que son gente de paz. No importa que esos locos desatinados sean, uno, el hijo del compadre, y el otro, hermano de la comadre. No. Ellos se fueron de cristeros y pues allá ellos y sus bretes, que en cuanto se les acerque un guacho, con la pena, pero los van a tener que delatar. Porque, además, los verdaderos defensores de la religión no se andan con retobos ni traiciones y mejor se esconden en el lomerío antes que poner en peligro a doña Trinidad, que anda de parto, o a la

Licha, que es una niña enferma, o al Mariano, que ése quiere ser ingeniero, o al Miguel, que ése hasta descreído es y no quiere saber nada de su hijo mayor, el Gerónimo, desde que se fue de cristero nomás porque el padre Benito le dijo que mejor era irse al cielo defendiendo a Jesús, que al infierno, renegando de ofrecerle su vida. No. ¿Todos esos quisieron defender a los curas? Pues entonces que reciban el martirio de los santos con alegría… si es que los atrapan, claro, que para eso traen la imagen de Cristo Rey bien cosida a sus escapularios, para que los haga salir sanos y salvos de esos mitotes.

Y al día siguiente, en la tarde, cuando ya derrengados se dejan caer en los campos vecinos a Arandas, agradecen al cielo la buenaventura de estar cercanos a la salvación. Pero no cuentan con las voces militares que empiezan a dar órdenes, deteniendo el andar y cortando la esperanza:

—¡Órenle! ¡Vayan descargando aquí sus triques!

—¡Jálenle, que hasta aquí llegamos!

Todos se miran con miedo, confundidos.

—¿Aquí? —preguntan en voz baja, mientras que otros tantos grupos, como hormigas, se van acercando desde la lejanía. Son cientos.

—¡A ver! Se me juntan veinte hombres pa' buscar leña y las viejas van sacando sus ollas y sus anafres —continúan las voces.

—¡Patrón! —se acerca Trinidad, sosteniéndose el vientre de nueve meses—. ¡Déjenos llegar de una vez a Arandas! ¡Si ya estamos cerca! ¡Antes de que nos caiga la noche!

Los soldados, los guachos, se ríen.

—¿Y a dónde quiere llegar en Arandas? ¿A un hotel pa' catrines?

Y se alejan de ahí, entre burlas y carcajadas. Uno de ellos, incluso, tiene el ánimo galante como para decirle a unas muchachas:

—Si a la noche tienen frío, palomitas, ái me hablan pa' calentarlas.

Pero como el papá de las niñas lo manda a calentar mucho a su tiznada madre, mejor se retira, mientras que los hombres y las mujeres, ajenos a esto, no entienden qué está pasando: "¿Nos vamos a quedar aquí? ¿A la intemperie? ¿Sin un techo? ¿Y qué vamos a comer? ¿Huisaches?", son preguntas que recorren todas las bocas. Y a la falta de respuesta se agrega el peso de la noche y el frío. Los niños empiezan a toser. Los viejos se arrepienten de no haber traído hasta la última frazada. Un hombre ha logrado encender una fogata y todos se acercan a ella, agrupándose alrededor de ese único y crepitante asidero del que pueden echar mano los ahora refugiados, los nuevos náufragos.

Cae la noche y el cielo brilla con la funesta claridad que anuncia la primera helada de la estación.

El sexto sello
(3)

En esta guerra, de hechura masculina por necesidad, las mujeres jugaron su papel y lo jugaron bien. Ellas conformaron las Brigadas Femeninas que, ya se ha dicho, funcionaban principalmente como abastecedoras de municiones y armas de los combatientes religiosos. Y por esto las vemos ahora como una maquinaria callada y bien orquestada en el interior de esa casona de la que nadie sospecharía que se hubiese convertido en lo que ahora es: un cuartel militar en el que las señoras y las jóvenes, siempre al resguardo de su buen nombre y su recato, trabajan arduamente cosiendo balas y pistolas a sus fajas y vestidos. Ahí está Judith, quien se había ausentado de este memorial pero no de su papel en la guerra.

—¿Ustedes creen que esto sea suficiente? ¿No podríamos llevar unos cartuchos más? Si le hacemos una costura a...

—¡Judith, por dios! —se queja una muchacha, a quien llamaré Rosaura y quien semeja una novísima Juana de Arco metida en su armadura de metal, pues eso y no otra cosa pareciera la extraña vestimenta con la que han recubierto su cuerpo y que la convierte, al mismo tiempo, en una peligrosa bomba humana—. ¡Llevo ya cargando casi doscientos cartuchos en el corsé! ¡Y no sé cuántos cartuchos más tengo amarrados en las piernas!

El puchero de Rosaura contrasta de tal forma con su bizarra figura, que a sus compañeras no les queda más que reír. Y es entre las risas que escuchamos la voz de Gertrudis:

—Y yo te puedo enseñar todavía cómo esconderte dos pistolas en la espalda.

Todas miran con sorpresa a Gertrudis.

—¿De veras, Tula?

Y Gertrudis Lasaga de Gorostieta, la hermosa Tula, toma dos pistolas y reta a la caballeresca Rosaura, a quien sólo le falta un yelmo y una lanza para iniciar un torneo.

—Mi mamá nos enseñó a defendernos de los carrancistas... Pero no te preocupes. Estas pistolas se las entregará Judith personalmente a mi marido —y la compromete tan sólo con entregarle las armas y con su mirada de jilguero—. ¿Me prometes que le entregarás estas pistolas a Enrique?

—Junto con la carta que le escribiste. Te lo prometo.

Alguien llama a la puerta y todas callan de inmediato, manteniéndose alertas. Una de las mujeres cierra la puerta de esa habitación y les pide a todas silencio con un gesto de la mano. Escuchan con atención. Alguien abre la puerta, cruza unas palabras con la inoportuna visita y cierra. Unos pasos acelerados se suben por las escaleras. La puerta se abre y Fita, compañera también de las brigadistas, sin poder ocultar la sorpresa y la indignación, informa:

—Señora Gorostieta, la buscan abajo.

Y Gertrudis no se atreve ni siquiera a preguntar de quién se trata, tal es el gesto de Fita. Sin decir nada, sale de la habitación y baja las escaleras para dirigirse al recibidor en el que se encuentra la última persona en el mundo con la que ella pensaría hablar.

—¡Señora Amaro!

Elisa Aguirre de Amaro se dirige hasta la petrificada Gertrudis y le extiende la mano, gesto que no es correspondido. Elisa la retira y juguetea con un par de guantes tratando de hacer menos ominoso el desprecio.

—No. En estos momentos no soy la señora Amaro y no quisiera tampoco verla a usted como a la señora de Gorostieta. Ni siquiera vengo aquí como Elisa Aguirre. Le suplico que, al menos por hoy, seamos simplemente Elisa y Gertrudis... Tulita...

Tula ha quedado desarmada.

—¿En qué le puedo servir... Elisa?

—Todo lo contrario, Gertrudis. He venido a verla para saber en qué puedo servirla yo a usted.

Gertrudis no puede evitar un gesto de extrañamiento.

—No entiendo…

—He sabido que ha iniciado usted la creación de un orfanatorio para recibir a los niños huérfanos de la guerra. Nada me haría más feliz ni me haría sentir más orgullosa que poder colaborar con usted en todo lo que sea necesario para atender a esas criaturas.

Y como la gran mariscala que es, le extiende nuevamente la mano.

—¿Me concederá el honor de ayudarla, Gertrudis?

Y Gertrudis, finalmente, le estrecha la mano y, aún más, le da un beso en la mejilla.

—El honor será para mí, Elisa.

El sexto sello
(4)

Asuntos de la ley que son difíciles de comprender. Si el viejo ése no se quiso ir a morir a un campo de concentración, debe ser porque, de manera inequívoca, es cristero o bien simpatizante y socorredor de cristeros. Y por ello los soldados federales tienen el derecho de sacarlo a empujones hasta la puerta.

—¡Ésta es mi tierra y ésta es mi casa, changos infelices!

Pero el sargento de la minúscula tropa no anda de humor como para razonar con nadie.

—¡Usté recibió una orden y usté la desobedeció! ¡El que avisa no es traidor!

Y con un solo gesto indica que lo preparen para ser pasado por las armas.

—¡Pelones jijos de su chingada madre! ¡Árboles nos van a hacer falta pa' colgarlos a todos!

—¡Disparen! —grita el sargento, escuchando lo que para él es, ¿cómo dudarlo?, una confesión cristera.

Y para asegurarse de que los guerrilleros fugitivos no encuentren resguardo ni bastimento en ese lugar, es fusilado también el chancho y su cadáver echado al pozo para cegarlo con la ponzoña del cuerpo pudriéndose. La choza y los sembradíos son incendiados. Como son incendiadas decenas, cientos de casas, milpas y maizales en una nueva edición de la "tierra arrasada", táctica que, finalmente, surte efecto, pues los cristeros, como los tejones, como el gato montés, huyen de

273

las llamas y del humo para encontrarse con las bayonetas de los federales, quienes no tienen prisa. Pueden esperar días enteros a que el hambre y los vómitos por tomar agua envenenada los hagan salir de sus escondites.

—¡Ora sí les llegó su santo, cristeros bandidos! —y los plomazos se siguen uno tras otro.

—¡Hínquense a chillarle a su Cristo pa' que les haga el milagrito de saltar esta tranca! —se les amenaza antes de ser colgados de un árbol o de un poste telegráfico, de esos que acompañan las vías de ferrocarriles.

—¡Órale! ¡Échense muy fuerte un "¡Viva!" al supremo Gobierno!

Y si alguno se resiste, un piquete de bayoneta. Mejor gritar en rebeldía "¡Viva Cristo Rey!" que al menos eso les asegura un pistoletazo de gracia sin mayores sufrimientos.

Tampoco falta la orden guadalupana:

—¡Queremos un "¡Viva!" a la Virgencita de Guadalupe!

Y aquí podría yo señalar algo, sin pretender entrar en discusiones teológicas, siempre bizantinas, pero poco se ha reflexionado sobre este hecho: los cristeros portan escapularios con la imagen de Cristo Rey, ya se sabe, pero lo que nadie ha dicho —y si se ha dicho se ha olvidado— es que los soldados, federales y rurales, colocan en sus gorras o en sus sombreros de paja la imagen de la Virgen de Guadalupe. ¿Pues no que los del Gobierno eran todos ateos? ¿Qué significado puede tener esto? ¿La madre enfrentada con el hijo? ¿Una Iglesia mariana en contra de una Iglesia cristiana? ¿Una abierta rivalidad entre las huestes celestiales? No contentos con matar en nombre de Dios, ¿los fanáticos de uno y otro bando tienen que matarse también en nombre de toda la parentela celestial? ¿O no es más que la confirmación de que la Guadalupana es, sin mayores argumentaciones, un símbolo patrio y por ello un estandarte nacional que se salta las ideologías religiosas? Asuntos todos éstos en los que no me pienso detener más, pero que dejo aquí asentados, en este memorial.

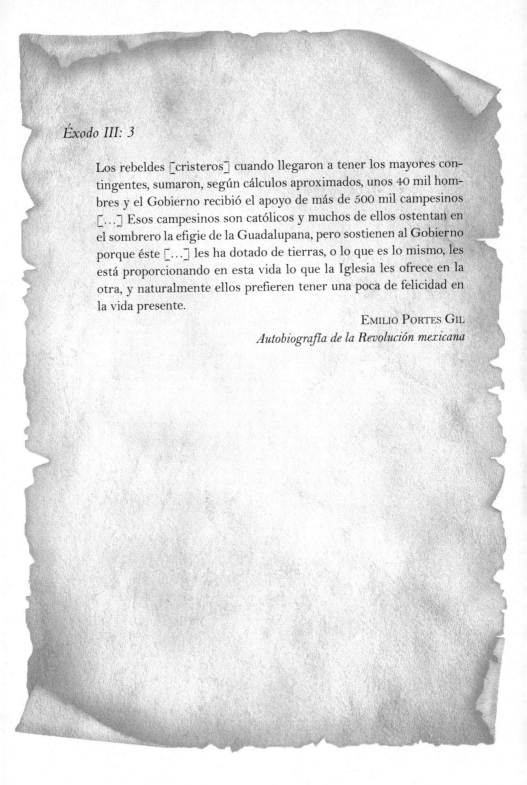

Éxodo III: 3

Los rebeldes [cristeros] cuando llegaron a tener los mayores contingentes, sumaron, según cálculos aproximados, unos 40 mil hombres y el Gobierno recibió el apoyo de más de 500 mil campesinos [...] Esos campesinos son católicos y muchos de ellos ostentan en el sombrero la efigie de la Guadalupana, pero sostienen al Gobierno porque éste [...] les ha dotado de tierras, o lo que es lo mismo, les está proporcionando en esta vida lo que la Iglesia les ofrece en la otra, y naturalmente ellos prefieren tener una poca de felicidad en la vida presente.

EMILIO PORTES GIL
Autobiografía de la Revolución mexicana

El sexto sello
(5)

El campamento cristero del general Gorostieta se ha ido moviendo por las serranías con penosa lentitud en un nuevo éxodo —otro—, como aquellas dunas del desierto que se desplazan misteriosamente confundiendo el paisaje.

A pesar del avance cristero, la situación de los hombres de Gorostieta no ha sido la más favorable a partir de las reconcentraciones. Muchos de los soldados de Cristo han recurrido al pillaje y a la violencia para allegarse algo de comida y algo de regocijo a la carne también, siendo éste proporcionado por las hijas o las mujeres de los campesinos y los hacendados —ultrajadas ellas, asesinados ellos—, pues una cosa es jurar por la defensa de la santa religión y otra muy distinta es hacer voto de castidad, como los monjes, que ya de suyo, los votos de pobreza y obediencia obligadas, les resultan harto fatigosos.

Gorostieta ha debido imponer el orden en sus tropas pasando por las armas a aquellos que, llevados por la lujuria o el hambre, han transgredido los mandatos divinos del "no matarás", "no robarás" y "no fornicarás".

Y por ello la presencia del Catorce es agradecida por toda la tropa.

—¿Y a ustedes qué les pasa? ¿Por qué las caras largas?

—Pues nos pasa que no hay parque, Catorce, y se nos afigura que los changos nos pueden caer en cualquier chico rato… —se anima a responder uno de los hombres.

—¡Pos entonces peleen la próxima batalla como si fuera la última! Eso sí, nomás cuidando que no se les reviente la riata en el pujido.

Las carcajadas de los hombres atraen a Gorostieta y a los curas Reyes Vega y Pedroza, quienes miran con recelo al Catorce.

—Pos sí, Catorce, ¡pero a veces la llevamos de gane y otras veces nos tunden!

—¡Pos así es este asunto de la guerra, óigame! —no da tregua Victoriano Ramírez, el Catorce—. ¡Si hay veces que rebuzna el burro y otras que ni puede resollar!

Y las carcajadas se convierten en "¡Vivas!" al Catorce. La tropa lo rodea, lo celebra y lo admira.

—Muy graciosito...

—Éste es pura cotorra hocicona...

Y quienes así hablan son los padres generales Reyes Vega y Pedroza, quienes comienzan a abrir su corazón a la envidia y al rencor.

—¿Y qué les molesta? —los interpela Gorostieta—. La guerra necesita líderes. Líderes carismáticos a los que la tropa quiera seguir ciegamente.

Reyes Vega rumia un gargajo y escupe al suelo.

—Pos si usted lo dice...

Y cuando se alejan, Gorostieta los mira como si fuesen los nuevos Caifás y Anás, miembros del Sanedrín. El general sacude la cabeza para alejar estos pensamientos y distingue a lo lejos a otro grupo de hombres reunido en asamblea. Gorostieta respira hondo y se dirige hacia ellos cargando el fardo del liderazgo sobre sus hombros.

Y los hombres allá reunidos escuchan las palabras del señor cura don Benito, quien naufraga en sus intentos por levantar el ánimo de los cruzados:

—Ustedes, hijos míos, los soldados de Cristo, deben ir a morir por Él y exterminar sin consideración a los impíos.

Todos se persignan, si bien unos no muy convencidos.

—Oiga, padre, pero las balas en la guerra tienen sus caprichitos y a veces... pues les tocan a los buenos...

El padre Benito lo toma por los hombros y lo mira directamente a los ojos.

—Ten fe, hijo. Yo te aseguro que las balas de los enemigos los respetarán porque la divina sombra de Cristo los protege...

Pero el cristero aquel no es tan fácil de convencer.

—Oiga, padre, ¿y si está nublado y por eso no se aparece la sombra de Cristo?

El padre Benito, sintiendo que sus ovejas amenazan con salirse del redil, ensaya una pieza de oratoria:

—¡Todos los que caigan, desde ahora se los digo, encontrarán abiertas las puertas del cielo!

Pero, salvo dos o tres que anhelan el martirio, la gran mayoría guarda la esperanza de volver a sus casas con sus mujeres, con sus hijos, con sus padres y sus hermanos y ven con recelo al categórico orador, quien es providencialmente salvado por el general Gorostieta.

—Aprecio mucho que venga a reconfortar a la tropa, padre Benito, pero, además de sus elocuentes palabras, ¿nos trae algo más? ¿Armas? ¿Municiones? ¿Comida? ¿Algo del dinero de sus limosnas?

El padre Benito sabe que frente a Gorostieta la retórica vana no tiene ningún sentido y entonces empieza a hurgar en su morral para convertirse en un hábil prestidigitador.

—Caray, mi general, cuánto siento no poder auxiliarlos con dinero, pero... ¡mire usted! ¡Aquí les traigo estas benditas estampas y algunos rosarios para que Dios los guarde de todo mal y de las balas enemigas! ¿Y qué le parece esta jaculatoria para bien morir? —sigue sacando cuentas de vidrio el hombre—. ¡Además les ofrezco quinientos días de indulgencias por su sacrificio y, aún mejor, la bendición episcopal para todos los combatientes!

Gorostieta ha ido repartiendo entre los hombres los regalos del farfullero.

—A ver, muchachos. Repartan entre la tropa todas estas estampitas para que esquiven los balazos de los federales, para que no se los lleve Satanás, para que coman decentemente y para que ganemos esta guerra...

Y se planta, imponente, frente al aterrado abonero.

—Y ahora, padre Benito, váyase de mi campamento y dígale a sus obispos que necesitamos ayuda de verdad. Dígales que no nos abandonen.

Y el padre Benito, inyectados los ojos de furia, cierra su morral, desarma el tinglado y le espeta:

—Está usted hecho un fariseo de descreído…

Y se va indignado con la sotana entre las patas.

—Se los dije… —remata uno de los hombres—. Muncho discurso, munchas caravanas, pero ni un cartucho… Y 'onde que el diablo nunca duerme, pues…

Enrique Gorostieta guarda silencio y pide a Dios una ayuda, un consuelo, pues llegan a su mente las palabras de Moisés en el desierto: "¿Qué haré yo con este pueblo? Falta ya poco para que me apedree".

—¡Mi general! —se acerca hasta él Heriberto Navarrete, compañero de vida y de misión de Anacleto González Flores, sobreviviente de la Matanza de San Bartolomé y ahora lugarteniente de Gorostieta—. ¡Están llegando las señoritas de las Brigadas Femeninas, mi general! ¡Y vienen con una carga considerable de armamentos!

Enrique Gorostieta lleva la mirada al cielo y agradece en silencio la caída de este nuevo maná, de esta nueva flor de harina amasada con miel. Con miel y pólvora.

El sexto sello
(6)

En el campamento cristero todo es jolgorio ante la llegada no sólo de las tan esperadas municiones y armas, sino de las mujeres brigadistas que despiertan los más recónditos sentimientos entre la soldadesca. Los cristeros, rudos como la madera seca de los huacales, se tornan en solícitos asistentes que ofrecen sus toscas manos para ayudar a las señoritas a descender de la carreta y para bajar la carga. Y sí, Gorostieta no puede más que sonreír discretamente al notar la milagrosa transfiguración de sus hombres.

Los señores padres generales Reyes Vega y Pedroza, prejuiciosos siempre, intercambian entre ellos malestares y protestas.

—Las viejas no son pa' los plomazos…

—Si es pa' dar vergüenza que las mujeres armen a los hombres, de veras…

—Bueno, padrecitos… —les habla por la espalda el Catorce de cuya presencia ninguno de los dos había caído en cuenta—: Acuérdense nomás que al buen maguey no se le cuentan las pencas, nomás se le raspa el quiote…

Y mientas el Catorce se aleja, los padres generales se miran entre sí, conteniéndose de hablar de más.

—¡Sean bienvenidas, señoritas! —habla ahora Enrique Gorostieta, quien recibe con toda caballerosidad a las jóvenes brigadistas—. Mucho les agradezco el sacrificio que han hecho para llegar hasta acá.

—Sacrificios los que hacen ustedes a diario, general, porque, si algo es cierto, es que en la ciudad no se vive la zozobra de los campos de batalla…

—Rosaura tiene razón, mi general —secunda Judith—. Qué diéramos nosotras por ocupar un lugar entre sus tropas…

—¡Ah dio'! —se persigna el Catorce—. ¡Capaz que con tanta hermosura nos distraemos todos y nos andamos matando entre nosotros mismos!

Rosaura se ríe abiertamente y el Catorce sabe que ahí, en esos ojos de avellana, tiene una buena posibilidad. Pero no ahondaré en esa historia.

—Judith, ¿sabe usted si…?

—¿Si su esposa le envió algo, general? —se adelanta Judith—. Por supuesto —y saca dos pistolas de una faltriquera—. Me pidió que se las entregara personalmente.

Gorostieta toma las armas pero no puede dejar de mostrar una cierta desilusión. Judith sonríe y saca también una carta.

—Aunque supongo que esto es lo que en realidad espera…

Y en efecto, eso es lo Enrique ha esperado: una carta de su Tulita. Una carta que toma con alegría infantil, con una emoción voraz que lo lleva a abrir el sobre con amorosa premura y comienza a devorar el bendito maná hecho palabra: "Enrique mío, como me lo has pedido, me mantengo animosa pensando en que lo que estás haciendo es un deber sagrado, convencida de ello al considerar los millones de gente que están rezando por ti y por tu causa. Y ya que tú me pides mantener el ánimo, yo a ti te pido, te suplico, que no flaquees pues la causa que defiendes es la del honor y la justicia y esto es independiente del resultado final que Dios pueda tener previsto. Aunque debo informarte prontamente de un asunto grave…" Y Enrique, olvidándose del mundo, se aparta de ahí, entrando a su tienda, refugiándose en las dulces palabras de su esposa que, venidas desde lejos, se convierten en un remanso a mitad del remolino de crueldad y sinsabores que es la guerra.

El sexto sello
(7)

César se dispone al descanso. Las hijas y los hijos, sus nueras y sus yernos han terminado la cena. Los bebés se han dormido ya y Plutarco, el patriarca, recibe el beso de las mujeres, deseándole una buena noche. Sólo Fernando Torreblanca permanece en el comedor.

—No pienso revisar nada más, Fernando. Gracias —se sirve un último vaso de licor.

Torreblanca sonríe, mostrando un sobre.

—Como usted diga, señor… No es más que el reporte del general Amaro sobre el resultado de la reconcentración en Jalisco… Mañana, si lo prefiere…

Y antes de que salga su yerno:

—Déjelo sobre la mesa, Fernando. Ahora lo reviso.

Fernando Torreblanca deja el sobre y sonríe nervioso.

—¿Qué pasa, Fernando?

—Señor… —y mira con preocupación el vaso de licor que su suegro bebe—. No debería… sus cálculos, señor…

Plutarco sonríe. Agradece el comedido cariño que su yerno le dispensa.

—No pasa nada. Es una copita nomás —y agrega—: Natalia me daba mis permisos.

Torreblanca sale. Plutarco se queda solo. Solo en ese comedor que, sin Natalia, le parece excesivamente grande, desproporcionado, sin gracia alguna. Apura un trago de su copa y toma el sobre. Lo abre y extrae el reporte enviado por el gran general de los ejércitos: "Los resultados de la reconcentración han sido los esperados. Incontables guerrilleros fueron castigados y eliminados y con esto el movimiento rebelde ha recibido un golpe devastador". Declara después "las molestias lógicas" sufridas por la población civil. Y lamenta luego, eso sí, algunas "inevitables bajas entre los sectores más desprotegidos de los refugiados, como lo son algunos enfermos y ancianos. ¡Salve, César!"

El emperador deja el reporte sobre la mesa y suspira cansado y satisfecho. Apura de un solo trago el resto del licor y pretende con esto irse a la cama… (Pero no, Plutarco, no te lo puedo permitir. ¡Qué falta de imaginación la de Amaro! ¿Te habló del campo de concentración? Supongo que no. ¿Me permites?)

(Al campo de concentración, en las afueras de Arandas, llegaron miles de refugiados, venidos de los pueblos y las rancherías circunvecinas: Santiaguito, San Roque, El Carrizal… Y ahí están todos ellos, hacinados uno contra otro, muchos dormidos… y muchos muertos. Tal vez no notes la diferencia, Plutarco, porque ni unos ni otros se mueven. Y menos podrías distinguirlos por esa capa de escarcha que los cubre. Les han caído tres o cuatro heladas, figúrate, y por eso los rostros de unos y otros muestran esos tintes pálidos, azulosos. La capa de hielo cubre el pasto y las burdas cobijas. Todo esto, junto con las extintas fogatas, da a la escena la apariencia de un espantable panteón blanquecino. Como los panteones de Roma y sus columbarios, ¿te acuerdas? Y si a esto le agregamos el aspecto fantasmal que nos da la neblina, pues imagínate.

Los bronquios les estallan a los que están vivos, las manos les sangran. Los niños, algunos, ya no sienten las piernas, acurrucados entre las enaguas de sus madres. Y las madres no se mueven pues falta poco para que se conviertan en estatuas de sal. No han comido nada, como comprenderás, porque tú y tus hombres, con las prisas, no previeron nada de esto, qué contrariedad: víveres, mantas, agua, medicina. Se les olvidó, caray…

Sólo algunos soldados trabajan sin descanso, eso sí, pero, ¿sabes qué hacen tus soldados, Plutarco? Cavan fosas y arrojan en ellas cadáveres. Muchos cadáveres que después cubren con paletadas de cal, no vaya siendo que se pudran y nos infecten. Y ya ni te quiero contar quiénes han muerto porque tú ni los conoces, qué caso tiene.

En fin, Plutarco, que tal vez la mía no es una narración muy convincente, conmovedora o exhaustiva pero… te notas cansado. Mejor vete a dormir. Mañana será otro día. Por hoy, disfruta tu victoria, que bien que le has dado "un golpe devastador a los rebeldes".)

Y sí, el César se dirige hasta su recámara. Pasa por los pasillos que resguardan a la familia imperial y en el pasillo acaricia el retrato de Natalia que se posa sobre una pequeña consola y se adorna con un listón negro. Plutarco está a punto de levantarlo cuando escucha una voz que viene de los cuartos: "Padre nuestro que estás en los cielos. Santificado sea tu nombre…" ¿De quién es esa voz? ¿Y por qué reza un padre nuestro? Plutarco camina lentamente hasta dar con el origen de la plegaria. Abre lentamente la puerta y descubre a su hijo Gustavo, huérfano de madre a los nueve años, hincado junto a su cama, rezando. Al descubrir a su padre, el niño se levanta de un brinco y permanece rígido, como en posición de firmes. Plutarco se acerca hasta él. Lo mira desde las alturas. Le toma la mano derecha y descubre en ella un rosario. El niño lo suelta. El emperador lo guarda en la bolsa del saco.

—¿Rezas por tu mamá?

El niño no sabe qué responder.

—¿Estás enojado conmigo?

Plutarco le acaricia el fleco insumiso. Se sienta en la cama.

—¿Por qué estaría enojado contigo?

Gustavo levanta los hombros.

—Porque nosotros no rezamos…

Un tenue llanto le inunda los ojos. El emperador lo abraza. Lo estrecha contra sí unos minutos.

—Yo también estoy triste, hijo. También la extraño…

Lo carga en vilo y lo acuesta en la cama. Lo cubre con las sábanas y las cobijas.

—Pero, ¿sabes cuál es la única manera de mantener viva su memoria? ¿Sabes qué podemos hacer para honrar a nuestros muertos?

Gustavo niega con la cabeza.

—Seguir vivos. Seguir adelante. Sin detenernos nunca. Pensar. Estudiar. ¿Me entiendes, Gustavo? No hay otra manera…

El padre arropa a su hijo.

—Duérmete ya. Y tápate que hace frío…

El emperador no lo besa. Vuelve a jugar con el fleco del niño y sale del cuarto. Y Gustavo, que nada sabe de lo ocurrido en los campos de Arandas, de los niños muertos por hipotermia, de los viejos muertos de hambre, de las mujeres reventadas por dentro, se arremolina entre los tibios y mullidos almohadones de su cama en el Castillo de Chapultepec, residencia imperial.

Afuera, en el corredor, Plutarco saca de su bolsa el rosario confiscado y lo coloca encima del retrato de Natalia.

Éxodo IV: 4

El Niño Dios te escrituró un establo
y los veneros del petróleo el diablo.

RAMÓN LÓPEZ VELARDE
La Suave Patria, 1921

El sexto sello
(8)

El César ha convocado a sus ministros, senadores y cónsules; a los consejeros y a los diputados, y todos han acudido al llamado.

La causa de aquella reunión es la de conocer el estado de la cosa pública que está muy lejos de ser apacible o siquiera halagüeña.

Plutarco, meditabundo, callado, anhelante de su Natalia, pierde su mirada a través de la ventana y pareciera ignorar las palabras de sus hombres:

—En las filas militares, señor, no se encuentra todavía un consenso para lograr el apoyo directo a la candidatura presidencial del general Obregón —dice Tejeda, secretario de Gobernación, quien no tiene que decir lo que todos saben: que la muerte de los generales Serrano y Gómez ha abierto una herida en el interior de las fuerzas armadas.

—Todo lo contrario a las filas de nuestros trabajadores en la CROM, caballeros, quienes, desde ya, otorgan su apoyo incondicional a mi general Obregón —desliza por ahí, como con mantequilla, el bueno de Luis Napoleón Morones que tampoco debe decir nada que los demás no sepan: que los rostros reventados a balazos de Serrano y Gómez son una clara invitación para que él mismo se olvide de sus aspiraciones presidencialistas.

—La economía se ha visto sensiblemente resentida ante los avatares de la política. Los riesgos de una crisis monetaria están cada vez más cerca… —señala un taciturno Alberto J. Pani.

—Y más que una crisis económica —argumenta Tejeda—, me preocupa la nueva amenaza que se nos puede venir encima: una invasión norteamericana.

La alarma se generaliza entre todos los hombres del rey y no sólo por el peso de la noticia, sino por la sensible ausencia emocional de Plutarco que sigue embebido en el paisaje que le ofrece el ventanal de su oficina.

—¡Como si no tuviéramos suficiente con el conflicto religioso! —determina Amaro de manera lapidaria—. Debo informarle, señor, que los estados de Jalisco y Zacatecas, en manos de los cristeros, han declarado que sus gobiernos son autónomos de la federación…

El pasmo no tiene límite.

—Estos gobiernos "autónomos" ejecutan sus propias leyes y los rebeldes hasta han publicado su llamada Constitución Cristera.

—¡Por no hablar de que han impreso su propio papel moneda! —apoya Pani.

Los comentarios revientan a flor de boca.

—Una serie de reconcentraciones podría… —insiste Amaro, pero Tejeda no puede permitirle que continúe:

—¡Más reconcentraciones, general Amaro! ¿Qué ganamos con las anteriores? El número de cristeros parece haberse duplicado y ahora están peleando como perros bravos, buscando la revancha, porque les llevamos a sus mujeres y a sus hijos a que se murieran de hambre y de viruelas, cuando no de frío, ¡a los campos de concentración!

Amaro, disciplinado, sabe callar cuando un argumento contrario lo aplasta sin remedio. Por fortuna para él, es el atenorado Morones quien abre una nueva pauta:

—¡Imposible no ver en todo esto la maquiavélica mano del Vaticano!

—Disculpe, señor Morones —lo reta Adalberto Tejeda—. ¿Pero qué tiene que ver el Vaticano con…

—… ¿con una amenaza de invasión por parte de los gringos? ¡Tiene que verlo todo, general! —se explaya el gordo—. ¡Son las asociaciones religiosas de los Estados Unidos las que están promoviendo un boicot en contra de este Gobierno al que acusan de ateo, soviético, represor de las libertades espirituales y no sé cuántas pendejadas más, con perdón sea dicho!

—¿Y dónde queda la invasión? —vuelve a retar Tejeda.

—¡En el dinero de la Iglesia católica norteamericana, general, cómo que dónde! ¡Si después del Vaticano, la gringa es la Iglesia más rica de la tierra! —se desespera el secretario del Trabajo—. ¡Si yo siempre lo he dicho! ¡Todo esto tiene un tufo a azufre vaticano desde el principio!

La gritería vuelve a cobrar presencia pero ahora el César se vuelve hacia todos ellos y con su sola mirada acalla las voces.

—Difiero de su opinión, querido Morones.

Todos guardan silencio y Morones, inclusive, hasta abre la boca, sorprendido ante la inusual deferencia hacia su persona.

—Insisten ustedes en que esto huele a incienso y a sacristía, a velas derretidas y a vino rancio de consagrar. No, caballeros. Todo esto huele a lo que huele este país desde hace veinte años: a petróleo. ¿Quieren entender todo lo que ha pasado en México en los últimos veinte años? Primero mánchense los dedos de petróleo y pónganselos en la nariz… y cuando ese olor les haya perforado el cerebro, entenderán de lo que les estoy hablando.

Por primera vez, desde el inicio de la reunión, los ojos del emperador cobran vida y su voz vuelve a adquirir el tono broncíneo que la caracteriza.

—Y se los voy a demostrar. General Amaro, ¿quién está a cargo de la zona militar de Tamaulipas?

—Lázaro Cárdenas, señor.

—¡Fernando! —se dirige ahora a su secretario, Torreblanca—: ¡Hágame un enlace inmediatamente con el general!

Y mientras los hombres ahí reunidos entrecruzan miradas de extrañamiento, Torreblanca le ofrece el auricular al emperador, quien asume su comandancia suprema:

—¡General Cárdenas! Debe estar usted ya apercibido de los falaces argumentos en contra de nuestro Gobierno que se publican a diario en los periódicos norteamericanos y que van en el sentido de alentar al presidente Coolidge a realizar una nueva invasión militar a nuestro país…

Y el César se yergue en toda su autoridad para decir con voz fuerte y clara:

291

—Éstas son mis instrucciones, general, mismas que le suplico le haga saber también al gobernador Portes Gil: si ve usted a un solo *marine,* a una sola embarcación de la armada norteamericana, a un solo carro militar gringo cruzar nuestras fronteras, terrestres o marítimas, sin su autorización o conocimiento... ¡debe usted proceder al incendio de todos y cada uno de los pozos petroleros de la región! ¿Me está oyendo? ¡De todos sin excepción! ¡Y asegúrese de que el fuego y las llamas de nuestro petróleo puedan ser vistos hasta Nueva Orleans!

El golpe seco del auricular al chocar contra el aparato del teléfono, toda vez que el César ha terminado la comunicación, reverbera durante los minutos eternos y subsecuentes en los que nadie se atreve a decir una sola palabra. Los rostros de los hombres se muestran graves y contrariados. De todos, menos el de Plutarco, quien mira anhelante el aparato telefónico. Y de pronto, un timbrazo cimbra a todos los presentes. Fernando Torreblanca descuelga, recibe la llamada, escucha por unos segundos y, dirigiendo su mirada a la del emperador, anuncia con tenue acento:

—Es el embajador Sheffield de los Estados Unidos, señor. Necesita hablar con usted urgentemente.

Pero Plutarco no tiene prisa en contestar la llamada. Expande los pulmones y relaja el rostro al confirmar todas sus sospechas. Sheffield, el embajador del Imperio del Norte, está metido en esto hasta el cuello. Y por la razón que él supone bien. Sonríe con malicia, observa a sus hombres y, con un gesto que habla por sí mismo, se lleva los dedos a la nariz y los frota con rapidez.

—Petróleo, señores. Todo esto huele a petróleo...

Cesar dixit.

El sexto sello
(9)

En el cuartel de las Brigadas Femeninas, camuflada, como ya se ha dicho, de casona familiar en alguna colonia señorial de la Ciudad de México, se realiza un intenso acopio de mantas, colchones, ropa, enseres de cocina, jabones, costales de frijol, de harina, de arroz, zapatos y todo lo que resulte necesario para equipar el orfanatorio planeado por Gertrudis Lasaga.

Y ahí está Elisa Aguirre, haciendo inventarios, coordinando, dando instrucciones y socavando, en fin, la autoridad, el nombre y la misión de su marido que poca importancia tiene todo esto cuando el corazón se encuentra en dos mitades partido sin poder hallar su centro y su ritmo.

—¿Gertrudis no ha llegado? —inquiere preocupada Elisa.

—Me parece que tiene a sus niños enfermos —informa una brigadista que cruza la habitación con un racimo de bacinicas amarradas con mecate.

—Pobre. Habrá que pasar a su casa y ver si necesita algo…

Y una vez más, todo aquel universo femenino se detiene de súbito ante los insistentes llamados a la puerta. La misma brigadista, que bien podría ser la tornera si eso fuese un convento, entra a la habitación:

—Doña Elisa, la busca un muchachito…

—¿Un muchachito?

—Sí… Un poco zarrapastrocillo a decir verdad…

La puerta de la casa se abre de nuevo.

293

—Hijo, ¿qué necesitas?

Y el niño, obedeciendo mecánicamente una instrucción previa, señala hacia la acera de enfrente en la que Elisa distingue al teniente Medina parado junto al coche del general Amaro. A Elisa se le demuda el rostro y siente una oleada de indignación cuando el teniente abre la puerta y le sostiene la mirada, altanero, como ordenándole que se suba al auto.

—¡Pero cómo se atreve! —mascula.

Y bien Elisa no ha dado más que unos cuantos pasos en dirección a Medina para espetarle su justo reclamo, cuando dos soldados se colocan a sus flancos y la obligan a caminar al auto. En la acera que corresponde a la residencia, un camión militar está estacionado y de él está bajando ya un batallón. Elisa pretende liberarse de sus captores para alertar a sus compañeras brigadistas, pero los insolentes cancerberos que la custodian la toman ahora por los brazos y la obligan a subir al auto. El teniente Medina cierra la puerta de golpe y se dispone a tomar el lugar del conductor.

Y mientras que Elisa es secuestrada, los soldados del batallón de asalto entran a la casa, patean puertas, rompen cristales, hacen volar por todos lados mantas y colchones, despanzurran con sus bayonetas los sacos de granos y harina, y toman presas a las brigadistas, quienes son conducidas, entre insultos y empujones, al camión militar que ya se ha apostado a la entrada.

—Es la última vez que te salvo —encara el general Amaro a su mujer en la sala de su casa, en aquella sala que se ha convertido ya tantas veces en campo de batalla.

—Sigues sin entender nada, Joaquín. Salvarme no está en tus manos, sino en las de Dios.

Amaro la ignora y le da una caja larga de cartón que se posa en una mesilla.

—Ten. Espero que te guste. Tienes una hora para estar lista.

—¿Estar lista? ¿Para qué? ¿Qué es esto?

—Un vestido nuevo. Te recuerdo que hoy tenemos la cena de los embajadores en el castillo. El presidente me ha preguntado mucho por ti, por cierto.

Elisa se mantiene serena. Quisiera decir algo pero sabe que ésa sería una batalla perdida desde el principio. Baja la mirada y se dirige hacia las escaleras. Antes de subirlas, se voltea hacia el general:

—Mis compañeras. ¿Qué vas a hacer con ellas? ¿Qué hiciste con ellas…?

—Pierde cuidado, que están a salvo. Las he enviado a un lugar seguro. De hecho, mucho más seguro para ellas… y para nosotros.

En las horas siguientes no se supo nada acerca del paradero de las compañeras brigadistas de Elisa. Nadie pudo encontrarlas ni en sus casas, ni en los hospitales, ni en las delegaciones de policía. Así como nadie podría imaginarse que aquella caravana de lanchas de la armada que viajaba por el Pacífico conformaba el éxodo al que habían sido condenadas todas aquellas mujeres quienes, después de horas interminables, abrazadas unas a otras, luchando contra el vaivén del océano, miraban con pavor un letrero que se acercaba lentamente por el horizonte: Islas Marías. Reclusorio Federal.

Éxodo V: 5-7

El Gobierno de México está ahora a prueba ante el mundo [...]
Hemos sido pacientes y estamos conscientes de que toma tiempo
lograr un Gobierno estable, pero nosotros no podemos aprobar las
violaciones de sus obligaciones y las fallas de protección a los ciudadanos.

Artículo periodístico de FRANK B. KELLOG,
secretario de Estado de los Estados Unidos
1925

✝

[El artículo de Frank B. Kellog] es uno de los documentos más in-
sultantes que nuestro Gobierno haya jamás publicado en tiempos
de paz. Un porrazo en la cara de un Gobierno amigo.

Editorial del periódico *The Nation*
1925

✝

[El artículo de Frank B. Kellog] es el peor disparate diplomático
de la historia de América.

Editorial del periódico *The New York Times*
1925

El sexto sello
(10)

Aquella expresión que dice "se puede cortar el aire con un cuchillo", al referirse a una situación tensa o incómoda, jamás sería mejor aplicada que al estado de la reunión que sostienen Plutarco, el emperador, y el embajador del Imperio del Norte, James R. Sheffield, quien se hace acompañar de su secretario y traductor ocasional. Por parte del César son testigos de la reunión el general Tejeda y el estimado yerno Torreblanca.

—Usted dirá, señor embajador —inicia la diplomacia el César.

Sheffield se arrellana en su silla, carraspea e intenta aclarar sus ideas y su español, aprendido por conveniencia pero no por gusto. Y tampoco se siente cómodo ante aquel hombre venido del oeste salvaje que poco o nada tiene que ver con las amistades que ha cultivado en la Ciudad de México: las distinguidas familias que hicieron su fortuna bajo el cobijo del muy añorado don Porfirio Díaz, que ése ha sido, sin duda, un error enorme de míster Sheffield: despreciar profundamente a la plebe mexicana y al gobierno revolucionario que la representa, encontrando cobijo y amistad tan sólo entre los aristocráticos suspirantes del pasado.

—Le he solicitado audiencia, señor presidente, por los rumores que existen sobre su determinación de incendiar los pozos petroleros de Tamaulipas antes que permitir su explotación por parte de nuestros empresarios que con tanta… —y el embajador no encuentra la palabra—: *Celerity*… —pide ayuda a su secretario traductor.

—Prestancia, celeridad, puntualidad —responde el secretario como si fuese un diccionario de sinónimos y antónimos ambulante.

El César no puede reprimir una mirada burlona prontamente correspondida por el general Tejeda.

—¿Y me permite preguntar, señor embajador, desde cuándo los asuntos de Gobierno se manejan a partir de los rumores?

—Bueno…

—Y suponiendo además que esos rumores estuviesen confirmados, ¿me permite preguntarle cómo es que se ha enterado de ellos?

El adusto Sheffield no puede evitar mostrar su desconcierto. Para ganar unos segundos, pretende que no ha entendido y con un gesto de la mano pide una traducción al secretario. Mientras tanto, Fernando Torreblanca, obedeciendo también a un gesto del emperador, le entrega un sobre que está rotulado con la leyenda: REPORTE 10-B.

—Señor presidente, le concedo la razón. No podemos fundamentar nuestra plática en rumores.

Plutarco concede con una inclinación de cabeza.

—En ese sentido —continúa Sheffield— quisiera abordar lo que considero es un fruto de mis razonamientos: que todo este asunto de la guerra religiosa no es más que un… —y vuelve a solicitar ayuda—: *Pretence…*

—Pretexto, justificación, excusa…—señala una vez más el diccionario parlante.

—*I appreciate yours efforts, sir, but I don't have any problem understanding* —se desespera el César, enemigo de ciertos protocolos. Y se dirige a Sheffield—: Así que, según usted, el conflicto religioso es un pretexto, ¿para qué?

—Para alegar una incapacidad al cumplir los compromisos comerciales de su Gobierno con mi país.

Adalberto Tejeda, molesto, está por intervenir, pero un tranquilo gesto del César lo detiene.

—¿Y a qué compromisos comerciales se refiere, señor embajador? Porque, hasta donde sé, mi Gobierno no ha dejado de cumplir con ninguno de los pactos hasta ahora establecidos.

—Hablo del petróleo, *of course…*

—¿Qué pasa con el petróleo?

Y ante esta palabra de connotaciones casi míticas, Sheffield adopta un tono confabulador:

—Hay rumores, éstos sí sustentados por la prensa de mi país, sobre sus ideas, y le suplico me perdone la sinceridad, *mister president*, sobre sus ideas comunistas...

—¡No me diga!

—Mi Gobierno se resiste a creer que el conflicto religioso no es otra cosa más que una... cortina de humo para que usted no esté dispuesto a cumplir con los Acuerdos de Bucareli...

—¡Señor embajador! —se indigna Tejeda, pero Sheffield no se amilana.

—¡Pues me permito recordarle que usted mismo los firmó siendo ministro del Interior!

—¡Con todo respeto, señor presidente —dice Tejeda—, no veo la razón de seguir escuchando a un hombre que, evidentemente, pretende seguir con la política del garrote de Roosevelt y con el ánimo injerencista del nefasto Henry Lane Wilson! —y se lanza sobre Sheffield—: ¡Como si no estuviésemos nosotros más que seguros de que son ustedes los norteamericanos los que están utilizando el conflicto religioso y la supuesta inestabilidad que provoca en México, como un mero pretexto para una nueva invasión militar...!

Sheffield, una vez más, pretende no haber entendido las palabras del general Tejeda y solicita la ayuda de su secretario. Plutarco, por su parte, conmina a la calma a Tejeda mientras que abre con toda parsimonia el sobre rotulado como REPORTE 10-B. Saca diferentes hojas y recortes.

—Rumores... Rumores confirmados por la prensa de su país... Muy bien, señor embajador, hablemos de estos rumores. Pero quisiera que me aclarara, en primer lugar, quién está desatando estos "rumores" en la prensa americana, porque toda esta información ha sido filtrada por su embajada.

—*I beg your pardon?*

—Según mis servicios de Inteligencia, son dos las personas que le murmuran al oído al presidente Coolidge que la "solución al 'problema mexicano' es una invasión militar". Una de ellas es el secretario de Estado, Frank Kellog. Y la otra persona... está sentada frente a mí.

Sheffield, el adusto banquero, siente su rostro invadido por un tono bermejo que su blanquísima piel no puede ocultar. Ríe nervioso.

—*Oh, come on, come on!* —y pretende cambiar el peligroso rumbo por el que la conversación se ha dirigido—. El asunto se puede resumir de la siguiente manera, señor presidente: usted quiere ganar su "cruzada" religiosa y yo quiero hacer negocios. Usted necesita nuestro dinero. Nosotros su petróleo. *It's quite simple, isn't?* Por otra parte, siempre he creído que los Estados Unidos tienen la obligación moral de ayudar a los pueblos retrasados...

El secretario, que es a la vez diccionario e intérprete, se apresura en señalar:

—¡Su excelencia quiso decir "con menores ventajas", no "retrasados"!

El emperador sonríe, deja los papeles sobre su escritorio, reflexiona unos segundos y concluye:

—Fue un placer platicar con usted, embajador Sheffield.

Y ahora el bermejo del rostro de Sheffield desaparece para dar paso a una lividez mortuoria.

—Y no se preocupe por redactar un nuevo reporte. Yo mismo platicaré con mi buen amigo Calvin.

Y Sheffield, el atildado, el fiero abogado conservador y republicano, egresado de Yale, no se toma ni siquiera la molestia de despedirse del emperador aun a sabiendas de que ésta muy bien podría ser la última vez que lo viese, pues, en efecto, a partir del escándalo diplomático internacional que el presidente Calvin Coolidge debe evitar a toda costa, el buen James R. Sheffield recibirá más pronto que tarde *a kick in the ass*, esto es, una buena patada en el culo.

El secretario de Gobernación, Adalberto Tejeda, recibe de manos del emperador el sobre que ha desarmado al embajador Sheffield.

—Todo este reporte de Inteligencia nos ha sido plenamente confirmado por la actitud del embajador. Me parece que queda más que claro que la campaña en nuestra contra, que se da principalmente en los diarios de William Randolph Hearst, proviene directamente de la embajada de los Estados Unidos en nuestro país.

—Con la ayuda de míster Frank Kelogg, el secretario de Estado de Coolidge... —remacha Torreblanca. Y Tejeda continúa la ofensiva:

—Ahora podrá exponer al mundo la perversidad del Gobierno americano al pretender una invasión a nuestro país basándose en reportajes espurios de la prensa… igual que lo hicieron con Cuba en el 98.

Plutarco sonríe.

—No coman ansias, señores. No voy a exponer nada de esto al mundo entero. Bastará con llamar personalmente a Coolidge. En cuanto a nuestro agente 10-B…

Tejeda sonríe, levanta los hombros y dice:

—Sabe muy bien que debemos mantener su identidad en el anonimato, señor.

El César sonríe y asiente.

—Sí, lo sé. De cualquier forma, hágale saber a él… o a ella, nuestro agradecimiento.

—Así se hará, señor.

—Y ahora, Fernando, tráigame el teléfono. Necesito llamar a Washington. Que de algo sirva la carísima línea directa que construimos hasta allá y que, al menos por una vez, sean ellos los que reciban un balde de agua helada de nuestra parte.

Éxodo VI: 8-10

Josué, hijo de Nun, envió desde Sitim dos espías secretamente, di-
ciéndoles: Andad, reconoced la tierra y a Jericó... Y fue dado aviso
al rey de Jericó, diciendo: He aquí que hombres de los hijos de Israel
han venido aquí esta noche para espiar la tierra.

Libro de Josué, 2: 1-2

†

Entonces [los maestros de la ley] empezaron a seguir a Jesús de
cerca; le enviaron unos espías que fingieron buena fe para aprove-
charse de sus palabras y poder así entregarlo al gobernador y su
justicia.

San Lucas, 20: 20

†

En una de las maniobras más astutas de su presidencia, Plutarco
Elías Calles empleó a un agente secreto que había colocado en la
embajada estadounidense para lograr la caída de uno de los enviados más hostiles desde Henry Lane Wilson: el embajador Sheffield.

FRIEDRICH KATZ
El gran espía de México

El sexto sello
(11)

Cuando Enrique Gorostieta sale de su tienda se encuentra con un panorama muy distinto del que se presentaba minutos antes. Y todo se debe a la llegada de las señoritas brigadistas. Así, el que no cantaba, bailaba; el que no se había lavado la cara, aunque fuese con agua de abrevadero, se había cambiado la camisola de manta por una menos luida, menos percudida. Los jinetes caracoleaban a sus caballos y el campamento se había convertido en una especie de jaripeo donde el que no floreaba la reata, hacía el ridículo al montar a un enflaquecido novillo, para regocijo de las muchachas.

—¡Prepárense todos! ¡Nos tenemos que ir de aquí!

Las palabras de Gorostieta se escuchan por encima del jolgorio y resuenan en el estómago encogido de sus hombres.

—¿Por qué, mi general? —se adelanta hasta él el Catorce mientras que la fiesta se desinfla como un globo al sol.

Gorostieta baja la cabeza. Lleva en la mano la carta de su esposa.

—Han ocurrido cosas muy graves. El embajador gringo ha presentado su renuncia…

—¿Y a nosotros eso qué nos va?

Gorostieta mira con enfado a Reyes Vega, harto de tener que explicar el cómo, el porqué y el para qué de cada una de sus decisiones.

—El asunto no es que nos vaya. El asunto es lo que nos viene. El nuevo embajador es mucho más amigo de los obispos que de nosotros. Se acabó el apoyo de la Iglesia gringa. Eso es lo que nos viene…

Los hombres no entienden gran cosa, pero Gorostieta no está para andar dando explicaciones.

—¿No me oyeron o qué? ¡A levantar el campamento que los federales se nos echan encima!

Y se dirige a las brigadistas:

—Les agradezco mucho la visita… pero, por su seguridad, deben regresar.

Judith se resiste:

—¡En lo que podamos ayudar, general!

Gorostieta la ataja.

—Hablen con los obispos en México. Presiónenlos. Pídanles que no nos abandonen. ¡Díganles que estamos así de ganar esta lucha! ¡Que no nos pueden traicionar en el último momento!

Y sin decir nada más, regresa a su tienda, mientras que sus hombres, en disciplinado silencio, cargan burros y carretas con víveres y municiones, con piezas de artillería y con sartenes; ensillan caballos, desmontan carpas y asadores, entierran fogatas y se tercian sus fusiles en la espalda, aprestándose a continuar la ya muy larga peregrinación en el desierto; dispuestos a beber, una vez más, las aguas de la amargura sin vislumbrar todavía el madero divino que las endulce.

Éxodo VII: 11-12

Las más sangrientas persecuciones han causado menos daño a la Iglesia que el servilismo cortesano de los obispos.

Monseñor WILHELM VON KETTELER
1811-1877

†

El clero siempre trabaja en las sombras, esperando que el triunfo en sus luchas lo obtengan otros para él y pagando siempre con la mayor ingratitud a quienes lo sirven para sus siniestros fines. A los cristeros que se sacrificaron en la rebelión les desconoció sus méritos, negó que les hubiera autorizado la lucha armada y los abandonó a su suerte después de los arreglos.

General CRISTÓBAL RODRÍGUEZ
Ejército federal
1930

El sexto sello
(12)

Cambiar la sotana por un traje de tres piezas —corbata, cuello almidonado y un bombín— no habrá sido fácil, dada la inmediata condición de anonimato de quien lo porta, para los señores obispos don Pascual Díaz y don Leopoldo Ruiz Flores, acostumbrados al purpurado que confiere de inmediato autoridad y jerarquía. Pero bien vale la pena hacer este cambio de vestuario, necesarísimo para dos objetivos: regresar a las páginas de este memorial y entrevistarse con el inimaginable, con el insospechado.

—Es increíble que estemos pensando en confiar en él... ¡en su propia casa!

—No desespere, don Pascual, que bien sabrá Dios guiar nuestras palabras y nuestros designios. Además, el nuevo embajador norteamericano, el señor Morrow, quien por alguna razón me inspira una gran confianza, nos ha aconsejado acercarnos a él. Algo sabrá que nosotros no...

—Pues sí, don Leopoldo, pero tanto como para venir a meternos en el vientre de la bestia...

Y no bien ha dicho esto don Pascual cuando la puerta de la salita de estar se abre y aparece, intempestivo, sonriente y ostensiblemente manco, el mismísimo anticristo encarnado en la figura cada vez más rolliza del general Álvaro Obregón.

—¡Mis queridos señores obispos!

Los hombres de la mitra se levantan de súbito y le estrechan la mano.

—¡Señor general!

—¡Don Álvaro! Es un honor para nosotros trabajar con usted para alcanzar la paz.

—El honor y el gusto, además, son todos míos, señores.

Y después de las salutaciones, los hombres se miran entre sí, como midiéndose para confirmar, aunque sea de vista nomás, que ninguno de ellos se equivoca.

—Pues trabajo por delante hay y mucho… ¡Trabajo duro, señores!

—Tan duro como el corazón del faraón…

Ruiz y Flores lanza una mirada a don Pascual a tal grado severa, que bien parecería que lo está excomulgando. Obregón, sin embargo, lanza una de sus risotadas.

—A Plutarco déjenmelo a mí. Como dicen: "Quebrando el máiz a los pollos y cayendo el gavilán".

Los obispos ríen abiertamente.

—¡Ah, qué mi general Obregón! Con todo respeto, señor, pero, ¿de dónde saca usted tantos refranes? Le he escuchado muchos… —se interesa don Leopoldo.

—¡Pues de la tropa, señor obispo! De andar en la legua y de conocer a mi gente… Pero, en fin, señores, hablemos de paz, se los suplico.

—¡La cordura así lo exige, general!

—¡Dios nos lo está pidiendo!

Álvaro se atusa el bigote.

—Dios… ¡y mi reelección!

Álvaro, el emperador en pausa, se carcajea de nuevo, mientras que los obispos lo miran como si fuese, ¡quién lo diría!, el Ángel anunciado por el Señor, al finalizar el Éxodo. El Ángel que guiará a su pueblo a la Tierra Prometida, a la "tierra en la que mana leche y miel" que no es otra cosa lo que mana cuando existe la paz entre los hombres.

Y concluya así el Libro del Éxodo.

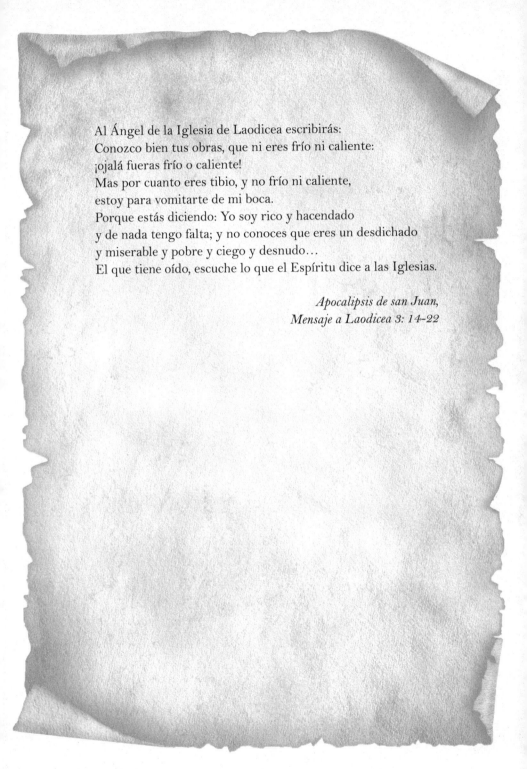

Al Ángel de la Iglesia de Laodicea escribirás:
Conozco bien tus obras, que ni eres frío ni caliente:
¡ojalá fueras frío o caliente!
Mas por cuanto eres tibio, y no frío ni caliente,
estoy para vomitarte de mi boca.
Porque estás diciendo: Yo soy rico y hacendado
y de nada tengo falta; y no conoces que eres un desdichado
y miserable y pobre y ciego y desnudo…
El que tiene oído, escuche lo que el Espíritu dice a las Iglesias.

Apocalipsis de san Juan,
Mensaje a Laodicea 3: 14-22

Epístola de Enrique
a los obispos

Desde que comenzó nuestra lucha no ha dejado de ocuparse periódicamente la prensa nacional, y aun la extranjera, de posibles arreglos entre el llamado Gobierno y algún miembro señalado del episcopado mexicano, para terminar el problema religioso. Siempre que tal noticia ha aparecido, han sentido los cristeros en lucha que un escalofrío de muerte los invade, peor mil veces que todos los peligros que se han decidido a arrostrar, peor, mucho peor que todas las amarguras que han debido apurar. Cada vez que la prensa nos dice de un obispo, posible parlamentario con el callismo, sentimos como una bofetada en pleno rostro, tanto más dolorosa cuanto que viene de quien podríamos esperar un consuelo, una palabra de aliento en nuestra lucha...

Una vez más, en los momentos en que el déspota [se refiere a Calles, entonces secretario de Guerra de su sucesor, el presidente Portes Gil] regresa chorreando sangre, después de dominar por malas artes —oro y apoyo extranjero— a un grupo de sus mismos corifeos que le fueron infidentes [se refiere a la frustrada Rebelión Escobarista]; ahora que a los cuatro vientos lanza la amenaza de hacernos desaparecer del mundo de los vivos; ahora que, ante el fracaso de los sublevados del norte, la nación tiembla de pavor ante la perspectiva del desenfreno del tirano; ahora que este pavor se comunica hasta diversos grupos nuestros; ahora que los que dirigimos en el campo necesitamos hacer un esfuerzo casi sobrehumano para evitar que ese desaliento contamine a los que luchan; en los momentos precisos en que más

311

necesitamos de un apoyo moral por parte de las fuerzas directoras —de manera especial de las espirituales—, vuelve la prensa a esparcir el rumor de las posibles pláticas entre el actual presidente y el señor arzobispo Ruiz y Flores, pláticas que tienden a solucionar el conflicto religioso y rumor que toma cuerpo con las ambiguas, hipócritas y torpes declaraciones de Portes Gil hechas en Puebla…

Si los obispos, al tratar con el Gobierno, desaprueban nuestra actitud, si no toman en cuenta a la Guardia Nacional y tratan de dar solución al conflicto, independientemente de lo que nosotros anhelamos… Si se olvidan de nuestros muertos, si no se toman en consideración nuestros miles de viudas y huérfanos, entonces levantaremos airados nuestra voz y en un nuevo mensaje al mundo civilizado rechazaremos tal actitud como indigna y como traidora…

Muchas y de muy diversa índole son las razones que creemos tener para que la Guardia Nacional, y no el episcopado, sea quien resuelva esta situación. Desde luego el problema no es puramente religioso. Es éste un caso integral de libertad y la Guardia Nacional se ha constituido de hecho en la defensora de todas las libertades y en genuina representación del pueblo…

No son en verdad los obispos los que pueden con justicia ostentar esa representación. Si ellos hubieran vivido entre los fieles, si hubieran sentido en unión de sus compatriotas la constante amenaza de su muerte sólo por confesar su fe; si hubieran corrido, como buenos pastores, la suerte de sus ovejas; si siquiera hubieran adoptado una actitud firme, decidida y franca en cada caso, para estas fechas fueran en verdad dignísimos representantes de nuestro pueblo. Pero no fue así o porque no debió ser o porque no quisieron que así fuera…

Que los señores obispos tengan paciencia, que no se desesperen, que día llegará en que podamos con orgullo llamarlos, en unión de nuestros sacerdotes, a que vengan entre nosotros a desarrollar su Sagrada Misión, entonces sí en un país de libres. ¡Todo un ejército de muertos nos manda obrar así!…

Aún es tiempo de que, enseñándonos el camino del deber y dando pruebas de virilidad, se pongan francamente en esta lucha del lado de la dignidad y el decoro. ¿Acaso no los ata ya a nosotros la sangre de más de doscientos sacerdotes asesinados por nuestros enemigos? ¿Hasta cuando se sentirán más cerca de los victimarios que de las víctimas?

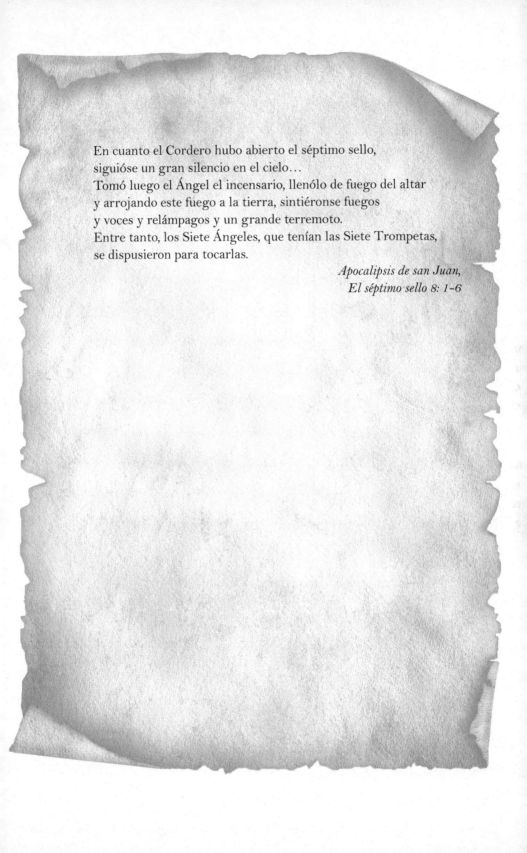

En cuanto el Cordero hubo abierto el séptimo sello,
siguióse un gran silencio en el cielo…
Tomó luego el Ángel el incensario, llenólo de fuego del altar
y arrojando este fuego a la tierra, sintiéronse fuegos
y voces y relámpagos y un grande terremoto.
Entre tanto, los Siete Ángeles, que tenían las Siete Trompetas,
se dispusieron para tocarlas.

Apocalipsis de san Juan,
El séptimo sello 8: 1-6

LIBRO DE LAS REVELACIONES

EL SÉPTIMO SELLO

La serpiente de bronce

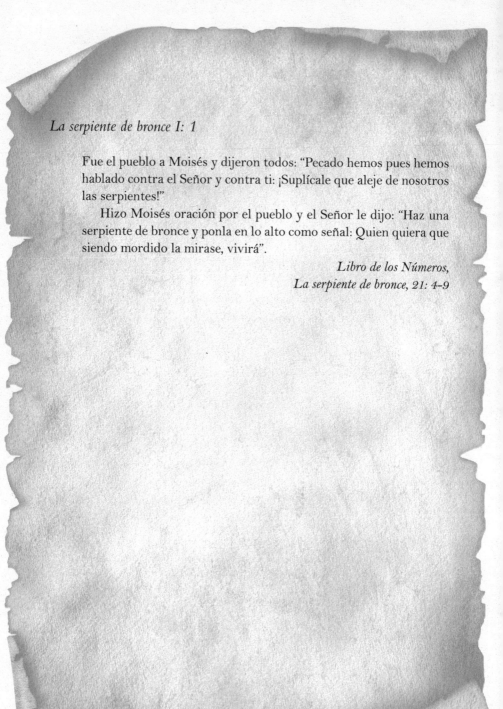

La serpiente de bronce I: 1

Fue el pueblo a Moisés y dijeron todos: "Pecado hemos pues hemos hablado contra el Señor y contra ti: ¡Suplícale que aleje de nosotros las serpientes!"

Hizo Moisés oración por el pueblo y el Señor le dijo: "Haz una serpiente de bronce y ponla en lo alto como señal: Quien quiera que siendo mordido la mirase, vivirá".

Libro de los Números,
La serpiente de bronce, 21: 4-9

El séptimo sello
(1)

Cuando las legiones pretorianas del César se enfrentaban a los rebeldes cristeros, sólo un grito los hacía retroceder en su ímpetu secularizador: "¡Viva el Catorce!", pues la presencia del formidable guerrero que era Victoriano Ramírez les aseguraba a los guachos una buena refriega y un muy probable descenso a los infiernos del comunismo. Así que cuando el general Saturnino Cedillo —mirada inexpresiva de batracio— llegó hasta Tepatitlán para enfrentar a Gorostieta y a su ejército, tenía razones suficientes para temer por el resultado de la campaña, que sí, fue desastrosa para él, en efecto, pues Gorostieta y sus hombres avasallaron al ejército imperial y le infligieron una de las más aparatosas derrotas que haya conocido. Pero no fue derrotado por el Catorce... porque ya estaba muerto. Y no es que éste fuese un segundo Cid Campeador que ganara una batalla siendo un cadáver. Fue que los Dragones del Catorce lucharon con tal fiereza, con tal coraje para vindicar a su líder muerto, a su líder ultrajado, que no mostraron nunca mayor denuedo en el combate.

La muerte del Catorce fue profetizada ya en este memorial. Y se ha señalado a los culpables, pero quiero repetir sus nombres para que la claridad pueda campear a sus anchas: los asesinos del Catorce fueron los sacerdotes José Reyes Vega y Aristeo Pedroza, cuyas ofrendas de sacrificios al Señor, como las de Caín, ya se ha dicho también, parecen no haber sido bien recibidas en el cielo como sí lo fueron las de Victoriano, lo cual los cegó y los llenó de envidia.

—Anda muy alzadito el Catorce. Como se ve tan rodeado y tan obedecido por sus Dragones, ya se mira muy por su cuenta… —masculla Reyes Vega, a la luz de las brasas, mirando al Catorce, no muy lejos, cenando junto con sus hombres.

—Pos vamos sonándole, Pepe —secunda Pedroza—, porque yo creo que Diosito vale un tanto más que cualquier fulano.

Y sin mediar ninguna petición, saca un sobre de la bolsa de su pantalón.

—Con esto lo dejamos como coyote encuevado, Pepe…

—¿Y eso?

Pedroza sonríe y sigue con sus requiebros de soldadesca:

—Cálmate, dolor de estómago, que ya te voy a dar tu atole…

Y con un solo gesto le ordena a un tal Mario Valdés, cuyo nombre perdura en el tiempo sólo por ser un gañán, para que camine despacito, como tanteando, y meta la tal carta en la alforja del Catorce.

Lo que sigue es sumamente predecible. Se hace la delación ante el general Gorostieta y el mayor Heriberto Navarrete. Que venimos a acusar a Victoriano Ramírez de robarse el dinero de nuestro ejército. Que en qué se basan para decir eso. Pos en que el Catorce, junto con sus Dragones, extorsionan a los buenos hacendados cristianos, pidiéndoles "préstamos" forzosos que dizque para la santa lucha. Que qué pruebas tienen de eso. Pos que una carta que guarda entre sus cosas y en la que lleva las cuentas de sus latrocinios y que, si quieren, que le esculquen sus cosas ahorita que está dormido, si no nos creen. Que lo revisen. Que aquí está la carta… Que lo arresten…

En el interior de la fonda destartalada en la que toman un café de olla, Gorostieta lee y relee la "prueba" del crimen.

—¿Y usted lo cree posible, Heriberto?

Heriberto Navarrete levanta los hombros.

—El Catorce es muy popular… Tiene a sus Dragones… Le puede resultar fácil sacarles dinero a los ricos…

Gorostieta mira de nuevo la carta.

—Pero, ¿robarnos? ¿Traicionar a su ejército?

—Judas fue capaz de…

—¡No me saque la Biblia a relucir, Heriberto, que estamos muy lejos de ser el Mesías! Le estoy preguntando si cree al Catorce capaz de traicionar al ejército cristero, ¿sí o no?

Navarrete guarda silencio unos momentos.

—Los Dragones jamás se han quejado por la falta de bastimento…

Gorostieta se rebela.

—¡Pero si ni siquiera creo que Victoriano sepa escribir!

El general tiene una mala corazonada.

—Hay algo que no me cuadra. Vaya a vigilar al Catorce a la prisión. Llévese a cinco hombres. Con Cedillo acechándonos a las puertas de Tepatitlán, mejor será tener de nuestro lado al Catorce. Esos curitas no entienden todavía lo que significa liderar a un ejército.

Heriberto Navarrete va a buscar a cinco Dragones. Pero lo hace demasiado tarde.

—¡Con razón andabas tan alebrestado, Catorce! —lo joden en la cárcel los ya señalados como Caifás y Anás.

—¡Suéltenme, jijos de la tiznada! ¡Quiero hablar con mi general Gorostieta! —y da de porrazos en la reja de la celda que custodia un tipo bien llamado el Chiloco—. ¿Qué derecho tienen ustedes a hacerme esto?

Y Caifás Pedroza le grita:

—¡La carta en la que se demuestra el tantísimo dinero por el que te vendiste y nos traicionaste, infeliz!

Y no ha terminado de decir esto, cuando Victoriano lo apergolla del pescuezo y comienza a ahorcarlo.

—¿Mi carta? ¡Le voy a dar su carta, cura de los mil carajos!

Aristeo Pedroza, con los ojos desorbitados, clama ayuda entre borbotones de saliva y al sacerdote Reyes Vega no le queda de otra más que dar la orden predilecta:

—¡Mátalo, Chiloco! ¡Mátalo de una maldita vez!

Cuando Heriberto Navarrete entra a la cárcel, apurado por los disparos que se escuchan en el interior, sólo contempla un charco de sangre, oscura y espesa, que es el último espejo en el que se refleja la mirada, perdida para siempre, de Victoriano Ramírez, el Catorce.

El séptimo sello
(2)

En el momento justo en que apareció un breve resplandor por la línea del horizonte, la multitud, que esperaba el milagro en una especie de trance místico, estalló en gritos de júbilo y alabanza, pues ese brillo no anunciaba otra cosa más que la llegada del mismísimo Espíritu de San Luis, el pequeño aeroplano modelo Ryan NYP, piloteado por el Héroe del Siglo, el capitán Charles Lindbergh, que signaba con su triunfal llegada a los llanos de Balbuena una nueva hazaña de la aviación: el primer vuelo sin escalas desde Washington, D. C., a la Ciudad de México. La nave de Lindbergh era escoltada, además —desde que fue avistada en Toluca—, por una flota de la Fuerza Aérea Mexicana que le rendía tributo, honor y gloria y lo recibía en esta tierra en la que, según quiere hacer creer la machacona historiografía nacional, no se hacía otra cosa más que morir y matar por Dios.

Pero esa tarde, en Balbuena, los gritos de guerra ocupan un lugar secundario y se convierten todos, a la vez, en un apoteósico "¡Viva Lindbergh!" Y no fueron cientos o miles los ahí reunidos. No fueron tampoco las decenas de miles de personas que lucharon en el bando de los rebeldes cristeros o en el de los militares federales. No. Se contabilizaron entre ciento cincuenta mil y doscientas mil personas —en una ciudad de un millón de habitantes— las que se unieron en aquella epifanía, saludada y compartida por el César, su gabinete en pleno, ministros, senadores y diputados, el cuerpo diplomático y el emperador impaciente, Álvaro Obregón.

Cuando el Espíritu de San Luis tocó tierra, el clamor desatado no conoció límites y las fuerzas policiales tuvieron una ardua tarea de contención para que el mítico uniforme de aviador del héroe no fuese hecho jirones por la multitud.

"Su visita", declaró el César al Embajador del Aire, después de haber sido entonados los himnos nacionales de México y los Estados Unidos, "no tiene sólo un interés técnico como acto heroico de aviación. Lo considero, sobre todo, una valiosa embajada de buena voluntad que envía el pueblo de Norteamérica, que seguramente al enviarnos a su representativo más alto de la juventud y del heroísmo de los Estados Unidos, lo hizo para producir un acercamiento material y espiritual más firme entre ambos países. Si traduzco acertadamente el significado del viaje de Lindbergh, puedo asegurar que sus resultados, desde el punto de vista al cual me refiero, serán, han sido ya, más bien, positivos e inmediatos."

El César no se equivocaba, pues Lindbergh venía a México invitado por el nuevo embajador de los Estados Unidos, Dwight Morrow —un hombre pequeño, serio, de cabello eternamente revuelto y con unos gruesos lentes sujetados del tabique nasal—, quien traía la encomienda personalísima del Emperador del Norte de borrar cualquier afrenta dejada por el cretino ex embajador Scheffield, de dar el espaldarazo definitivo al ya inminente triunfo electoral de Álvaro Obregón, de frenar los ímpetus nacionalistas que, sobre el petróleo, mantenía el César y para ayudar a terminar, de una vez por todas, con el lastre social y económico que significaba el conflicto religioso. Para esto, según se decía, habían sido enviados, junto con Lindbergh y a manera de regalo de buena voluntad, algunos modernos aviones de combate para terminar con los rebeldes. Y también se decía —pues nada es gratis en la vida— que dicha ayuda se daba también a cambio de que Plutarco desistiera de seguir apoyando al nicaragüense Sandino. Todo eso se decía, pues.

Y Dwight Morrow no podía sentirse más satisfecho ante el éxito de ésta, su primera estrategia para lograr dicha encomienda: Charles Lindbergh era un héroe internacional que se volvería, con el paso de los años, en un "héroe mexicano", al convertir a la Ciudad de México en el destino del "segundo vuelo más largo hecho hasta el momento", después, claro, de su histórico Nueva York-París; por abrir nuevas rutas de aviación en estas tierras, por pilotear el primer vuelo comercial de la Compañía Mexicana de Aviación y por hacer vuelos conjuntos y atrevidas pruebas técnicas junto al malogrado capitán Emilio Carranza, héroe y mártir de la aeronáutica nacional, a quien le corresponde el honor de haber hecho el "tercer vuelo más largo de la historia": San Diego-Ciudad de México. Y como si nada de esto le bastara al apuesto Lindbergh y al público mexicano que lo adoró con tan sólo conocerlo, vino hasta aquí para enamorarse perdidamente de Anne Morrow, la hija del embajador, y mantener con ella el romance más leído, seguido y comentado por la sociedad mexicana. Al conjuro del nombre de Lindbergh, por lo tanto, Morrow había logrado que algunos de los graves problemas nacionales fuesen olvidados, al menos por unos meses, pues "Lindbergh", y no "Cristo Rey" ni "Ley Calles", comenzaron a llamarse los cigarros, los refrescos, los platillos de los restaurantes y hasta las trajineras de Xochimilco.

Panem et circenses, escribió Juvenal en el año 100 antes de Cristo. Y aún funciona.

El séptimo sello
(3)

A la muerte de Victoriano Ramírez, el Catorce, no sucedió otra cosa que no fuera la muerte, pues pareciera que su sangre derramada hubiese encharcado las callejuelas del pueblo —el campo de batalla— reclamando aún más sangre para fecundar la leyenda del guerrero muerto por traición. Y así es como hasta ahora se ha contado la historia de la batalla de Tepatitlán, con visos de leyenda, pues ésta quiere que hayan sido tres mil los soldados federales muertos y sólo cincuenta caídos por las huestes de Cristo Rey. Pero la contraparte, la historiográfica, baja a veinticinco los muertos cristeros y a una muy poco emocionante y anticlimática cantidad de ciento veinte soldados caídos. Pero dejando a un lado las cifras y el regodeo en las pérdidas humanas —nada más alejado a mis intereses, que de eso tengo a diario—, los soldados de la Guardia Nacional le tupieron hasta por debajo de la lengua a las legiones romanas, víctimas de la misma estrategia de emboscada desde techos, cornisas y azoteas, desde los que los cristeros agazapados hacían y deshacían a su ventaja y a su antojo, obligando a huir a los changos sin honor y sin gloria.

Gloria que reclamaba para sí, al final de la batalla, el padre general José Reyes Vega, quien habiéndose librado de la sombra de Victoriano se pasea, feliz estratega, por las calles de Tepatitlán, entre cadáveres mudos y cristeros vociferantes que lo aplauden y lo ovacionan. Y Reyes Vega se deja querer, se hace admirar, se permite las sonrisas y los saludos.

Reyes Vega se lo permite todo, hasta la imprudencia, pues piensa que el Catorce ha sido olvidado tan sólo en unas horas y que aquella bala anónima, difícilmente "perdida", no le va a traspasar el cráneo, no le va a destrozar el cerebro, no le va a suministrar la extremaunción de manera certera, expedita, contundente.

El padre José Reyes Vega, capitán del ejército del Señor, ejecutor de los designios del Dios de la venganza, cae al suelo, como un guiñapo inerte, en medio del súbito silencio.

Sólo el viento se escucha ante el encubierto misterio que se acrecienta con una voz adolorida que exclama: "Ya se fue el padrecito José a presentarle sus respetos al Catorce…"

El séptimo sello
(4)

El recorrido de Lindbergh y la comitiva que lo escoltaba desde los llanos de Balbuena a la colonia Juárez, donde se hospedaría, duró casi tres horas; tres horas de algarabía, cuando no de histeria colectiva, de saludos desde los balcones, de confetis, de mariachis y de admiradores necios que insistían en jalar con cuerdas el auto del aviador. Tres horas, en fin, más que suficientes como para que Morrow conversara ampliamente con quien no sólo compartía automóvil, sino también, todo parecía indicar, sería el nuevo emperador: el manco de Celaya.

—Dígame, general Obregón, con toda confianza… —sonríe Morrow, un hombre que inspiraba confianza al más reservado—. ¿Lo suyo es una elección… o una reelección?

Obregón se carcajea. Al igual que el César Plutarco, Álvaro ha empatizado con Morrow desde que lo conoció.

—"Reelección" es una palabra incómoda en nuestro país, mi querido embajador. ¿Soy presidente actualmente? ¡Pues no! ¿Entonces? Voy a ser "electo".

Morrow es un lobo de mar tan viejo y astuto como el mismo Obregón.

—Lo noto muy seguro. Me gustan los hombres que se sienten seguros.

Obregón vuelve a sonreír.

—¿Y quién me podría hacer sombra, oiga…?

Morrow entrecierra sus ojillos escrutadores y lo mira fijamente con una escasa velada ironía.

—Por lo pronto, los generales Serrano y Gómez, no…

Obregón le devuelve la mirada y reconoce en el embajador el valor que él también admira en los hombres… y se carcajea.

—¡Ah, qué mi querido embajador tan ocurrente!

Cada uno mira, por las ventanas, las manifestaciones que recibe Lindbergh, tres autos más adelante.

—El pueblo de México —reflexiona en voz alta Morrow— es un pueblo que se merece la prosperidad y la felicidad. Me consta que no he conocido a un hombre que haya soportado más presión sobre sus hombros que el presidente Calles, y a pesar de eso no lo he visto perder ni la serenidad ni su buen talante.

Y vuelve a clavarle a Obregón su mirada de topo, escondida detrás de esos gruesos espejuelos.

—¿Me permite tocar un asunto delicado?

Obregón sonríe y dice:

—No hay asunto que no sea delicado con los Estados Unidos…

Y ahora es Morrow quien se carcajea.

—Para eso sirven los vecinos, ¿no? ¡Para pelearse con ellos!

Hace una pausa estratégica.

—Confío, general, que trabajaremos juntos para alcanzar… lo que su país se merece.

—Si se refiere al conflicto religioso…

—Sí, me refiero a eso… por lo pronto…

—Creo que lo voy a sorprender, embajador. Estoy muy cerca de lograr un buen acuerdo con los obispos…

Y Morrow, en efecto, se sorprende.

—Usted y yo nos vamos a entender, amigo Morrow. ¡Si ya he estado hablando con Plutarco también, no se crea, pa' quitarle lo engrifado!

Obregón le palmea la pierna.

—Usté no se me apure, embajador, que yo ái ando nomás, con un ojo al gato y otro al garabato…

Y Morrow sonríe por cortesía, pues es más que probable que no le haya entendido nada. Pero Álvaro no le concede más tiempo:

—¿Usted sabía que yo desciendo de irlandeses? Sí, señor, de los O'Brien que inmigraron a Sonora y a Coahuila. Ya luego castellanizaron el apellido, para entenderse mejor. Pero yo soy, aunque no me lo crea, "irlandés, católico y de buen carácter moral".

Y Álvaro se carcajea.

—"¡De buen carácter moral!" ¡Así decían, pues! ¿O por qué cree que tengo el ojo verde, oiga?

El séptimo sello
(5)

—Hazle caso al embajador gringo, Plutarco. Acaba de una vez por todas con tu guerra santa.

—Ni es mi guerra, ni es "santa", Álvaro —se contiene el emperador ante su maestro, consejero y guía—. Y no lo digas como si esta guerra fuese un capricho mío...

Álvaro se permite la chanza, pues ya se ve de nuevo, y muy pronto, despachando en esa oficina.

—¡No, no! Eso nunca... Si yo no digo que sea un capricho...

Plutarco, con medida parsimonia, se sienta en la silla. En esa silla.

—Porque nunca lo ha sido, espero que lo entiendas. He hecho lo necesario para que la ley sea respetada y punto.

Álvaro no se va a meter en una discusión, toda vez que el gesto no le pasa inadvertido.

—De acuerdo, hombre, de acuerdo...

Pero da la puntilla el viejo zorro:

—Lo único que digo es que si tienes enfrente la posibilidad de acabar con un conflicto ¡que lleva ya dos años! y la dejas pasar... entonces, ái, sí, pa' que veas, ya sería un capricho, ¿qué no?

Plutarco lo mira con recelo y quisiera decir algo, pero el respeto que le tiene a Álvaro puede más.

—Me han dicho que has tenido acercamientos con los obispos.

—¡Sólo por el bien de la nación y por quitarte una carga de encima, Plutarco, que quede claro!

Plutarco sonríe, meneando la cabeza, conociendo al manco desde hace años.

—Pues te agradezco el gesto… Y te pido que, junto con el embajador Morrow, sigas "aligerándome" la carga…

—¡De mil amores, Plutarco! ¡Si hablando se entiende la gente!

Obregón sabe, lo sabía siempre, que él ganaba todas las partidas.

—Ya verás… Con lo que Morrow y yo estamos armando, la Iglesia se quedará tranquila. Tú despreocúpate, que la paz está cerca…

Y sí, la paz está tan cerca como la casona aquella en la que se reúnen los oscuros personajes que han quedado al frente de la muy desvencijada Liga, quienes hablan, rezan y vociferan sus dolores, sus esperanzas y sus anhelos de venganza. Los estrategas han muerto, si no es que han desertado. Sólo quedan los rezanderos, entre los que se destaca Concepción Acevedo de la Llata, capuchina sacramentaria, superiora del convento Hijas de María, la célebre Madre Conchita, quien tiene un plan bien definido, reflexionado con madurez e inteligencia para acabar con los problemas de la Iglesia, según ella: matar a Plutarco Elías Calles, a Álvaro Obregón, y hasta al cismático patriarca Pérez. Piadosa monja.

La paz está tan cerca como lo está de la Madre Conchita ese joven dibujante, el de la bella caligrafía, curtido en la disciplina y la obediencia perfecta: José de León Toral, quien llora todavía a su amigo muerto, Humberto Pro.

La paz está tan cerca como aquella pistola lo está del pecho de Toral, hincado ante el cura Aurelio Jiménez, quien bendice al cruzado y a su espada.

La paz está… estaba tan cerca, como lo estaba Álvaro Obregón, semanas después —ya presidente electo (o reelecto)—, del dibujante Toral, quien le hacía un buen retrato de perfil en el restaurante de La Bombilla, en el pueblo de San Ángel, cuando el son de *El limoncito*, que tocaba la orquesta de Alfonso Esparza Oteo, se vio interrumpido por la síncopa desacompasada de las armas.

La serpiente de bronce II: 2

Sr. Presidente:

Por personas que debo considerar bien informadas, he sabido que Ud. ha declarado que no ha sido su intención destruir la existencia de la Iglesia, ni intervenir en sus funciones espirituales; sino que, en vista de la Constitución y las leyes de México, su propósito, al aplicarlas, ha sido impedir que los clérigos se mezclen en luchas políticas, dejándolos libres para dedicarse al ministerio de las almas.

Creo, además, que el Sr. Secretario de Instrucción Pública, Dr. Puig Casauranc, hablaba con la aprobación de Ud. cuando, el 15 de abril, en Celaya, Guanajuato, aseguraba que no era verdad que el actual Gobierno de México intentara destruir la religión que heredamos de nuestros padres.

Fragmento de la carta al presidente PLUTARCO ELÍAS CALLES
escrita por el arzobispo LEOPOLDO RUIZ Y FLORES,
pero no entregada por falta de autorización del Vaticano
17 de mayo de 1928

El séptimo sello
(6)

—¿Qué duda podemos tener, señores, de que es Calles y no otro quien resulta ser el primer beneficiado de este hecho atroz?

—¡Las manos del traidor están manchadas con su sangre!

—¡Calles asesino! ¡Vergüenza eterna sobre su nombre!

—¡Marchemos a nuestros respectivos estados para organizar desde ahí un levantamiento general en contra del magnicida!

Y no, no eran éstos los gritos de los iracundos ligueros, ni de los obispos, ni los combatientes cristeros. Son los airados reclamos de la élite militar del país que acusa directamente a Plutarco de haber dado muerte al emperador, ahora en pausa eterna, Álvaro, tal y como lo hiciera Bruto en contra de su padre, Julio, durante los terribles *idus* de marzo.

Porque sí, en el piso superior de aquella casa, María Tapia lanza ayes dolorosos ante el cadáver del emperador, Álvaro Obregón, de quien nunca se sabrá, no el nombre de su asesino, que ése es José de León Toral, sino los nombres de los copartícipes en el sacrificio ritual, que su cuerpo está cuajado de balas, provenientes hasta de seis armas de diferentes calibres, que han entrado y salido del cuerpo con toda libertad y desde muy diferentes ángulos todas ellas.

Los militares obregonistas que claman justicia y señalan con dedo flamígero a Plutarco lloran su orfandad política pues saben bien que los nombres de Aarón Sáenz o Arturo Orcí, por ejemplo, no tendrán reverberación alguna en la historia si no van pegados, como lapas, al de Álvaro Obregón.

Entre gritos, carreras, insultos y amenazas, sólo una figura se mantiene serena, a la expectativa: la del gobernador Emilio Portes Gil.

—¿Me permite un consejo, señor presidente?

Y Plutarco, avejentado de la noche a la mañana, dice con voz baja y tono sombrío:

—Si me da un buen consejo, lo nombro secretario de Gobernación, Emilio…

—No es necesario, señor —se permite una ligera sonrisa el adusto y severo abogado tamaulipeco—. Aun así, me permito sugerirle dos acciones: remueva al general Roberto Cruz como inspector de policía…

—¿Y eso por qué?

—Porque el general Cruz es un hombre absolutamente leal a usted.

—Pues no le estoy entendiendo.

—Siempre criticó la nueva elección del general. Ponga al frente de las investigaciones a probados militares obregonistas y, si es posible, a sus amigos personalísimos. Pienso, en específico, en Aarón Sáenz y en el mismo general Tejeda, por supuesto.

El César lo mira con relativa inquietud.

—¿Y qué se gana con eso?

—Despejar de entre los más aguerridos obregonistas, entre los que me incluyo, con todo respeto, cualquier sospecha que lo involucre a usted en el asesinato del general Obregón.

El César se pasea de un lado a otro llevándose instintivamente las manos al vientre y a los riñones, adoloridos, como era ya costumbre. Pierde la mirada en el bosque de Chapultepec y luego se vuelve hacia Portes Gil.

—No sólo estoy viendo en usted a mi nuevo secretario de Gobernación. Creo que también estoy viendo al próximo presidente de México.

—¿Señor…?

—Interino…

El César se sienta al no poder sostenerse en pie a causa de los calambres.

—El país… —respira hondo, exhala lentamente—. México debe transitar de ser el país de un solo hombre a ser un país de instituciones. Obregón fue el último caudillo, licenciado, y yo debo allanarle el camino a usted, en su interinato, para que convoque a elecciones y esta república no se nos vaya al carajo por enésima ocasión. Hay que acabar ya con todo esto… Y eso le toca a usted, Emilio.

Diciendo esto, el emperador se dobla ante un dolor agudo. Portes Gil pretende ayudarlo pero el César lo rechaza.

—Yo puedo… Siempre he podido…

(Pero no, Plutarco, ya no puedes mucho más, que tu tiempo se agota. Pero no te asustes, que no te hablo de tu tiempo en esta tierra, sino de tu tiempo en la silla, la magnética, la hipnótica, la seductora silla del águila dorada.)

La serpiente de bronce III: 3-4

—¿Quién mató a Obregón?
—¡Cálles…e la boca!

Decir popular mexicano
1928

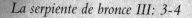

Dicen que cuando Dios da, da a manos llenas. Esto está muy bien cuando esos dones se desparraman trayendo satisfacciones y felicidad. Pero en mi caso la donación ha sido al contrario, pues sólo sufrimientos e inquietudes me ha traído.

PLUTARCO ELÍAS CALLES
Carta a su nuera
1945

El séptimo sello (7)

"Oh, Fortuna, variable como la luna, que siempre creces o decreces...", parecerían cantar de nuevo los frailes goliardos cuando Fernando Torreblanca entra al despacho presidencial y dice:

—¿Señor presidente?

Y son dos hombres los que responden: "¿Sí?" Momento incómodo para el eterno secretario que tiene que aclarar:

—¿Señor presidente... Portes Gil?

Porque éste es ahora el nombre del nuevo César, Emilio.

—Dígame, Fernando.

—El general Cedillo, señor...

—Que pase.

Y entra Cedillo, quien tampoco sabe bien a bien ante quién cuadrarse.

—Señores... —inicia la reunión el César interino—. La designación del general Calles como secretario de Guerra no es casual. Ahora, además del conflicto religioso, del que se seguirá ocupando el general Amaro, tenemos encima la rebelión del general Gonzalo Escobar, que le encomiendo personalmente a usted, don Plutarco. No tengo que decirles que ambos deben trabajar en común acuerdo.

Emilio, el César abogado, toma unos documentos de su escritorio.

—Según estos informes, Escobar está buscando una alianza con Gorostieta...

—Gorostieta es un cartucho quemado, señor —aventura Joaquín Amaro.

El César, de gesto aún más pétreo que el del mismo Amaro, lo desaprueba con la mirada.

—No será un cartucho tan "quemado" desde que el traidor de Escobar lo considera para sumar fuerzas... —y da paso a la indignación—: ¿O usted cree que un "cartucho quemado" es capaz de dinamitar el tren presidencial? ¡No sólo mi esposa y mi hija viajaban en ese tren, general Amaro! ¡Usted mismo me acompañaba!

Los hombres callan ante el enojo del César, pero es Plutarco quien interviene con una sombra de ironía muy poco apropiada al momento, hay que admitir:

—Si usted no hubiese mandado fusilar a José de León Toral, se habría evitado la voladura del tren, Emilio... de la que, por fortuna, usted y su familia salieron ilesos.

El interino le planta cara de pocos amigos.

—Con todo respeto, señor —dice Amaro para tratar de distender—, me refiero a Gorostieta como un cartucho quemado desde que es él quien está buscando una alianza política con José Vasconcelos...

—¿Con Pepe? —se sorprende Plutarco.

Y es que la candidatura independiente de José Vasconcelos a la presidencia, una vez abierto el interinato de Portes Gil, cobraba cada día más fuerza y comenzaba a volar con alas propias. El César concede:

—Entonces, puede ser que tenga razón a ese respecto, general.

Emilio respira hondo.

—Según tengo entendido, el arzobispo Leopoldo Ruiz y Flores ha sido ya nombrado por el papa "delegado apostólico" para negociar la paz. Pero no podemos bajar la guardia. Lo peor que nos podría pasar sería que el maestro Vasconcelos tuviese un acercamiento con los cristeros...

Y es ahora Torreblanca quien busca la aprobación del tercer César al que sirve:

—Si me permiten, señores, eso me parece poco probable. El secretario particular del maestro Vasconcelos, un joven apellidado López Mateos, me ha informado que el maestro le negó audiencia al mismísimo Gorostieta.

Todos guardan silencio, sin poder definir si el hecho debe preocuparlos o no. Emilio concluye:

—Bien, pues… ahí están los frentes abiertos, señores: las elecciones presidenciales, la guerra cristera y la rebelión escobarista. Yo soy abogado. Dejo los asuntos de guerra a los militares.

Y habiendo bebido el néctar del poder, sentencia:

—Ustedes nos metieron es esto. Ustedes nos sacan.

Plutarco y Amaro no se toman a bien las palabras del civil.

—¿Y usted, general Cedillo?

—A sus órdenes, señor presidente.

—¿Qué hacemos con Tepatitlán?

El enorme sapo palidece. Plutarco sale en su defensa:

—La lamentable derrota en Tepatitlán es un hecho aislado que se compensa ampliamente con las victorias federales en Colima y en muchos otros estados…

—Puede ser, general, pero mientras la rebelión sea apoyada por el pueblo fanático…

—Y nosotros por los Estados Unidos… —se permite una interrupción el que ya ha previsto convertirse en César emérito.

—De cualquier manera, estamos estancados.

—¡Nomás hay que arrasar con Gorostieta…! —y se resiste Plutarco a terminar sus frases con un "señor presidente".

Es Cedillo quien se adelanta:

—Señor presidente, señores generales… mi honor de militar me lleva a demandarles que esa tarea me sea conferida.

Amaro está a punto de reclamar su presa, pero cualquier nuevo argumento es atajado por Emilio:

—Demanda concedida, general Cedillo. Es todo, caballeros.

Y ahora es Emilio, el César interino, quien con toda calma reclama su asiento en la silla del águila dorada. Plutarco sonríe.

La serpiente de bronce IV: 5

La Providencia hizo que aparecieran los cristeros y la
misma Providencia hará que deje de haberlos…

Arzobispo Leopoldo Ruiz y Flores

El séptimo sello
(8)

De la muerte de Enrique

2 de junio de 1929. Atotonilco

Los hombres de la mitra y el dogma, los hombres de la serpiente de bronce, los hombres del Imperio del Norte, los hombres, todos ellos hombres de la guerra, leen con extrema ansiedad la *Carta a los Prelados* del general Enrique Gorostieta.

En Palacio Nacional, los ojos del César recorren las letras de la misma: "Las ambiguas, hipócritas y torpes declaraciones de Portes Gil…"

En la Secretaría de Guerra, Plutarco, el César emérito, escucha en sus oídos la voz de Gorostieta: "Una vez más, en los momentos en que el déspota regresa chorreando sangre… y lanza la amenaza de hacernos desaparecer del mundo de los vivos…"

En la embajada del Imperio del Norte, Dwigth Morrow escucha la lectura que le hace el encargado de asuntos militares: "Después de dominar por malas artes —oro y apoyo extranjero— a un grupo de sus mismos corifeos que le fueron infidentes…"

En el campamento militar, Joaquín Amaro, el nuevo Atila, aprieta el puño cuando lee: "Muchas y de muy diversa índole son las razones que creemos tener para que la Guardia Nacional, y no el episcopado, sea quien resuelva esta situación… Es éste un caso integral de libertad y la Guardia Nacional se ha constituido de hecho en la defensora de todas las libertades y en genuina representación del pueblo…"

Y en el episcopado, los obispos leen, presas de la indignación, las palabras incendiarias del que fuera el general de sus ejércitos: "Pero si los obispos se olvidan de nuestros muertos, de nuestras viudas y huérfanos… rechazaremos tal actitud como indigna y como traidora… Los obispos no pueden ostentarse como los representantes del pueblo… Aún es tiempo, señores obispos, de que den pruebas de virilidad… ¿Hasta cuándo se sentirán, señores obispos, más cerca de los victimarios que de sus víctimas…?"

La sentencia de muerte ha sido firmada. ¿Por quién? Ni siquiera la bala anónima que le interrumpió la vida, que le quebró el alma, que hundió en las sombras al general Gorostieta puede saber de qué arma salió, qué mano la percutió o qué pluma firmó la orden. Ella, la bala, sólo cumplió con su cometido: matar, eliminar obstáculos.

En la banca de un parque de la Ciudad de México, una mujer enlutada mira hacia la nada. Gertrudis, Tulita, tiene ante sí los fragmentos de su existencia, los restos del naufragio que le recuerdan la tragedia vivida. Está absorta en sus pensamientos, en su tristeza, en su viudez. Tan inundada de recuerdos confusos tiene la mente, que no logra percibir la presencia de aquella otra mujer, duplicada su imagen en luto vestida, que se sienta a su lado. Es Elisa. Elisa Aguirre de Amaro. Las mujeres se miran, bajan el rostro y se toman de la mano, en muda comunión, llorando, tratando de entender el sinsentido, la traición. Tratando de entender, sin conseguirlo, quién dio la orden final. Y no lo entienden porque la única respuesta posible es —lo sigue siendo— la misma. Todos. Nadie.

El séptimo sello
(9)

De la firma de los arreglos

21 de junio de 1929. Palacio Nacional

Aquella reunión distaba de ser una gran ceremonia de armisticio, con testigos de honor y salvas militares, con guirnaldas y pendones. No. Aquella era una mera reunión entre abogados: Emilio Portes Gil y Leopoldo Ruiz y Flores, especialistas en derecho civil, el uno, y en derecho canónico, el otro, quienes revisan y cotejan las cláusulas de un contrato. Los acompaña don Pascual Díaz Barreto y el embajador Dwigth Morrow, quien había llegado a convertirse en un buen amigo del César emérito, Plutarco —ausente del acto, junto con Amaro—, y cercano y afable colaborador del César interino y los señores obispos.

—Señor presidente... —inicia la reunión el arzobispo Ruiz y Flores—. Como nuncio apostólico...

—"Nuncio apostólico" es un término inaceptable para esta república, señor arzobispo, toda vez que no mantenemos relaciones diplomáticas con el Vaticano —lo ataja Emilio de golpe y porrazo—. "Delegado apostólico" me parece correcto.

Don Leopoldo y don Pascual intercambian miradas de alarma. ¿No era éste un hombre más mesurado que Plutarco, según les había dicho Morrow?

—Bien, pues... como "delegado apostólico" me sirvo presentar a su excelencia las cláusulas de los arreglos que hemos juzgado pertinentes, según también la amable guía del excelentísimo señor embajador

345

Morrow. Creemos que no encontrará usted obstáculo alguno para que la Iglesia pueda realizar su labor pastoral...

—Señor arzobispo, el Estado es el regidor del bien común. Y yo, como su representante, estoy aquí para buscar el bien de todos. Permítame conocer sus propuestas.

El arzobispo le pone en las manos un sobre. El César lo abre. Morrow interviene.

—Es el mismo documento cuyo borrador le había yo presentado antes, señor presidente.

Al César no le importan mucho las palabras del embajador.

—Sí... —continúa leyendo—. Pero... sólo para ser muy claros, caballeros, ¿a qué se refieren ustedes, específicamente, cuando hablan de una "solución pacífica y laica"? —y el tamaulipeco, por rara ocasión sonríe—: ¿No creen que es la única manera en que se puede actuar dentro de un Estado laico?

—Eh... ¡sí, naturalmente! —se apresura don Pascual Díaz—. A eso se refiere, precisamente, la dicha cláusula. A que la paz puede y debe encontrarse dentro de las leyes mexicanas...

—Ajá... —sigue leyendo el abogado—. ¿Y la "amnistía completa para obispos, sacerdotes y fieles"?

Los obispos no la tienen fácil.

—Ésta se solicita solamente para aquellos sacerdotes que renuncien a la lucha armada.

El César los encara:

—¿Y la "restitución de los bienes"? Saben que esto es imposible...

Don Leopoldo traga saliva.

—Bueno, su excelencia, se trata de restituir la... posibilidad de utilizar los bienes...

—Los bienes que el Gobierno les ha dado en comodato desde hace setenta años —lo fulmina Emilio.

Morrow trata de salvar la situación. Son meses de su trabajo los que están en juego.

—Señor presidente... me parece que los señores obispos han redactado, de manera... eh... rebuscada... lo que usted dice de un modo mucho más simple...

Los obispos contienen la respiración. El César declara:

—Señores, es mi convicción que la legislación vigente sobre cultos debe permanecer tal y como está. Acepto estas cláusulas, pues, y les refrendo lo dicho desde hace siete meses que asumí la presidencia: que el clero mexicano puede regresar a los templos cuando lo desee, que al fin fueron ustedes los que los abandonaron, siempre y cuando se sometan a la Constitución y al imperio de sus leyes.

Y así, por una firma, los órganos de las iglesias fueron descubiertos de sus empolvados mantos, miles de velas y cirios se encendieron, las custodias sagradas resplandecieron en brillos dorados, vinos nuevos se guardaron en odres viejos y miles de salmos, de antífonas e himnos, fueron liberados de la prisión de sus partituras. Centenares de campanas repicaron en sus torres y sus espadañas y las puertas burdas de la iglesia de adobe, las puertas de ornamento de la parroquia virreinal, las puertas labradas de los santuarios, las portentosas puertas de caoba y herrajes forjados de las catedrales vieron pasar, a través de sus quicios y dinteles, a los fieles en procesión, a los fieles y su fe, a los fieles y sus esperanzas, sus angustias, su dolor y su alegría.

La serpiente de bronce V: 6-8

Su santidad el papa, por medio del excelentísimo señor delegado apostólico, ha dispuesto, por razones que no conocemos, pero que como católicos acatamos, que sin derogar las leyes persecutorias se reanude el culto [...] Debemos, compañeros, acatar reverentes los decretos ineludibles de la Providencia; cierto que no hemos completado la victoria, pero nos cabe, como cristianos, una satisfacción íntima, mucho más rica para el alma: el cumplimiento del deber y el ofrecer a la Iglesia de Cristo el más preciado de nuestros holocaustos, el de ver rotos, ante el mundo, nuestros ideales, pero abrigando la convicción sobrenatural de que, al fin, Cristo Rey reinará en México.

General cristero JESÚS DEGOLLADO GUÍZAR
Mensaje a la Guardia Nacional
1929

†

Que en todas partes se funde y cada día tenga mayor incremento la acción católica conforme aquellas normas que dimos a nuestro delegado apostólico [en México].

[...] Además, aconsejamos insistentemente a los hijos queridos del pueblo mejicano aquella estrechísima unión en el Señor [...] y que consideren como un honor y un deber personal el prestar su ayuda a los sagrados ministros en las filas de la acción católica.

Papa Pío XI
Encíclica *Acerba animi*
1932

†

Mi padre, a sus catorce o quince años, fue correo de los cristeros y traía en una canasta de pan, relataba él [...], cartas, correspondencia y en alguna ocasión cartuchos a un grupo de cristeros.

FELIPE CALDERÓN HINOJOSA
Presidente de México por el
Partido Acción Nacional de 2006 a 2012

El séptimo sello
(10)

En el comedor todo está dispuesto para el desayuno: la porcelana, platos y vasos; la cubertería de plata; la jarra de fino cristal, rebosante de jugo de naranja; el platón al centro, colmado de huevos revueltos con queso, cebolla y jitomate; la salsa verde martajada; la cafetera humeante. En un extremo de la mesa Joaquín Amaro unta mantequilla en un bolillo recién salido del horno. Y al otro extremo está Elisa Aguirre, la creadora de aquel cosmos nacido del caos. Ambos desayunan. En silencio. Elisa no levanta la mirada mientras que Joaquín, todo lo contrario, lanza furtivas miradas hacia la esfinge maravillosamente bella que conserva su mutismo al otro lado.

—¿Fuiste a misa? —se atreve a preguntar.

—Sí. Fui a misa.

Silencio.

—¿Y?

—¿Y? Fui a misa, Joaquín, ¿qué más?

Silencio.

—¿Estás… contenta?

Elisa toma la cafetera.

—¿Te sirvo más café?

Amaro, casi con precaución, le extiende su taza. Ella le sirve.

—Joaquín…

—¿Sí?

—¿Tú estás contento?

Misil bajo la línea de flotación. Amaro se resquebraja. Deja la taza de café en el plato.

—Estoy… satisfecho, Elisa.

Por primera vez ella sonríe.

—Yo también. Hicimos lo que teníamos que hacer, Joaquín. Ahora, ¿podemos seguir adelante?

—Pienso que sí…

Amaro respira aliviado. Se levanta.

—Me voy al cuartel.

Se dirige hacia la salida.

—Joaquín… nunca te vas al cuartel sin antes darme un beso.

Y Amaro, haciendo un gran esfuerzo por disciplinar sus deseos, se acerca hasta ella y le busca los labios para besárselos, pero Elisa, buena cristiana, le ofrece la mejilla.

—Que Dios te bendiga, Joaquín.

Joaquín recibe el golpe, contiene… y se va de ahí, a sabiendas de que la guerra, en realidad, no ha terminado, y por ello una sonrisa se dibuja en su rostro.

(Vete tranquilo, Joaquín, que te espera, no sólo Elisa, sino también un porvenir aún más brillante en el que serás recordado como el gran reformador del Ejército mexicano. Y además —quién lo diría— tienes que poner orden en tu biblioteca personal antes de que se la heredes a tus buenos amigos los jesuitas cuando llegue tu tiempo, en 1952.)

El séptimo sello
(11)

—Plutarco, el César emérito, descansa en el jardín de la residencia familiar de la calle de Guadalajara, en la colonia Condesa, hasta el que llegan los tañidos de las campanas de las iglesias cercanas.

—¿Estás contento, papá? Finalmente, terminó la guerra...

Plutarco sonríe casi con ternura ante las palabras de Hortensia, la hija amantísima. No responde, respira hondo y lleva la vista al cielo...

(Miras el cielo de la Ciudad de México por el que cruzará volando, el día de tu muerte, una insólita parvada de zopilotes, Plutarco, hecho que dará mucho de qué hablar a los todavía ofendidos sobre la suerte y el destino final de tu alma. Miras al cielo como lo harás desde el avión que te conducirá al exilio, como lo harás desde las melancólicas playas de San Diego, como lo harás cuando busques, en tus sesiones espiritistas, las respuestas a todas tus dudas y la cura a todos tus males. Como lo harás cuando el Niño Fidencio te unte de miel para sanarte. Miras al cielo como lo harás, adolorido, cuando entierres a tu segunda esposa. Miras al cielo de México como lo harás desde el balcón central de Palacio Nacional cuando el César en turno te conmute la pena del exilio. Miras al cielo como lo harás en tu quinta de Cuernavaca, donde serás un buen horticultor y un abuelo entrañable.)

—¿De verdad crees que terminó la guerra, hija?

Plutarco jala aire para aliviar el eterno dolor biliar.

—No, Hortensia. No terminó la guerra. Estalló la paz.

351

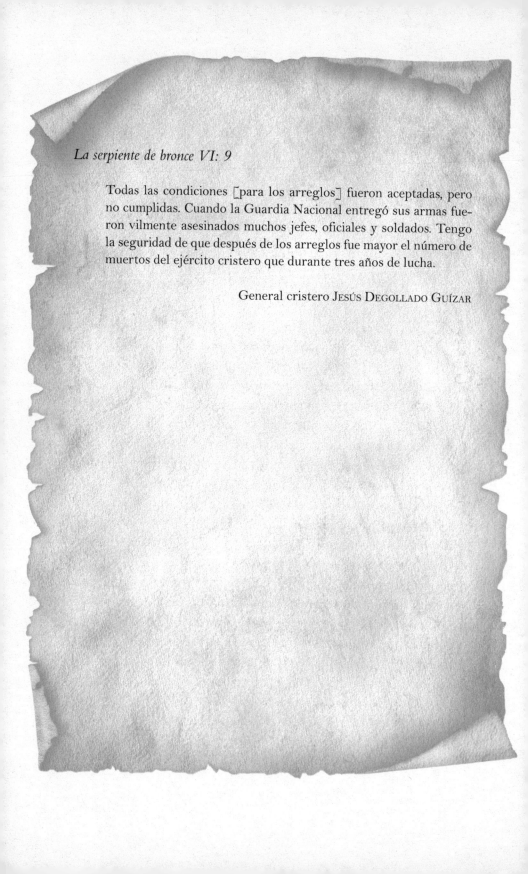

La serpiente de bronce VI: 9

Todas las condiciones [para los arreglos] fueron aceptadas, pero no cumplidas. Cuando la Guardia Nacional entregó sus armas fueron vilmente asesinados muchos jefes, oficiales y soldados. Tengo la seguridad de que después de los arreglos fue mayor el número de muertos del ejército cristero que durante tres años de lucha.

General cristero JESÚS DEGOLLADO GUÍZAR

El séptimo sello
(12)

Y es que debo llevarlos a que, de nueva cuenta, se les llenen los pies de polvo y tierra hasta la sierra de Álvarez, en San Luis Potosí, o al campo de Cuitzeo en Michoacán, o a las tierras de cultivo de Irapuato, o a los ingenios de azúcar en Morelos, o a la Comarca Lagunera de Torreón, en donde el padre Benito, en donde todos los padres Benitos que cunden por ahí, sermonean a sus atónitos feligreses:

—¡Y todo aquel que apoye a los armados se encontrará en grave pecado, pues ya no es la voluntad de Dios que se siga luchando por una causa que, al no tener razón de ser, se convierte en un hecho criminal!

Los fieles, azorados, se miran unos a otros, mientras que el flamígero e inconstante dedo del padre Benito los lacera y amenaza:

—¡Y sepan que a aquellos que desobedezcan las órdenes del santo padre les espera la excomunión y las llamas del infierno!

El padre Benito concluye su catilinaria con una beatífica sonrisa:

—Y ahora, hijos míos… ¡Daos fraternalmente la paz!

"¿Darnos la paz?", se preguntan unos a otros, "¿darle la paz a quien apenas ayer era mi enemigo? ¿A estos méndigos guachos que quién carajos los dejó entrar a misa? ¿Le voy a dar la paz a este cristero infeliz que me mató a mi marido, que me violó a mi muchacha? ¿A ese descreído del demonio que me dejó tuerto a mi hijo, que mató al abuelo? ¿Darnos la paz…?" Y sí, los machetazos se sucedieron, inclementes, uno tras otro. Las pistolas, los rifles y los cuchillos tampoco descansaron, pues el campesino ése mató a su vecino porque, por su culpa, en la reconcentración lo husmearon de cristero y casi lo fusilan. Porque esa pobre mujer, enloquecida, acuchilló al soldado que duerme la mona para desquitar la muerte de su Apolonio. Porque esos malditos gobiernistas recibieron a balazos a los cristeros que, redimidos, llegaron a tomar de nuevo posesión de sus milpas y jacales: "¡Ustedes abandonaron sus tierras! ¡Y ora encima les tenemos que dar de tragar, cristeros valientitos!"

Y si la venganza se irguió rampante entre el pueblo, la cacería federal hacia los líderes cristeros no conoció límite ni freno. Más de quinientos jefes, de diferentes rangos, fueron perseguidos y cazados o fusilados. En Cojumatlán, Jalisco, fueron asesinados todos los pobladores declarados cristeros.

Sólo se salvaban aquellos que aceptaban "licenciarse", entregando sus armas, a cambio de recibir diez pesos y la ayuda necesaria para regresar a sus casas, sus pueblos y su tierra. Y eso, a veces, porque hasta en los mismos "puestos de licenciamiento" hubo muertos. Que cuál es su nombre. Que pa' qué quiere mi nombre. Que pa' registrarlo en este documento que me va a firmar. ¡Que yo no le firmo nada! Que tiene que firmar la rendición. ¡Que cuál rendición, si quedamos parejos! ¡Que cómo que parejos, si perdieron la guerra, no sea pendejo! ¡Que yo no me rindo ante ningún federal jijo de su chingada madre! ¡Y que viva Cristo Rey! Y las armas que iban a ser entregadas volvían a escupir bala. Como siguieron escupiendo bala durante mucho tiempo.

—¿Es usted el llamado "padre general" Aristeo Pedroza? —pregunta un soldado al hombre que se lava la cara a la vera del arroyo.

—¿Quién lo busca?

—La justicia, padre…

Y cuando Aristeo Pedroza levanta la mirada, se encuentra con Melitón, el muchacho con sonrisa de querubín, chimuelo por una pelea de amores, según decía él, pero convertido ya en un hombre. Y en un soldado federal. Pedroza sigue de rodillas.

—¿Melitón?

—El mismo…

Pedroza se pone de pie.

—¿Qué haces vestido de guacho?

Melitón levanta los hombros.

—Sobreviviendo, padre…

—¿Y qué te trae por aquí?

Melitón amartilla su revólver.

—Le traigo un saludo del Catorce, padrecito.

La descarga resuena por el valle y el agua del riachuelo se tiñe de rojo.

La serpiente de bronce VII: 10-13

Únase a esto que no sólo en las escuelas donde se enseñan los elementos del saber prohíbe la ley que se expliquen los preceptos de la doctrina católica, sino que aun a menudo se incita en ellas a los que tienen el cargo de educar a la niñez, a que se esfuercen en formar las almas de los jóvenes en los errores y disolventes costumbres de la impiedad [...] Exhortamos insistentemente [a los obispos mexicanos] que no dejéis de preocuparos de la cuestión de las escuelas y de la educación de la juventud, teniendo principalmente presente a la masa del pueblo, la cual, estando más en contacto con la doctrina tan amplísimamente propagada de los ateos, masones y comunistas, necesita más de vuestro celo apostólico.

Papa Pío XI
Encíclica *Acerba animi*
1932

†

Respondiendo a la abierta incitación que se hace al clero para provocar agitación, declaro que a la menor manifestación de desorden, el Gobierno procederá con toda energía y resolverá definitivamente este problema que tanta sangre y sacrificios ha costado a la nación. Soy respetuoso de la libertad de creencias que establece la Constitución de la República, pero no puedo tolerar que quienes no saben hacer honor a su propia religión, utilicen los bienes de la nación para hacer una campaña de hostilidad al Gobierno, y por lo tanto estoy resuelto a que si continúa la actitud altanera y desafiante a que se refiere la reciente encíclica [*Acerba animi*], se convertirán los templos en escuelas y talleres, para beneficio de las clases proletarias del país.

Abelardo Luján Rodríguez
Presidente de México
Octubre de 1932

Los eternos enemigos de la Revolución la acechan y tratan de hacer nugatorios sus triunfos [...] Es necesario que entremos al nuevo periodo de la Revolución, que yo le llamaría el periodo de la revolución psicológica; debemos entrar, apoderarnos de las conciencias, de la conciencia de la niñez, de la conciencia de la juventud, porque la niñez y la juventud deben pertenecer a la Revolución [...] No podemos entregar el porvenir de la Revolución a manos enemigas. Con toda la maña, los reaccionarios dicen que el niño pertenece al hogar, que el joven le pertenece a la familia; doctrina egoísta, [pues] el niño y el joven pertenecen a la colectividad.

PLUTARCO ELÍAS CALLES
El Grito de Guadalajara
Julio de 1934

✝

Inicia la Segunda Guerra Cristera en contra de la "educación socialista".

1934-1938

El séptimo sello
(13)

Exordio

Me he entretenido en esta historia y ya es hora de terminarla, a pesar de que la propia naturaleza de mi oficio no me ayuda a encontrar la forma, pues no tiene modo ni fecha de término. Aunque, bien pensado, sí, hay algo que quiero decir.

Después de reflexionar sobre la miseria expuesta en estas páginas, después de hacer un pormenorizado recuento de los miles de seres humanos muertos por fusilamiento, por degüello o lapidación, por acuchillamiento o estrangulamiento, por dogma o por decreto; después de pensar en los miles de soldados que murieron entre fiebres y vómitos, con un proyectil barrenándoles las vísceras, pero dejando la autoridad del Estado a buen resguardo —que al fin que ésa sí vuelve a crecer, a diferencia de una pierna gangrenada y amputada—; después de ver a las hordas de campesinos que expiraron porque una hoja de bayoneta les atizaba la aorta o porque un escapulario les congestionaba la salvación eterna; después de pasar lista a los cientos de niños muertos por congelamiento, por hambre, por tuberculosis o nomás por la tristeza de tener que pasar la eternidad en el limbo; a las incontables mujeres derrengadas que parían en los caminos y morían por fiebres puerperales, por cólera o por gripe española; a los ancianos arrasados, tanto como sus tierras; después de agregar al mismo recuento a los quemados vivos, a los torturados, a los decapitados, a los excomulgados y a los desterrados hijos de Eva; después de reflexionar sobre cuántos llegaron a mi lado tras una traición, un atentado o tras ver, aunque fuera por un instante, su propio cráneo destrozado por un pistoletazo; después de acompañar a todos los que sucumbieron tras recibir la extremaunción o un tiro de gracia; después de considerar a todos los que largaron la existencia en borbotones de sangre a mitad de una degollina; después de contar los millares de paredones, cadalsos y patíbulos levantados por todo el país y que agregaron a los volcánicos paisajes las imágenes de los colgados telegráficos que transmitían, intermitentes, su mórbido y siniestro comunicado; después de todo lo anterior, ¿alguno de ustedes —y les pido que sean sinceros—, alguno de ustedes me tomaría a mal, pensaría que es una terrible falta de consideración de mi parte o una ironía de mal gusto, si les deseo, de todo corazón, que tengan una buena muerte?

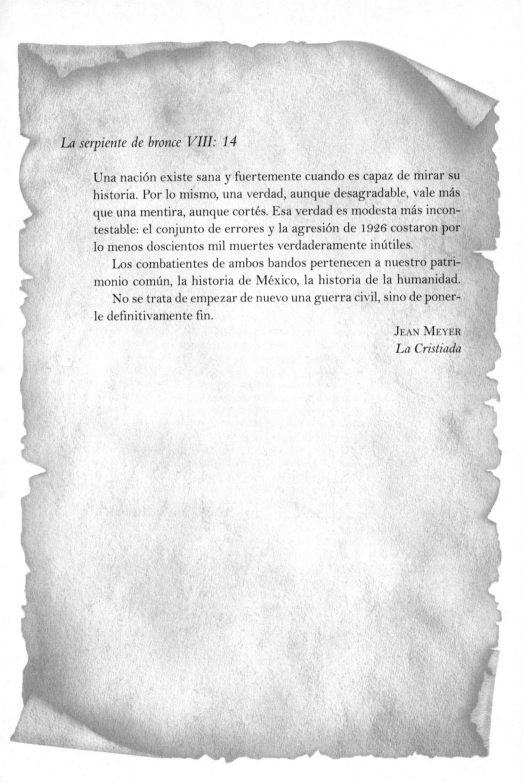

La serpiente de bronce VIII: 14

Una nación existe sana y fuertemente cuando es capaz de mirar su historia. Por lo mismo, una verdad, aunque desagradable, vale más que una mentira, aunque cortés. Esa verdad es modesta más incontestable: el conjunto de errores y la agresión de 1926 costaron por lo menos doscientos mil muertes verdaderamente inútiles.

Los combatientes de ambos bandos pertenecen a nuestro patrimonio común, la historia de México, la historia de la humanidad.

No se trata de empezar de nuevo una guerra civil, sino de ponerle definitivamente fin.

JEAN MEYER
La Cristiada

Parábola última de Moisés
y la división de las aguas

El presbítero Epifanio Madrigal, sacerdote ejemplar de las escarpadas serranías michoacanas de Coalcomán, aguerrido líder cristero, había formado, con celo apostólico, la comunidad de La Cruz de Palo, conformada por un grupo de jóvenes que respetaban y guardaban las enseñanzas de Jesucristo, imitando su vida de pobreza, castidad y virtudes sin fin y portando siempre al pecho una rústica cruz, hecha de maderitos amarrados con mecates. De entre todos sus discípulos sobresalía Moisés, quien albergaba la esperanza de convertirse, algún día, en sacerdote para seguir el ejemplo del padre Madrigal.

La vida de todos ellos había sido avasallada por la guerra, lo cual no era novedad, claro, pero ninguno se imaginaba aún el giro radical que los aguardaba a la vuelta de la esquina, con la llegada de la paz, la que todo lo perturba.

Epifanio Madrigal no puede creer —pues su espíritu no concibe la traición— lo que le han informado sus superiores con respecto a los arreglos entre el Gobierno y los obispos, así que, al igual que Santo Tomás, anuncia a los feligreses y a los apóstoles de La Cruz de Palo:

—Aguardad mi retorno, que yo habré de ir con el obispo, para tocar, ver y creer, que no pienso con esto ofender a Cristo, sino más bien dar testimonio de su grandeza, por lo que no me podrá reprender diciendo: "Bienaventurados los que no vieron y creyeron".

Y después dijo así a Moisés:

—En tus manos queda, Moisés, el resguardo de la comunidad. Respeta siempre lo establecido y aguarda mi regreso.

Todos despidieron al presbítero Epifanio Madrigal sin saber que ésa era la última vez que lo verían, pues en el arzobispado de Morelia, al que llegó, los señores de la mitra y el dogma, apercibidos de su proclividad a la desobediencia, lo conminaron a realizar un retiro espiritual en lo más profundo del bosque serrano, entre Aguililla y San José de la Montaña, para que ahí atemperase su espíritu, aceptara los acuerdos incuestionables y encontrara la paz. Pero nada de esto ocurrió, pues lo único que encontró ahí fue la muerte, ya que los hombres del Gobierno, mal convencidos del resultado que pudiese tener el retiro espiritual en el padre Epifanio, y haciendo caso a los rumores de que otros curas de la región preparaban una nueva revuelta, ahora en contra de los acuerdos, decidieron mejor presentarse en el rancho Las Tabernas, en el que fueron recibidos a balazos por el indomable Madrigal, mismo que fue muerto en ese instante, pues nomás eso les faltaba a los policías municipales y a los soldados federales que habían ido en santa paz a arrestar a don Epifanio, sin instrucciones ulteriores de sacrificio o martirio.

Pero debemos regresar al recóndito Coalcomán, pueblo que no pasaba de contar con algunos cientos de almas nomás, y adonde no llegaba otra cosa que no fuese la lluvia, el sol y la neblina —y eso porque no les quedaba de otra más que cruzar por ahí en su ruta a mejores lugares—, porque de un fuereño, de un periódico, de una línea telegráfica o de la mano de Dios, mejor ni hablemos.

Pasaron, pues, los días, las semanas y los meses, y Epifanio Madrigal no volvía. Moisés, el discípulo predilecto, oteaba en lontananza, día tras día, esperando el regreso de su maestro. Y el "regreso" se convirtió en el "retorno prometido", y llegó a ser, incluso, la "venida del padre Madrigal". Regreso, retorno o venida que no tuvo lugar durante los siguientes seis años… ¡Seis largos años! Tiempo suficiente para que Moisés pudiese reflexionar: "Si mi nombre es Moisés y si me ha encargado mi Padre el cuidado de sus hijos… ¿puede haber alguna duda de que soy un predestinado? El pueblo me sigue ahora, me respeta y me ama. Les imparto la comunión, si bien, para no desobedecer ni agraviar a mi Padre, he cambiado la hostia por un pedazo de dulce panal… ¿Y mis apóstoles? ¿No son doce, exactamente? ¿Y estas barbas y estos cabellos de proporciones bíblicas no me confieren ya la categoría de Elegido?"

Y así, la figura de Moisés, el Elegido, y la influencia de la comunidad de La Cruz de Palo fueron creciendo poco a poco entre aquellas agrestes montañas, atrapadas, por un lado, por la Tierra Caliente y, por el otro, por la inmensidad del océano. Pero si a los tramontanos no los alcanzaban los rumores de la civilización, al señor obispo de Tacámbaro bien que le llegó la noticia de lo que ocurría en Coalcomán. Y hasta allá se fue acompañado de toda su digna y flamígera autoridad. "¡Indios ignorantes!", los habrá insultado, "¿pero no se han enterado, bestias montaraces, que la guerra terminó hace más de seis años? ¿No supieron que el padre Madrigal fue muerto por los soldados del Gobierno? ¡Abandonad el sacrílego tinglado que habéis armado en este pueblo y retomad el camino de la obediencia a Roma y la ortodoxia de la vera religión!" Pero no, ni Moisés ni sus apóstoles dieron crédito alguno a las palabras del obispo, a quien acusaron de ser un apóstata y de estar poseído por el demonio.

Por lo tanto, el señor obispo López tuvo que regresar a Morelia con cajas destempladas, no sin antes amenazar a Moisés y a los suyos con la excomunión, pues apóstatas y herejes lo eran ellos y no su ilustrísima. Y aún más, los amenazó con pedir la ayuda no sólo del jefe político de la zona, don Ezequiel Mendoza, de innegable raigambre cristera, sino del mismísimo César, Lázaro Cárdenas, quien siendo pro cónsul de Michoacán había tenido el buen tino político de dejar en las manos de los respetados líderes cristeros la pacificación de sus zonas.

Moisés, el Elegido, sabía que de no darse el milagroso retorno del padre Madrigal, su amada comunidad estaría en grave peligro de desaparecer, y con ella, la última posibilidad de redención de los hombres y de la Iglesia. Con estas pesadas elucubraciones sobre los hombros pasaba los días y las noches, como espirituado, decían, en los bosques aledaños. No se sabe a ciencia cierta si encontró o no una zarza ardiente a mitad del sendero —sería difícil asegurarlo—, pero sí bajó del cerro, cual si lo hiciera del monte Sinaí, en aquella tarde de 1936, como transfigurado, como iluminado, portando un mensaje que dio a conocer a su pueblo: "¡Mi Padre me ha hablado y me ha pedido que os guíe hasta la Tierra Prometida! ¡Seguidme!"

Así fue que, en larga procesión, Moisés y su pueblo, Moisés y sus apóstoles de La Cruz de Palo, descendieron por las montañas de Coalcomán, de El Naranjillo, de Huitzontla y Ostula hasta las playas de Maruata donde, según afirmó, "el Señor mostraría su poder", pues cuando hubo llegado al mar, Moisés, apoyado en un largo báculo, suplicó a su Señor que dividiera las aguas del mar para permitirles caminar hasta la Tierra Prometida, sin importarle que, para llegar a ella a través del Pacífico, tuviesen que irse andando, primero, hasta la Polinesia francesa, luego continuar hacia Papúa Nueva Guinea, y ya por ahí, preguntando y con buena suerte, quizá llegar a Singapur.

Pero Moisés no se preocupaba por estas nimiedades pues, como un premonitorio fenómeno, desde el horizonte, una nube negra se acercó a ellos mientras el viento le hacía volar la túnica y las barbas, como susurrándole al oído: "Ven, que yo te ayudaré".

Entonces, Moisés levantó el báculo y aguijoneó el mar una, dos, cinco, diez, veinte veces, sin que Dios mostrara sus prodigios. Pero Moisés no permitió que decayera la fe —tal vez sosegada por el cielo ya encapotado que se cernía sobre sus cabezas y por el ventarrón que se soñaba huracán—, y conminó al rebaño: "¡Acompañadme, hijos míos! ¡Entremos a las aguas, que Dios nos exige una muestra de lealtad y perseverancia!" Y cuando ya se hallaban todos dentro de las ondas, el mar, tal vez indignado por los constantes picotazos del báculo de Moisés, les lanzó un oleaje de magnitud tan poderosa, que los arrastró hasta el fondo de sus entrañas, como si de soldados egipcios se tratase.

Fueron decenas los que murieron ahogados aquella tarde. Otros, los menos, fueron rescatados por los que habían ido hasta ahí para ser testigos del portento y que lograron lazar, con reatas y redes, a quienes clamaban ayuda desde el océano embravecido.

El cuerpo de Moisés nunca fue encontrado. Y resulta lógico, pues se elevó entre las aguas, dicen, hasta el cielo, donde lo recibió Epifanio Madrigal. O porque, dicen también, fue devorado por los tiburones, en justo castigo por su impureza al haber yacido, en comercio carnal, con una muchacha virgen.

Se cuenta también que, durante muchos años, la gente esperó el retorno de Moisés para que realizara el milagro de colocar a los pobres sobre el trono celestial y pudiera así salvar al mundo, abandonado a Satanás, tras el fracaso de la Iglesia.

Y aunque se afirmaba que los tiempos de la salvación estaban próximos, hay quien asegura que, aún en nuestros días, Moisés sigue a la búsqueda de la Tierra Prometida, chacualeando en el agua con su báculo.

Memorial de cruces de Carlos Pascual,
se terminó de imprimir en agosto de 2016
en los talleres de
Litográfica Ingramex, S.A. de C.V.
Centeno 162-1, Col. Granjas Esmeralda, C.P. 09810
Ciudad de México.